ullstein

Das Buch

England im Frühjahr 1881: Charles Darwin forscht schlaflos am Regenwurm und beobachtet sein Treiben in eigens dafür aufgestellten Wedgwoodschüsseln. Was ihn wirklich wachhält: Er fürchtet sich davor, als »Gottesmörder« in die Geschichte einzugehen. Selbst seine Frau Emma bittet ihn vergeblich, sich Gott wieder zuzuwenden. Neben der Schlaflosigkeit plagen ihn Übelkeit und unerträgliche Flatulenzen. Zum Glück hat er seinen Hausarzt Dr. Beckett, mit dem er diskutieren kann, ohne missverstanden zu werden. Wenige Meilen entfernt arbeitet Karl Marx am zweiten Band von *Das Kapital*. Nach seiner Flucht aus Deutschland lebt er seit langem als staatenloser Immigrant in London. Er hadert mit dem englischen Wetter, er vermisst seine Frau Jenny und seine längst erwachsenen Kinder, und er kommt mit dem Schreiben nicht voran. Als er ernsthaft krank wird und ihm für eine Behandlung das Geld fehlt, schickt sein betuchter Freund Friedrich Engels ihm Dr. Beckett. Der Arzt ist fasziniert von den beiden Patienten und ihren Theorien. Nicht immer nimmt er seine Schweigepflicht ernst, wenn er mit dem einen über den anderen spricht. In seinen Augen haben der großbürgerliche Naturforscher und der ewig klamme Antikapitalist mehr gemeinsam, als sie sich eingestehen wollen. Schließlich kommt es zu einem Treffen. Was als furioses Streitgespräch beginnt, nimmt eine überraschende Wendung.

Die Autorin

Ilona Jerger ist am Bodensee aufgewachsen und studierte Germanistik und Politologie in Freiburg. Von 2001 bis 2011 war sie Chefredakteurin der Zeitschrift *natur* in München. Seither arbeitet sie als freie Journalistin. *Und Marx stand still in Darwins Garten* ist ihr erster Roman.

Ilona Jerger

UND MARX STAND STILL IN DARWINS GARTEN

Roman

Ullstein

Besuchen Sie uns im Internet:
www.ullstein.de

Ungekürzte Ausgabe im Ullstein Taschenbuch
1. Auflage Dezember 2018
6. Auflage 2020
© Ullstein Buchverlage GmbH, Berlin 2017 / Ullstein Verlag
Karte auf S. 280/281: © Dirk Holzberg
Umschlaggestaltung: zero-media.net, München, nach einer Vorlage
von Rothfos & Gabler, Hamburg
Titelabbildung: © Paolo Negri / getty images (Ginko biloba);
© Elisabeth Ansley / Arcangel (rechter Mann);
© Collaboration JS/ Arcangel (linker Mann):
© Fotolia (Blätter)
Satz: L42 AG, Berlin
Gesetzt aus der Weiss Std
Druck und Bindearbeiten: CPI books GmbH, Leck
ISBN 978-3-548-29061-4

Für Marianne

Strafe für den Ketzer

Charles hatte, als ihm die drei Gestalten am Zaun auffielen, gerade darüber nachgedacht, was eine Heckenbraunelle empfindet, wenn sie mehr als hundert Mal am Tag für eine Zehntelsekunde kopuliert. Diese Frage lastete noch immer auf seiner Seele, denn er hegte keinerlei Zweifel daran, dass Tiere fühlen können. Doch wie sollte er es beweisen? Nachdem er die vielen noch nicht ausgewerteten Messreihen und Notizen zu seinem fortgeschrittenen Alter in Beziehung gesetzt hatte, war ihm der Schweiß ausgebrochen. Von den unvollendeten Protokollen zum Balzverhalten blinder Käfer ganz zu schweigen.

Doch nun hatte er plötzlich andere Sorgen, denn er musste wildfremden Menschen bei der Überwindung seines Zauns zusehen. Was um Himmels willen hatte das zu bedeuten?

Während die drei sich gegenseitig halfen, nicht mit ihren Röcken und Hosen im Zaun hängenzubleiben, versuchte Charles, die Schweißperlen wegzuwischen, und wunderte sich, dass seine Hand trocken blieb, obwohl er die Nässe auf der Stirn doch deutlich spürte. Es war verwirrend. Offensichtlich, so erklärte sich Charles das Befremdliche, war er zerstreut. Ihm war, während die drei nach dem gelungenen Grenzübertritt ihre Kleidung zurechtzupften und abklopften, auf seiner Chaiselongue im Arbeitszimmer liegend, heiß und gleichzeitig kalt.

Er tastete nach der Kaschmirdecke, versuchte sie bis zum Kinn zu ziehen, doch er verhedderte sich mit den Füßen darin, so dass sie ihn, je mehr er strampelte, umso mehr gefangen hielt. Ein scheußliches Gefühl.

Es waren zwei Männer und eine Frau. Den Blick auf den Boden geheftet und in auffallend geneigter, um nicht zu sagen: gekrümmter Haltung betraten sie den Sandweg. Im Ausdruck düster. Was auch von den schwarzen Gehröcken und Kopfbedeckungen herrühren mochte.

Die drei blieben bei den Haselnusssträuchern stehen und besprachen sich. Charles sah, wie die Frau sich bekreuzigte und der kleinere der beiden Männer, ein stämmiger, halsloser Bauer im Sonntagsgewand, in Richtung Eiche wies. Daraufhin schritten sie, deutlich schneller werdend, dem Hauseingang zu. Der steif liegende und fröstelnde Charles bemerkte, dass es Sonntag war und kein Gärtner anwesend, der sie hätte ermahnen können. Seine Frau Emma und Butler Joseph waren im Gottesdienst. Vielleicht waren sogar die Hausmädchen in der Kirche. Und er vollkommen allein. Selbstredend würde er auf das Läuten der Türglocke hin nicht öffnen, und wenn Polly – wo überhaupt war Polly? – ihr helles aufgeregtes Bellen hören ließe, dann würden die drei, wahrscheinlich waren es irische Bettler, sicherlich wieder abziehen, auch aus Respekt vor den Foxterrierzähnen.

Kurz vor Erreichen des Hauses zeigte der größere und dünnere der Männer plötzlich zum Gewächshaus hin. Da machten sie auf der Stelle eine Kehre. Charles rang mit der Decke und seiner Atemlosigkeit. Was wollten sie in seinem Gewächshaus? Das waren keine Bettler. Womöglich waren es Diebe.

Dann ging alles sehr schnell. Kaum im Inneren des Gewächshauses angekommen, fiel die Frau auf die Knie, bekreuzigte sich, stand wieder auf und half dem Stämmigen bei der Arbeit. Sie warfen sämtliche Töpfe, egal ob hängend oder auf Tischen stehend, zu Boden.

Immer wenn der große Dünne ein Signal gab, hielten die beiden Täter inne, senkten die Köpfe und schienen zu beten. Dann folgte der nächste Akt der Zerstörung. Kein noch so kleines Pflänzchen blieb verschont. Charles erkannte mit einem Schlag, dass es so weit war: Orthodoxe Christen waren dabei, sein Anwesen zu erobern.

Seine Kehle war trocken und brannte wie nach einem Marsch durch das Fegefeuer. Ein heiserer Notschrei befreite sich aus seinen verkrampften Bronchien. Worüber er heftig erschrak. Das Herz hämmerte, er wollte aufstehen, um wenigstens die in Salmiak eingelegten Saubohnen zu retten, sonst müsste er das Experiment, das ihn seit Wochen beschäftigte, wieder von vorne beginnen. Doch die Beine gehorchten ihm nicht.

Kurz erwog er, die Decke über den Kopf zu ziehen, damit sie ihn nicht finden konnten. Wo war Polly? Er wusste es nicht. Und vermisste sie schmerzlich. Tränen rannen in seinen Bart. Vielleicht sollte er diesen bei Gelegenheit abrasieren? Die Vorstellung, das Gesicht zu offenbaren, seine blasse Haut freizulegen, wie er es früher auf geologischen Expeditionen mit Stein- und Erdschichten getan hatte, um deren Alter und Beschaffenheit zu erkunden, schien ihm auf einmal reizvoll. Er hatte das Bedürfnis, in den Spiegel zu schauen. Doch dazu war jetzt keine Zeit.

Da hörte er, wie der Drehknauf quietschte und die Tür aufflog. Die drei konnten unmöglich durch den Haupteingang ins Haus gelangt sein. Wahrscheinlich hatte das Küchenpersonal die Hintertür offen gelassen. Kaum in Charles'

Zimmer angekommen, fiel die Frau auf die Knie. Die beiden Männer taten es ihr nach. Den Blick zur Decke gerichtet, bekreuzigten sie sich sieben Mal. Dann erhoben sie sich. Die Frau und der Stämmige schritten zum Schreibtisch. Dort lag ein noch unaufgeschnittenes Buch. Der Stämmige nahm es, griff nach dem Messer, säbelte wüst darin herum und gab grunzende Laute von sich, während die Frau jedes Blatt, das sie finden konnte, kurz und klein riss.

In der Zwischenzeit hatte der Dünne den Schrank mit den Schubladen entdeckt und befahl dem Stämmigen, ans Werk zu gehen. Was dieser auf der Stelle tat. Er war außer sich vor Freude, als er die Mengen fein sortierter Papiere entdeckte und verstand, dass er hier den Grundstock der gotteslästerlichen Theorie vernichten konnte.

Plötzlich klirrte es. Ein in Spiritus konservierter Fink fiel herunter, nachdem die Frau mit dem Hintern ans Regal gestoßen war. Sie erschrak und brachte durch eine ungeschickte Drehung ihres Körpers das ganze Regal ins Wanken. Erst stürzten einzelne, dann mehrere Gläser gleichzeitig um. Das Getöse war überwältigend.

Aufgewühlt von den toten Fischen, den Kaninchen- und Taubenembryos sowie Dutzenden sezierter Fliegen- und Hummelaugen, fing sie an, mit den Armen zu rudern und zu wedeln, bis auch das zweite Regal mit den ausgestopften Tieren umfiel. Auf einmal brach sie zusammen und begann zu heulen.

»Memento mori«, entfuhr es dem Dünnen. Kurz danach, die Spiritussuppe mit den Tierleichen fest im Blick, ergänzte er mit der Stimme des Verkünders: »Mitten im Leben sind wir vom Tode umfangen.« Charles hörte das Blut in seinen Ohren rauschen und Spiritus von den Regalbrettern tropfen.

Da kamen ihm schlagartig Zweifel. War es möglich, dass er träumte? Der Stämmige nahm Schwefelhölzer aus seiner Hosentasche und zündete grinsend eines an. Als die Flamme aufleuchtete, glänzte sein Gesicht rot, gelb und orange. Charles erschrak. Diese glühende Fratze kannte er.

Sein Fink, der am Boden lag, fing Feuer. Seltsamerweise brannten nicht die Federn, sondern der Schnabel. Die Flamme züngelte senkrecht von der Schnabelspitze empor. Er beschloss, ein Experiment zu machen, um herauszufinden, ob das Horn verschiedener Finkenschnäbel unterschiedlich brennbar war. Wahrscheinlich müsste er dazu ein weiteres Mal nach Galapagos reisen, um frische Finken zu schießen.

Der Spiritus auf den Regalbrettern, im Teppich und auf den Papierfetzen brannte wie Zunder. Wenigstens die Erstausgabe seines Werks *Über die Entstehung der Arten* sollte nicht in Flammen aufgehen. Ein stechender Schmerz in seiner Brust hinderte ihn, das Buch zu retten, und ließ ihn wie von Sinnen schreien. Währenddessen brüllten die Orthodoxen im Chor: »Schuldig, schuldig!« Dann verschoben sich die Töne und der Hall wurde immer stärker. »Schuldig! Schuldig!« Seine Chaiselongue fing an zu brennen, Charles bebte und spürte, wie der Feuertod nach ihm griff.

Er erwachte.

Nass geschwitzt, mit rasendem Herzen und Kopfschmerzen, setzte er sich auf. Schon länger hatte ihn dieser Alptraum nicht mehr heimgesucht. Es hatte Zeiten gegeben, da war er regelrecht von ihm verfolgt worden. Jede einzelne Station kannte er bis ins Detail und immer hatte er noch nach Stunden den Gestank von Spiritus und verbranntem Horn in der Nase. Was ihn zusätzlich verdross, war, dass er schon während des Traums ahnte, dass es nur ein Traum war.

Und jedes Mal, an der Bruchkante zwischen Schlaf und Erwachen – jener teuflischen Stelle, an der die Menschen noch keine Macht über ihre Gedanken haben, diese aber umso mehr über den Aufwachenden –, stand ihm der Satz vor Augen: Das ist die gerechte Strafe für den Kaplan des Teufels.

Der Regenwurm

Frierend saß er im Bett, den Kopf in beiden Händen, und stöhnte. Nur die Regenwürmer würden seinen Schmerz jetzt lindern können. Charles tastete nach den Streichhölzchen, zündete die Kerze auf dem Nachttisch an, schaute auf seine Taschenuhr und war wieder einmal untröstlich, dass er damals die goldene Uhr seines verehrten Herrn Papa für einen Billardtisch verhökert hatte. Sofort versuchte er derlei Gedanken über Verhaltensweisen, die in der Vergangenheit lagen und die man naturgemäß nicht mehr ändern konnte, an ihrer Ausbreitung zu hindern. Denn hatten sie einmal die Gelegenheit bekommen, ihre deprimierende Wirkung in allen Gliedern zu entfalten, war es schwer, zu einer schöneren Sichtweise des Lebens zurückzufinden.

Charles wunderte sich, warum er in diesen durch Alpträume und Schlaflosigkeit zerstörten Nächten, in denen er doch ohnehin schon gestraft genug war, auch noch dazu neigte, sich mit Vorwürfen zu traktieren; er es nicht lassen konnte, der nächtlichen Verzweiflung über das Herumwälzen weitere drückende Gedanken hinzuzufügen. Und dies alles in der bangen Erwartung des Zerschlagenseins am folgenden Tag. Es war schrecklich. Das Erforschen des Schlafs oder eben des Nichtschlafs mit den dazugehörenden Abläufen im menschlichen Körper erschien Charles wie eine riesige wissenschaftliche Brachfläche. Dieses Feld jedoch müssten andere umgraben, auf ihn warteten im unteren Stockwerk die Regenwürmer mit ihrer stillen Tätigkeit: der Bildung von Ackererde.

Er sah, dass es drei Uhr war, stand auf, suchte, vom Kopfschmerz gereizt, im Halbdunkel nach seinem Wollschal und schlich so leise wie möglich die Treppe hinunter. Während die rechte Hand am Treppengeländer Halt suchte, überlegte er, wie lange er eigentlich noch auf den nächsten Besuch von Doktor Beckett warten musste. Dieses Mal war der Abstand etwas länger, da Doktor Beckett auf ein neues Mittel gegen Kopfschmerzen wartete, das, so hatte er angekündigt, Anlass zur Hoffnung auch bei der Behandlung chronischer Migräne gebe, besonders jener mit ausgeprägter Übelkeit. Schon dieses Hoffen verschaffte Charles eine kleine Erleichterung. Außerdem waren Doktor Becketts Hausbesuche stets willkommen und stimmten ihn, bereits Tage zuvor, in Maßen zuversichtlich. Er mochte die Gespräche mit seinem Arzt, weil dieser dem wissenschaftlichen Fortschritt zugeneigt war, und auch, weil er recht couragiert neue Heilmethoden erprobte.

Charles tastete sich vorsichtig durch sein Arbeitszimmer, um ja nicht den Boden zu erschüttern. Und um bloß nicht über einen der Töpfe zu stolpern. Dann wären die Würmer für das Experiment verloren. Jedenfalls für diese Nacht. Vielleicht hätte er bei der Bestellung des Geschirrs präzisere Angaben machen sollen. Denn weiße Schüsseln wären in dieser Dunkelheit sicherlich besser zu erkennen gewesen. Vor einigen Wochen hatte er bei der Keramikfabrik in Etruria um eine Fuhre Steingut gebeten, immerhin war seine Frau Emma eine geborene Wedgwood. In einem Brief an die Geschäftsleitung hatte er geschrieben, man solle doch bitte Ausschuss schicken, er brauche Töpfe aller Art für neue Versuche. Dass es sich dieses Mal nicht um Clematis und Primula handelte, hatte er verschwiegen. Doch vermutlich hätten die Wedgwoods ihre »Queen's Ware« und die missratenen Kopien etruskischer Vasen auch für Würmer hergegeben, denn Charles Darwin war in jenen Tagen des Vorfrühlings 1881 schon seit Jahrzehnten ein berühmter Mann. Seine Bücher wurden in allen Erdteilen gelesen, was sich auf den Postsack auswirkte, der ihm täglich zugestellt wurde: Auf Südseeinseln rupften Botaniker Wurzeln aus der Erde, in Brasilien klebte ein Naturfreund Schmetterlingsflügel aufs Briefpapier, in Lappland vermaßen Einwohner Elchgeweihe. Aus allen Himmelsrichtungen kamen Fundstücke und Fragen. Manches war kostbar, vieles lästig. Beobachtungen zum Fußknöchelchen einer Taube oder die minutiöse Beschreibung einer Affenmähne in Kalkutta, alles landete in Down House. Und natürlich ging es in vielen Briefen, die ihn erreichten, um die Frage nach Gott: Brauchte es in der Welt, die von den Gesetzen der Evolution vorangetrieben wurde, noch einen Schöpfer?

Die Hälfte aller Narren aus der ganzen Welt schreibe ihm, um die dümmsten Fragen zu stellen, hatte Charles noch am Tag zuvor beim Dinner gemurrt. War sein Kopfschmerz besonders bohrend, kam es vor, dass er einen Briefschreiber harsch abfertigte: »Ich bedaure, Ihnen mitteilen zu müssen, dass ich nicht an die Bibel als göttliche Offenbarung glaube und daher auch nicht an Jesus Christus als den Sohn Gottes.«

Jedenfalls war, wenige Tage nach Darwins Gesuch, eine Kutsche aus der Wedgwood-Töpferei mit drei großen scheppernden Kisten in Down House eingetroffen. Und nun, in diesen schlaflosen Stunden, würde Charles seine

Würmer mit einer Paraffinlampe anleuchten. Auf das Kerzenlicht in der Nacht davor hatten die Tiere nicht eindeutig reagiert. Einige hatten sich in die Erde zurückgezogen, andere nicht.

Charles nahm seine Wurmlisten aus dem Schreibtisch und legte Stoppuhr und Stift bereit. Er wollte endlich herausfinden, ob und wie diese Wenigborster, die des Nachts umherwanderten – und sei es auch nur im beengten Umkreis der Wedgwood-Schüsseln –, auf Helligkeitsreize reagierten. Dass sie taub waren, hatte er bereits bewiesen. Die Würmer hatten nicht einmal auf die Trillerpfeife seines Enkels Bernard reagiert, der ganz wild war auf diese Versuche und mit roten Backen das jeweilige Kommando des Großvaters erwartete. Aufgeregt hatte er die Luft angehalten, um im entscheidenden Moment mit aller Kraft seine Lungen in den Dienst der Forschung zu stellen. Und jedes Mal war er bitter enttäuscht, dass die Würmer nicht reagierten, so stark er auch geblasen hatte.

Emma nahm deren offenkundige Taubheit gelassener hin. Charles hatte ihr zwei Töpfe auf einen Tisch neben das Klavier gestellt, mit einer feinen Glasplatte bedeckt, damit kein Luftzug das Experiment verfälschte. Egal, ob sie Schubert oder Händel spielte, sie hörten einfach nichts. Warum auch hätte der Herrgott einem Wesen, das untertage immerzu Erde fraß, Ohren mitgeben sollen?

Charles antwortete ihr auf derlei Fragen schon lange nicht mehr, er lächelte und schwieg. Als er ihr jedoch mit verschmitztem Gesicht und begleitet von einem kleinen Wangenkuss die Töpfe direkt aufs Klavier gestellt hatte, geschah das Erhoffte. Emma schlug ein tiefes C an, woraufhin die Würmer sich sofort in ihre Löcher verkrochen. Kaum lugten sie wieder hervor, gab Charles mit zitternder

Hand erneut den Einsatz, diesmal für ein G im Diskant, und wieder fuhren die Würmer rapid in ihre Höhle zurück. Charles las die Stoppuhr, jubelte, was Emma etwas übertrieben fand, und kritzelte die Ergebnisse in seine Liste, sekundengenau. Sooft die beiden den Versuch wiederholten, es war immer das gleiche Spiel: Der Regenwurm spürte offenbar Schwingungen und Erschütterungen, die durch den Resonanzboden des Klaviers via Topf und feuchte Erde zur Wurmhaut drangen, er war aber tauber als Beethoven, wie Emma hochzufrieden feststellte. Denn hörende Würmer wären ihr in Gottes wohlgestaltetem Reich widersinnig erschienen.

Im fahlen Licht des Mondes, der hälftig und schief am Himmel über der Grafschaft hing und seinem Arbeitszimmer mit all den Werkzeugen des tüchtigen Naturforschers und den in Spiritus eingelegten Zeugnissen seltener Anatomien etwas Unheimliches verlieh, nahm Charles vorsichtig Schirm und Zylinder von der Paraffinlampe ab. Er zündete den Docht an und wartete, bis die Flamme aufhörte zu flackern und sich in eine wohlgeformte ovale Gestalt verwandelte. Er mochte diesen Übergang und nahm das friedliche Licht in sich auf. Das Aufgewühlte, das ihn seit Jahrzehnten aus dem Bett trieb, diese bittere Melange aus Schlaflosigkeit, Fehlverdauung und nervösem Kopfweh, begann sich in diesem Augenblick zu mäßigen.

Charles näherte sich dem ersten umherwandernden Wurm, der blitzartig in der Erde verschwand, sobald das Licht ihn erhellte. Der nächste Wurm reagierte nicht. Der übernächste auch nicht. Dann schoss wieder einer zurück. Das Ergebnis war unbefriedigend.

Charles betrachtete in Ruhe die Darmausgüsse seiner Schützlinge und dachte nach. Vielfach wiederholte er sein

Experiment, er brauchte genügend Zahlenmaterial. Doch auch wenn die Tiere sich nicht sofort zurückzogen, nach einer Weile taten sie es immer. Diese Bummler aber machten etwas, was er mit besonderer Hingabe beobachtete: Sie hoben in aller Langsamkeit, als wollten sie kein Aufhebens machen, das vordere, sich verdünnende Ende ihres Körpers vom Boden hoch und verrieten in dieser Haltung, dass ihre Aufmerksamkeit erregt war und sie eine Art von Überraschung spürten. Charles gefiel diese Vorstellung des feinfühligen, einen Grund für die Aufregung suchenden Wurms und betrachtete die Nachtwanderer anerkennend.

Manchmal bewegten die augenlosen Tiere dabei ihren Körper von einer Seite zur anderen, als ob sie nach einem Gegenstand tasteten. Er vergaß den schmerzenden Kopf und kritzelte in sein Notizbuch: »Der Regenwurm ist ein furchtsames Wesen. Da diese Tiere keine Augen haben, müssen wir annehmen, dass das Licht durch die Haut durchtritt und in irgendeiner Weise ihre Nerven reizt. So sind sie in den Stand gesetzt, zwischen Tag und Nacht zu unterscheiden. Ausnahmslos ziehen sich beleuchtete Würmer innerhalb von fünf bis fünfzehn Minuten in ihre Höhlen zurück.«

Die ganze Nacht fuhren die Tiere fort, sich so zu benehmen. In den frühen Morgenstunden wurde Charles Zeuge einer Regenwurmliebe. Er verscheuchte aufkeimende Skrupel und begann, das Pärchen unter Lichtbeschuss zu setzen. Vergnügt stellte er fest, dass die geschlechtliche Leidenschaft stark genug war, ihre Furcht vor der Beleuchtung zu überwinden. Schon als sie einander den Hof machten, waren die beiden nicht bereit, sich durch Helligkeit von ihrem Ansinnen abbringen zu lassen.

Charles hatte es sich mit seiner Stoppuhr im Lehnstuhl

gemütlich gemacht, und während diese die langen Minuten der Paarungszeit zählte, gähnte er zufrieden. Er stellte die Paraffinlampe neben die beiden Würmer, die Bauch an Bauch miteinander waren, nestelte leicht fröstelnd an seinem Wollschal herum und hatte genügend Zeit, den Koitus dieser rosafarbenen Erdenbürger im Licht der Evolution zu betrachten.

Bereits vor Jahren hatte er unterm Mikroskop Hoden und Eierstöcke, über die jedes Regenwurm-Individuum gleichermaßen verfügt, lokalisiert und freigelegt. Er wusste also seit langem um das Zwitterhafte dieser Wesen und dass es nicht nur möglich war, sondern durchaus, wenn auch selten, vorkam, dass ein Wurm das Geschlechtliche mit sich selbst ausmachte, also seine Eizelle mit den eigenen Spermien befruchtete. Und auf diese Weise Kopien seiner selbst anfertigte. Schon früh hatte er in seinen Notizbüchern festgehalten, dass derartige Eigenbrötler für das Weiterbestehen einer Art weniger erfolgversprechend seien als die Geselligen, die danach strebten, einen oder noch besser viele Partner zu finden, um vermittels Kopulation ihre unterschiedlichen Erbanlagen in freudiger Erregung zusammenzutragen, zu mischen und somit Neues zu kreieren.

Sein halbes Leben hatte er darauf verwendet, zu belegen, warum die einen Arten ausstarben, andere es hingegen schafften, den Herausforderungen neuer Lebensbedingungen zu trotzen und sich anzupassen. Jedenfalls wenn man die Sache über weite Zeiträume betrachtete, was Charles' Wesen ohnehin mehr entsprach als das Schnelle und Spontane. Naturgemäß schlug sich seine Langsamkeit auch in der Art zu arbeiten nieder: Bevor er eine Idee preisgab, schon gar in Buchform, musste jahrzehntelang gedacht, geforscht und gezaudert werden.

Während sich die beiden Würmer schweigend im Schein der Lampe räkelten, nahm Charles die ordentlich zusammengefaltete Wolldecke, die auf der Lehne seines Sessels bereitlag, wickelte sie um seine kalten Schultern und ließ die Gedanken treiben. Da die Würmer in ihrer stummen Verrichtung keinerlei Ablenkung boten, lauschte Charles seinem eigenen, sich im inneren Dickicht vollziehenden, durchaus fahrigen Vortrag. In der Stille schlafloser Nächte geschah es immer wieder, dass er seine Erkenntnisse, egal, wie lange zurück er sie gewonnen hatte, vor sich hin repetierte. So als wollte der Greis sich versichern, dass all seine berühmt gewordenen Gedanken noch in ihm waren.

Auch im Schein der Paraffinlampe empfand er seine Theorie der Entwicklung allen Lebens nicht nur als folgerichtig, sondern von großer natürlicher Schönheit. Für ihn hatte die Vorstellung der fortwährenden Evolution zudem etwas Tröstliches. Wenn alles fließt. Nie etwas fertig ist. Die Reise immer weitergeht, die Natur sich im ständigen Wandel befindet. War doch durch diese kontinuierliche Umbildung immerzu die Möglichkeit zur Verbesserung gegeben.

Ihm gefiel die Vorstellung, dass auch unser Globus nicht als einmal geformter Klumpen die Sonne umkreiste, sondern durch Vulkanausbrüche, Fluten oder Felsstürze seine Gestalt fortlaufend veränderte. Nie würde er seine eigene Erschütterung vergessen, als er im Süden Chiles Zeuge eines gewaltigen Erdbebens geworden war. Als er, während seiner Weltreise, zufällig sehen konnte, wie sich die Küste durch das verheerende Beben dauerhaft anhob. Seither waren 46 Jahre vergangen, und die Empfindungen, die ihn damals überwältigt hatten, hatten sich mit den Jahrzehnten wie Sediment in seinen Gliedern abgelagert. Charles mochte es, die verschiedenen Schichten dieser Ablagerungen unter die Lupe zu nehmen, als wäre er mit dem Geologenhämmerchen im Gelände unterwegs und nähme Proben seiner eigenen Vergangenheit.

◄○►

Es war am 20. Februar 1835 gewesen, um halb zwölf Uhr vormittags. Ein unheimliches Schwanken des Bodens hatte ihn schwindelig gemacht. Es glich der Bewegung eines Schiffes im kleinen Wellenschlag von querab, deren Folgen eigentlich nur Seekranke schildern können. Plötzlich wälzte er sich samt Pferd, auf dem er gerade ritt, auf der Erde. Kaum war er wieder aufgestanden, wurde er erneut umgeworfen. Den Mund voller Staub, folgte Stoß auf Stoß. Das Land überzogen mit Donnergrollen. Überall Menschen, die auf Händen und Knien krochen und fliegenden Balken auswichen. Das Schütteln dauerte nur zwei Minuten. Danach: die Küste mit Möbeln übersät. Neben Stühlen, Tischen, Bücherregalen lagen nahezu vollständige Hausdächer herum. Triefende Felsbrocken, an denen noch Muscheln festsaßen, waren dem Meeresboden entrissen und weit den Strand hinaufgeschleudert worden. Das Meer aufgewühlt. Der Boden an vielen Stellen in Nord-Süd-Richtung einen Meter breit aufgeplatzt und der Himmel von einer Staubwolke verdunkelt.

Überall brachen Feuer aus, Menschen schrien. Kurz danach raste eine große Welle mit unwiderstehlicher Gewalt heran, schmetterte Häuser und Bäume nieder. Die Menschen rannten, als sei ihnen der Teufel auf den Fersen. Kühe und ihre Kälber riss es ins Meer. Ein Schiff wurde auf den Strand geworfen, fortgetragen, wieder auf den

Strand geworfen und abermals fortgetragen. Dann zwei Explosionen in der Bucht. Eine Rauchsäule stieg aus dem Wasser und eine weitere erinnerte an das Blasen eines riesigen Wals. Das Meer schien zu kochen, es wurde schwarz und verströmte einen fürchterlichen Schwefelgeruch. Wer mochte da nicht an die Hölle denken?

Warum tat Gott so etwas? Oder, wenn er es nicht selbst tat, warum ließ der Allmächtige es zu, dass so vielen Menschen Leid widerfuhr? Fragen, die gestellt werden mussten. Von den Anwohnern im Angesicht ihrer emporgehobenen Bucht, die eine neue Wasserlinie präsentierte. Von den Fischern, die sich in Zukunft neu orientieren mussten, weil eine Kraft, deren Ursache sie nicht kannten, Klippen fortgesprengt hatte und ehemals bedeckte Felsen freilagen. Weil große Muschelfelder, nach denen man noch vor kurzem hatte tauchen müssen, bis zu drei Meter über der Hochwassermarke in der Sonne zu faulen begannen.

Den Blick fassungslos auf ihr geschütteltes Land geheftet, schrien die Menschen »Misericordia! Barmherzigkeit! Oh Herr! Wir bitten um Gnade, allmächtiger Gott!« Doch weder lautes Flehen noch leises Huldigen konnten darüber hinwegtäuschen, dass Zweifel an der Macht Gottes aufgekommen waren. Oder an seiner Gerechtigkeit.

Da standen sie also beisammen an ihrem aufgewühlten Strand, Einheimische, die noch ein Dach über dem Kopf hatten oder keines mehr, und stritten mit entsetzten Seeleuten und überforderten Pfarrern. Wer hätte auf all ihre Zweifel eine befriedigende Antwort geben können? Sie befragten den englischen Gentleman, von dem es hieß, er sei gebildet, doch der hielt sich mit Deutungen zurück.

Der junge Darwin – wenige Tage zuvor war er in der Neuen Welt, weit weg von England, weit weg von seiner

Familie, 26 Jahre alt geworden – saugte all diese Bilder in sich auf und schwor, von Wissbegier getrieben, niemals in seinem Bestreben nachzulassen, die ihnen zugrunde liegenden Naturgesetze zu verstehen. Selbst wenn die errungenen Resultate zu seiner bisherigen Gottesvorstellung und zu den 39 Glaubensartikeln der Kirche von England, auf die er als Student der Theologie an der Universität Cambridge geschworen hatte, nicht passen sollten.

Auch in dieser stillen Nacht in Down House neben dem erkalteten Kamin, der den Geruch verbrannter Buchenscheite verströmte, empfand Charles die Verworrenheit der Gefühle von damals, als die Natur ihre Pranken gezeigt hatte. Es war bitter und demütigend zu sehen, wie Werke, die zu errichten so viel Zeit und Mühe gekostet hatten, in ein, zwei Minuten umgeworfen wurden. Einerseits. Doch gleichzeitig war da dieses überwältigende Glück für den Naturforscher, Zeuge der Erdgeschichte geworden zu sein.

Er hatte im Zuschauerraum gesessen, als unser Planet einen großen Auftritt hatte. Er hatte das Drama miterlebt, bei dem sich verschiedene Gesteinsschichten einen mörderischen Kampf lieferten. Er hatte die Urgewalten gespürt, wenn die Erdkruste sich umbaut, Bruchkanten sich öffnen, Erdschichten aufplatzen, Spannungen in den Eingeweiden des Planeten sich entladen. Mund und Verstand weit offen, hatte er die Eindrücke in sich aufgesaugt. Es war das schrecklichste und interessanteste Schauspiel gewesen, das er je gesehen hatte.

Charles hob den Blick von den sich in aller Stille begattenden Regenwürmern und schaute den Mond an, der nun wie ein leicht angelaufener Apfelschnitz im Fensterrahmen seines Arbeitszimmers fahl vor sich hin schimmerte. Er beschloss, da sich das Liebesspiel hinzog, seine Buchführung über die Ausscheidungen des Regenwurms voranzutreiben. Denn die Rolle, die dieser Humusproduzent in der Geschichte der Erde, vor allem für deren Gestalt, spielte, konnte nicht hoch genug eingeschätzt werden.

Seit Jahren trug er die geduldig gezählten Exkrementkügelchen in seine Listen ein. Selbstverständlich pro Wurm. Vor kurzem hatte er beim Lunch verkündet, dass alle Regenwürmer Englands und Schottlands zusammengenommen etwa 320 Billionen Tonnen Steinstückchen verschluckten, diese in geduldiger Verdauungstätigkeit durch ihren Körper hindurchschleusten, um sie alsbald akkurat zerkleinert als Humus wieder auszuscheiden. Emma hatte versucht, sich ganz auf die Suppe zu konzentrieren, als Charles den dazugehörigen Zeitraum – der die Bibel Lügen strafte – verkündete: 320 Billionen Tonnen Erde in einer Million Jahren. Eisiges Schweigen zwischen den Eheleuten war daraufhin eingetreten. Was vor allem Enkel Bernard nicht ertrug. Es war nicht das erste Mal, dass er, von solchen Stimmungen getroffen, die Serviette vors Gesicht nahm, um seine Tränen zu verbergen.

Charles war gerade dabei, ein wenig einzunicken, als im Kamin ein nicht vollständig verbranntes Holzscheit umfiel. Die Würmer lagen noch immer Bauch an Bauch, Charles fand ihr gemeinsames S besonders gelungen. Die gegenläufige Anhaftung geriet, wie ihm in den vielen Jahren des Beobachtens nicht verborgen geblieben war, keineswegs bei allen Würmern in gleicher Weise zur formalen Vollendung. Auch beim Regenwurm gab es in Hübschheit, Farbe und Beweglichkeit feine Unterschiede.

Charles fröstelte. Während er das heruntergerutschte

grünkarierte Plaid um seine Schultern drapierte und den Wollschal enger um den Hals schlang, musste er unweigerlich an hereinbrechende Eiszeiten denken. Wehe dem Säugetier, das es während einer beginnenden Kaltzeit nicht schaffte, eine zarte, warme Unterwolle unter seinem Oberfell wachsen zu lassen! Oder sich mit Behausungen und Feuer zu behelfen. Er lehnte sich im Sessel zurück und gab Emma im Stillen recht: Möglicherweise war es etwas zwanghaft, jede Empfindung und jede noch so winzige Beobachtung augenblicklich durch die Brille der Evolution zu betrachten. »Ach, Charles«, sagte Emma in solchen Momenten, »du bist ja besessen.« Und er antwortete immer: »Von dir, mein Liebes.« Und küsste sie zärtlich. Sogar wenn Joseph in der Nähe war, der augenblicklich, um keinesfalls zu stören, nach einer kleinen Tätigkeit Ausschau hielt. Charles, in seine Decke gehüllt, schmiegte sich in seinen Sessel, lächelte und sehnte sich nach ihr. Vielleicht sollte er nach oben gehen?

Er schaute auf die Uhr, es war fünf. Keine gute Zeit, um Emma aufzuwecken. Er schaute zu Polly hinüber, die in ihrem Körbchen nah am Kamin schlief und ab und zu ihre Pfoten bewegte. Vermutlich träumte sie von der Jagd.

Als die beiden Würmer endlich in ihre Höhlen zurückschlichen, beide mit den Spermienportionen des anderen im Samentäschchen, drückte Charles die Stoppuhr. Beim Notieren der gemessenen Zeit – eine Stunde und 20 Minuten hatte das Paar sich dem Licht und der Liebe ausgesetzt – fühlte er eine zarte Vorfreude auf die kleinen Würmchen, die demnächst in seinem Arbeitszimmer das Licht der Welt durch ihre zarte Haut erspüren würden. Er löschte den Docht der Lampe und beschloss, im geräumigen Sessel noch ein kleines Nickerchen zu machen.

Emma und die Tauben

Emma hatte wie immer gut geschlafen. Es war halb sieben, als sie aufstand und ihren seidenen Morgenmantel anzog, auf dem vorne über der linken Brust eine kleine silberblaue Taube aufgestickt war. Sie querte den Flur, noch etwas steif in den Gliedern, und freute sich, dass sie ein paar Tage zuvor in London den persischen Teppich gekauft hatte, der sich nun unter ihren nackten Fußsohlen so wohlig weich anfühlte und das Knarzen der Dielen dämpfte. Sie schlich mit offenen Haaren, in denen hie und da silberne Strähnen blitzten, in Charles' Schlafzimmer, gedrängt von dem Gefühl, das sie ihre Morgenliebe nannte. Und von der Sorge, wie es ihrem Charley in dieser Nacht wohl ergangen sein mochte.

Sein Bett war leer. Sie fasste unter die Decke, um zu prüfen, wie warm es dort noch war. Doch es war kalt. Am zerknüllten Kopfkissen und am zerknitterten Laken, das an einigen Stellen die Matratze freigab, war die Heftigkeit des Zweikampfes zu ermessen, den sich Charles offensichtlich mit dem Schlaf geliefert hatte. Im Laufe ihrer langen Ehe hatte sie gelernt, seine Spuren zu lesen. In dieser Nacht musste er, wie so oft, die Schlacht schon früh verloren haben. Auch das offene Fläschchen mit Minzöl auf dem Nachttisch, das er gegen Kopfweh in seine Schläfen massierte, verhieß nichts Gutes. Sie verschloss es sorgfältig.

Da sie auf keine Bediensteten treffen wollte, die bereits

Vorbereitungen für das Frühstück trafen und das Feuer schürten, ging Emma mit eiligen Schritten die Treppe hinunter und huschte in Charles' Arbeitszimmer. Da schlummerte er selig im Sessel, umgeben von seinen Regenwurmtöpfen. Leise wandte sie sich um, denn sie wollte ihn nicht stören. Seit Jahren freute sie sich über jede Minute, die er schlafen konnte. Da murmelte er: »Ich bin schon wach, mein Täubchen. Du erkältest dich ja mit deinen nackten Füßen.«

Während Emma die Tür wieder schloss, sagte sie, man müsse endlich Anweisung geben, den quietschenden Knauf zu ölen, wohl wissend, dass ihr Anliegen wenig Aussicht auf Erfolg hatte, denn ihr Mann legte auf dieses Geräusch einigen Wert. Ihm verschaffte das Quietschen ein Gefühl von Sicherheit. Denn niemand vermochte in sein Allerheiligstes einzutreten, ohne Töne zu verursachen und sich ihm, wenn er allzu tief in seine Arbeit versunken war, auf diese Weise anzukündigen.

Charles rückte in seinem Sessel ein wenig zur Seite und hob die Kaschmirdecke. Emma schlüpfte darunter und gurrte. Der Sessel gab ächzende Geräusche von sich, er war nicht für zwei geschaffen. Zumal Emma im Lauf der Jahre und durch die vielen Geburten etwas in die Breite gegangen war. Sie beschlossen, auf die Chaiselongue umzuziehen. Dort angekommen, legte sie ihre Füße in seinen Schoß. Charles fing an, ihre Zehen zu massieren. Auch er liebte diese morgendlichen Momente, in denen Emma noch nicht in die Routine des Tages gefunden hatte.

»Du konntest nicht schlafen?«, fragte Emma milde, während hinter den Hügeln von Downe die Sonne aufging.

»Nein. Ich habe ein wenig weitergeforscht.«

»An den Regenwürmern?«

»Ja. Und mich ein wenig erinnert.«

»An unser Kennenlernen?«

»Nein, an das Erdbeben von Chile.«

Emma knurrte. Charles massierte den kleinen Zeh, der im Alter krumm geworden war, und genoss die Anmut des beginnenden Tages.

»Ach, liebster Charley! Ich habe Angst.«

»Wovor denn, mein Täubchen?«

»Weil ich nicht weiß, wie viel Zeit wir noch zusammen haben.«

»Aber das weiß man doch nie.«

»Das ist wahr. Doch muss ich dem berühmtesten aller lebenden Wissenschaftler erklären, in welchem Maß die Wahrscheinlichkeit abnimmt, dass unsere gemeinsame Zeit auf Erden noch lange dauert?«

Darwin zog seine weißen, in letzter Zeit sehr wild gewachsenen Augenbrauen hoch, die Emma lustig fand, tat einen tiefen Seufzer und massierte weiter. Die ersten Sonnenstrahlen erreichten die Chaiselongue und streiften Emmas Gesicht, das, noch weich von der Nacht, ihm eine Handvoll Küsse entlockte.

Emma lächelte, als er begann, ihre Fesseln zu streicheln.

»Und wovor fürchtest du dich?« Charles sprach etwas undeutlich und nun durchaus widerwillig, denn er wusste um ihre Antwort. Er hätte dieses kleine Glück am Morgen lieber von schweren Gedanken ungestört genossen.

»Dass unser Abschied für immer sein wird«, sagte Emma, deren Gesicht fahl wurde, obwohl die Sonnenstrahlen in diesem Moment ihre Nase, die Charles besonders mochte, hübsch in Szene setzten. Sie musste niesen. Und stellte danach ihre wohligen Laute ein, obwohl er mit seinen Händen zu ihren Waden gewandert war, was sie sonst besonders gern mochte.

Auch Charles verfiel in Schweigen. Was hätte er auch sagen sollen, ohne sie zu verletzen? Es war nicht das erste Mal, dass sie versuchten, dieses heikle Thema des Abschieds zu besprechen.

»Ich weiß ja, dass du nicht an das Paradies glaubst«, ließ Emma aus der quälenden Stille heraus verlauten, die nur kurz unterbrochen wurde, weil Polly in ihrem Körbchen vor dem Kamin ein wenig herumnestelte, um dann friedlich weiterzuschlafen. »Aber weißt du denn auch, was das für mich bedeutet?«

Charles schwieg.

»Ich werde alle wiedersehen. Meine Eltern. Meine Geschwister. Und vor allem unsere toten Kinder. Nur dich werde ich vermissen.« Sie wollte die Tränen nicht mehr zurückhalten. »In dem Moment, in dem einer von uns beiden stirbt, ist es ein Abschied auf immer.«

Charles zog aus der Brusttasche seines Nachthemds ein Taschentuch. Abwechselnd wischte er ihr über beide Wangen, die an diesem Morgen noch schmaler wirkten als sonst. Während er wischte, betrachtete er die vielen Augenfältchen, die sich zu den Schläfen hin gabelten und ihn, auch weil das Wasser darin stand, an ein weit verzweigtes Flussdelta erinnerten.

»Wie soll ich unseren Abschied ertragen, wenn es keine Hoffnung gibt?«

Charles schwieg.

»Seit Jahren begleitest du mich nur noch bis zur Kirchentür. Würdest du mir die Freude bereiten, nächsten Sonntag mit mir hineinzugehen?«

»Ach, Emma.«

»Bitte!«

»Was würde das ändern?«

»Dass Gott sehen kann, dass du dich wenigstens bemühst.« Emmas Stimme wurde dringlicher.

»Ich habe mich mein Leben lang bemüht.«

Emma schwieg.

Charles schwieg.

Emma hob an zu argumentieren, und Charles fürchtete ihre Sätze, denn wie immer in solchen Augenblicken konnte er bereits die Enge fühlen, in die sie ihn drängte. »Mir scheint, dass deine Forschungen dich dazu geführt haben, jedes Problem nur noch von der wissenschaftlichen Seite zu betrachten. Und dass du nicht die Zeit und die Geduld hattest, neben all den Tauben, Rankenfußkrebsen, Hummeln und Würmern noch andere wichtige Fragen zu stellen. Oder gar die Sorgen deiner Liebsten zu erwägen.«

Charles schwieg.

»Aber ich hoffe, dass du deine Meinung noch nicht als endgültig ansiehst.«

Charles schwieg.

»Ich wünsche mir so sehr, dass die Gewohnheit des Forschers, nichts, aber auch gar nichts zu glauben, bis es bewiesen ist, deinen Geist nicht zu stark beeinflusst hat. Ich spreche von denjenigen Dingen, die man nicht auf die gleiche Weise sezieren kann wie Entenmuscheln.«

Charles tat einen Seufzer.

»Charley, wir sind alt. Wir haben nicht mehr viel Zeit. Du hast alles erreicht, was du dir gewünscht hast. Gott wird dir verzeihen, wenn du dich jetzt an ihn wendest. Er wird milde sein, wenn du dich doch noch aufmachst, ihn zu suchen.«

Charles hustete und zog seinen Schal enger um den Hals. Es fror ihn auch am Kopf. Kurz fasste er an seine kahle Kopfhaut, als prüfte er deren Temperatur. Dann sagte er, ein wenig ungeduldig: »Ach, Emma, ich bin in diesen Fragen nicht begabt.«

»Aber du brauchst keine Begabung. Jeder Mensch, der bereit ist zu suchen, wird belohnt.«

Charles schwieg.

»Liebster, du wirfst unsere Zukunft weg! Alles, was dir doch auch wichtig ist! Oder willst du deine Tochter Annie und mich nicht mehr wiedersehen?«

Charles schwieg.

»Natürlich kann ich dir nicht *beweisen*« – Emma zog das Wort ungünstig in die Länge –, »dass das Paradies auf uns wartet. *Beweisen* in deinem kühlen, naturwissenschaftlichen Sinne. Aber darum geht es nicht. Sieh doch endlich ein, dass es in Glaubensdingen nicht um Beweise geht.«

Nach einer Weile sagte sie mit ungewohnter Heftigkeit, den Blick zur Zimmerdecke gerichtet: »Großer Gott, steh mir bei, dass ich bei meinem eigenen Mann Gehör finde!« Sie holte Luft.

Charles beteuerte kleinlaut, dass er genau zuhöre. Und wollte doch am liebsten fliehen. Emma kam in Fahrt. »Für mich gibt es keinen Zweifel, dass wir im Augenblick des Todes die Klinke einer Tür hinunterdrücken, die uns in ein anderes Zimmer führt. In den göttlichen Raum, der uns ein ewiges Leben beschert. Und dieser Raum wird dir auf immer verschlossen sein, wenn du die Offenbarung leugnest. Denn jeder, der die Göttlichkeit der Welt nicht anerkennt, wird fortgejagt und ist vom ewigen Leben ausgenommen. Die Bibel hat dir einmal so viel bedeutet, du hast sie studiert.«

Charles schwieg.

Emma rang die Hände, die, so verzweifelt ineinander gerieben, ein Geräusch erzeugten, das Charles kaum ertragen konnte. Es klang wie das Rascheln trockenen Laubes. Ihn fror.

»Das ewige Leben ist für mich kein Geschenk, wenn du es nicht mit mir teilst, sondern eine ewige Strafe.«

»Ach, Emma, mein Täubchen.« Charles berührte die kleine Stickerei über ihrem Herzen, die er vor langer Zeit in Auftrag gegeben hatte. Genauer gesagt, noch vor der Zeit, die Emma »die Phase des Grauens« nannte; jene fünfziger Jahre, in denen Charles wie besessen arbeitete und die Taubenzucht ihn mehr beflügelte als alles andere. Während Emma mit dem Priester von Downe darüber diskutierte, ob sie am Sonntag sticken durfte, forschte Charles sogar an Weihnachten und Ostern. Denn um seine Theorie der Evolution zu untermauern, musste er beweisen, dass die Natur Myriaden winzigster Veränderungen hervorbringt, und verlor dabei jedes Maß.

Emma wurde damals Zeugin von erstaunlichen Gesprächen, die ihr Mann – bekleidet mit einer zu großen blauen Gärtnerschürze und einer grünlichen Schirmmütze, die ihn vor fallendem Kot schützen sollte, Stift und Notizbuch immer griffbereit – mit sich und den Tauben führte.

Begeistert stiftete er Vogellieben, verkuppelte nach immer präziser ausgetüftelten Plänen bestimmte Damen mit bestimmten Herren und wachte kurze Zeit später sorgsam über verschieden große weiße oder bräunliche Eier, wobei er seine Vorliebe für die cremefarbenen nicht verbergen konnte.

Er war in der Lage, Tauben schlanker zu machen, Schnäbel zu verdicken oder einen besonderen Kopfputz zu zaubern. Im Überschwang des Züchterstolzes verkündete er, er stehe den modernsten Damenschneidern in nichts nach.

Wären da nicht die Leichenberge gewesen. Im Vergleich

dazu war das Gegurre, das die gesamte Familie zu Unzeiten aus dem Schlaf riss, die kleinste Plage. Denn nach dem Züchten folgte das Töten.

In einem Brief an seinen Vetter Francis gestand er: »Ich habe die Missetat begangen, zehn Tage alte Pfauentauben zu ermorden. Ich sage Dir, es ist schwer, die Küken in einem Moment noch als tapsige Engelchen herumstaksen zu sehen und im nächsten Moment den Entschluss zu fassen, sie Blausäure einatmen und dahinsinken zu lassen. Auch wenn dies im heiligen Namen der Wissenschaft geschieht! Lieber Francis, Du würdest mein Arbeitszimmer nicht mehr wiedererkennen: Meine Studierstube hat sich in eine Kammer des Schreckens verwandelt.«

Dort lagen ehemals schönste Pfauentaubenküken unter ausgewachsenen Kropftauben und zersetzten sich. Das ließ auch die Kinder nicht kalt. Wie hätte Emma da noch »mein Täubchen« genannt werden wollen?

War das Morden vollbracht, folgte das Kochen. Was das Skelettieren der Vögel um einiges erleichterte. Dampfschwaden, die zweckentfremdeten Töpfen entwichen, zogen durch Down House und provozierten Brechreiz. Sogar der duldsame Butler Joseph, der in jeder erdenklichen Lage Haltung zu bewahren verstand, trat in jener Zeit häufig vor die Haustür, um durchzuatmen.

Morden, weich kochen, skelettieren, das war der Preis, den Charles zu zahlen hatte. Und beim Vermessen von Knochen, beim Beschreiben von Federn oder Vergleichen von Schnäbeln wurde immerzu die Frage laut: An welchem Punkt entsteht eine neue Art? Wann genau gehen Spielarten derselben Spezies, die mit winzigen Veränderungen beginnen, in eine neue über?

Seit diesen Versuchen war ein gutes Vierteljahrhundert

vergangen. An ihrem siebzigsten Geburtstag hatte Emma den kaum getragenen Täubchen-Mantel wieder hervorgeholt, und keiner von beiden verlor ein Wort darüber. Charles hatte sie dankbar in die Arme geschlossen. Sie hielten sich lange. Und Emma hatte das Gefühl, dass sich zwei oder auch drei Tränen in seinem Bart verfingen.

Während die Sonne das Arbeitszimmer im Morgenlicht leuchten ließ, entzog Emma Charles ihre Füße. Polly stand aus ihrem Körbchen auf, schüttelte sich ausgiebig, ging zur Chaiselongue und legte die Schnauze aufs Polster. Emma seufzte. Reflexartig kraulte ihre rechte Hand Pollys Kopf. Doch sie war nicht bei der Sache, und Polly knurrte hörbar unzufrieden. Emma erhob sich, strich ordnend ihre Haare aus dem Gesicht, warf sie dann wie ein trotziges Mädchen mit einer entschiedenen Kopfbewegung über die Schulter zurück und ging, ohne ein Wort zu sagen, hinaus.

Als der Türknauf quietschte, sprang Polly mit einem Satz auf die Chaiselongue und ließ sich auf dem angewärmten Platz nieder. »Ach, Polly«, sagte Charles und beschloss, dass es an der Zeit war, seine Morgentoilette zu beginnen.

Eine volle Woche setzte Charles seine nächtlichen Versuche mit den Regenwürmern fort und lokalisierte lichtempfindliche Stellen durch Abdecken von Wurmteilen mit geschwärztem Papier. Emma hatte ihre morgendlichen Besuche für einige Tage ausgesetzt. Und nahm sich vor, lieber für ihn zu beten, als ihn mit Gesprächen, die ohnehin ergebnislos verliefen, zu traktieren.

Charles war an diesen Tagen seiner Frau gegenüber besonders aufmerksam, ja, er verhielt sich überaus zuvorkommend, brachte ihr Blüten aus dem Gewächshaus und lobte sie für ihre Stickereien. Hauptsächlich aber ergänzte er die Wurmlisten mit millimetergenau vermessenen Auswürfen auf dem Rasen. Er rechnete diese aufs Jahr und auf die Fläche von Kent in Tonnen hoch und fürchtete sich schon vor den Abgründen der Syntax, da er nun all diese Beobachtungen für sein avisiertes Wurmbuch verständlich zu Papier bringen musste.

Er zögerte das verhasste Schreiben noch ein paar Tage hinaus, indem er den Tieren mit der Pinzette Wattebäuschchen hinhielt, die er mit Parfum oder Tabaksaft getränkt hatte. Doch sie nahmen keine Notiz davon. Anders verhielt es sich mit Kohlblättern und Zwiebeln, die sie mit großem Ergötzen verzehrten. Meerrettich gehörte zu ihren Lieblingsspeisen, lediglich übertroffen vom Grünzeug der Karotte.

»Stell dir vor, sie hätten Augen«, sagte er beim Tee zu Emma, »sie würden sie rollen vor Vergnügen beim Benagen halbverwelkter Blätter von *Phlox verna*.« Emma erkannte, dass er sich noch einmal verliebt hatte. Nach den Orchideen, den Tauben und den Rankenfüßern nun also noch dieser wohltätige Erdarbeiter, der bedeutende geologische Formationen schuf und Bauern und Gärtnern den Boden lockerte. Sie ließ Charles gewähren, auch wenn die Töpfe Fenstersimse verstellten und nach der Fütterung rohe Fleischbröckchen und Kohlstückchen herumlagen, die, wurden sie vom Personal nicht rechtzeitig entdeckt, bald zu riechen begannen.

Einmal allerdings schritt sie ein, als sie sah, wie Charles mit dem glutroten Schürhaken hantierte, um die Reaktion des an Sinnesorganen doch so kümmerlich ausgestatteten Tieres auf Wärme zu testen. Auch Bernard hatte heulend protestiert, er sorgte sich um die zarte Haut der arglosen

Würmer. Für den Vierjährigen waren die Bewohner des Arbeits- und Billardzimmers längst zu Mitgliedern der Familie geworden. Vielleicht lag es daran, dass es *Lumbricus*, dem Regenwurm, gelungen war, den Großvater wenigstens zeitweise aus seiner niedergeschlagenen Stimmung zu reißen. Selbst Emma, die ein Leben lang Versuche nicht nur in der Küche, sondern auch im Esszimmer hatte erdulden müssen, schloss die Tiere ins Herz, was auch daran lag, dass der Regenwurm von Experiment zu Experiment mehr Persönlichkeit preisgegeben und schließlich sogar einen ausgeklügelten Intelligenztest bestanden hatte.

Charles hatte den Versuchstieren Schnipsel aus Schreibpapier hingelegt und Wochen damit verbracht, herauszufinden, dass 80 Prozent der Würmer die Schnipsel mit ihren Lippen an den spitzen Enden fassten und sie mit der schmalen Seite voran in ihre Höhle zogen. Voller Anerkennung schrieb er nieder: »Sie verdienen, intelligent genannt zu werden, denn sie handeln in nahezu derselben Art und Weise, wie ein Mensch unter ähnlichen Umständen handeln würde.«

Das wiederum fand Emma übertrieben, und sie konnte nicht gutheißen, dass ihr sonst so geliebter Ehemann selbst beim Regenwurm den Vergleich zum Menschen nicht lassen konnte.

Derartige Vergleiche nahmen ihm noch andere übel. Vor allem, dass er dem Menschen nur ein schlichtes Ästchen im Stammbaum des Lebens zugewiesen hatte, wie allen anderen Tieren auch. Fast kann man sagen, dass sowohl das Übel als auch sein Ruhm 1837 mit der kleinen Kritzelei eines schwindsüchtigen und windschiefen Bäumchens im – geheimen – Notizbuch B begonnen hatte. »I think«, ich denke, hatte er über diesen ersten Stammbaum geschrieben und mit ihm ein ungeheuerliches Gedankenspiel begonnen, das die Wesenheit des Menschen für immer verändern sollte.

Was freilich niemand ahnte, waren die Zweifel, die ihn in jener Nacht vor 44 Jahren befallen hatten. Denn, nahm er die Skizze ernst, dann war es ihm vielleicht gar nicht möglich, die Natur so zu erforschen, wie er es sich bis dahin erhofft hatte.

»Ich fühle auf das Allertiefste, dass der ganze Gegenstand zu tiefgründig ist für den menschlichen Intellekt«, schrieb er in einem Brief an seinen Vetter Francis, den er in derartigen Momenten oft konsultierte. »Genauso gut könnte mein Hund über die Geburt der Sterne spekulieren.

Francis, mein Lieber, wie vertrauenswürdig können derart gewonnene Ergebnisse sein? Ich habe furchtbare Zweifel, ob die Überzeugungen des menschlichen Geistes, der sich aus dem Geist niedriger Tiere entwickelt hat, irgendeinen Wert haben. Kann man im Gegenstand verharrend den Gegenstand mit Abstand betrachten? Ich fühle mich wie ein Gefangener, und mir wird übel bei diesen Gedanken. Selbstredend habe ich nicht in Zweifel gezogen, dass die Evolutionsgesetze auch auf meine Person zutreffen, aber ich hatte mir nie überlegt, was das für meine Forschungen bedeuten könnte. Ach, Francis, weißt Du mir zu diesem Gegenstand etwas Tröstliches zu schreiben?«

Kaum hatte er begonnen, über die Grenzen der Erkenntnis nachzudenken, wurde er von bodenlosem Schwindel gepeinigt. Schlimmer noch als während seiner Weltreise an Bord der Beagle, als ihn die Seekrankheit niedergestreckt hatte. Mit beiden Händen hielt er sich an seinem Schreibtisch fest, bis die Knöchel weiß wurden. Als es ihm wieder etwas besserging, schrieb er weiter:

»Welche Chance hat die menschliche Intelligenz, die sich entwickelte, um Faustkeile anzufertigen, unsere großen Fragen zu lösen? Wie soll das Hirn eines Säugetiers, das aus derselben Quelle gespeist ist wie die Nerven eines Fadenwurms, jemals allwissend sein? Würde irgendjemand den Überzeugungen eines Affenhirns vertrauen? Die Frage ist unlösbar. Meine Gedanken sind eingeschlossen im so und nicht anders konstruierten Hirn. Nur dort können sie ihre Runden drehen. Und doch! Öffnet sich nicht immer wieder ein Fenster der Erkenntnis? Ich denke an Kopernikus! Galileo! Newton! Das tröstet mich. Bitte antworte mir bald. In Liebe. Dein Vetter Charles.«

In jener Nacht hatte sich die Skepsis in Darwin festgekrallt und ließ sich nie mehr beseitigen. Auch nicht in Zeiten seiner größten Erfolge. Er hatte seine Person einsortiert in die lange Reihe vom Einzeller über den Fadenwurm, die Schnecke, die Orchidee und den Regenwurm bis hin zu Newton und Königin Victoria. In dieses endlose Band des Lebens, das alles und jeden seit Millionen von Jahren verknüpft und jedes einzelne Individuum auf das beschränkt, was die Natur ihm bereitgestellt hat. Keinem Forscher war es vergönnt, mit anderen Mitteln als denen, die die Natur ihm mitgegeben hat, dieselbe zu untersuchen. Auch er, Charles Robert Darwin, war also darauf angewiesen, mit dem Hirn, das die Evolution ihm geschenkt hatte, die Evolution zu ergründen.

Francis Galton, der gerade in Liebesdinge verwickelt war, hatte nur auf die Schnelle geantwortet: »Mein lieber Charles, Du hast leider in allem recht. Da gibt es keinen Trost. Außer den, den die Frauen uns bieten. Doch bedenke: Auch wenn alle Leidenschaften der Welt sich vom Fadenwurm aus entwickelt haben, bereiten sie Dir deshalb weniger Freude? Und so ist es mit der Naturgeschichte. Sie fesselt Dich! Schau her, wie klug die Sprache ist. Auch sie weiß, dass Faszination und Gefangensein nicht zu trennen sind. Man ist nicht frei, wenn man liebt. Ach, was schreibe ich denn da. Mein Geist kann zurzeit nicht recht logisch sein. Lass das Grübeln und forsche einfach weiter. Du bist ein kluger Hund. Beengende Schädelknochen hin oder her. In Liebe, Dein Vetter Francis.«

Der deutsche Patient

Als Doktor Beckett an diesem grauen Herbsttag 1881 in der Maitland Park Road Nr. 41 an der Klingel zog, ahnte er nicht, in welch geschlagenem Zustand sich der Patient befand, zu dem er eilends gerufen worden war. Dieser lag mit schwerer fiebriger Bronchitis im Arbeitszimmer und atmete pfeifend.

Man setzte große Hoffnung in den neuen Arzt. Denn der alte hatte das Vertrauen, das man ihm lange Zeit geschenkt hatte, verspielt. Auch in umgekehrter Richtung war das Verhältnis zerrüttet, denn der Doktor, der die letzten Jahre ins Haus gekommen war – Anlässe hatte es wahrlich genug gegeben –, hatte sich über die prekären finanziellen Verhältnisse dieser deutschen Familie geärgert. Es ging ihn ja nichts an, aber die kommunistische Denkart des Hausherrn war ihm nicht verborgen geblieben, und, so seine Diagnose, sie schien diesem nicht gerade Reichtum und Zufriedenheit beschert zu haben. Jedenfalls waren seine Honorarnoten nie im üblichen Zeitrahmen beglichen worden. Und das ewige Geschiebe von ungedeckten Wechseln, das Warten auf das Geld eines Freundes, das Vertröstetwerden auf ein demnächst eingehendes Honorar für zwei Leitartikel in einer amerikanischen Zeitung – der Arzt hatte es satt.

Friedrich Engels, der wohlhabende Mäzen der Familie, hatte daraufhin Doktor Beckett das Mandat erteilt, dem maladen Marx eine Visite abzustatten und schnellstmöglich alles Nötige, auch wenn es teuer sei, in die Wege zu leiten. Beckett war ihm empfohlen worden, denn dieser hatte in London einen Ruf wie Donnerhall und sorgte durch unkonventionelle Heilmethoden für manchen Tratsch. Das Telegramm, mit dem Marx seinen Freund Engels in Alarm versetzt hatte, lautete: »*Dear friend*, brauche *medical help*. Vom Tode durch Ersticken bedroht. Kein Zaster. Dein Mohr.« Engels handelte umgehend und ließ dem Arzt bestellen, die Rechnung solle direkt an ihn geschickt werden.

Nun stieg Doktor Beckett mit seiner abgewetzten Arzttasche die knarzende, mit einem leuchtend roten Teppich belegte Treppe hinauf. Das Arbeitszimmer war im ersten Stock, und Karl Marx lag auf dem Ledersofa. Ein Durcheinander diverser Decken und Kissen gab an mehreren Stellen das Leder frei und zeugte von einer miserablen Nacht. Der Patient sah ebenso zerwühlt aus wie das lose Bettzeug, er hatte sich geweigert, seine üppige Haar- und Barttracht kämmen zu lassen. Lenchen, die von allen geliebte Hausangestellte, hatte es Mohr angeboten, auch weil sie dem neuen Doktor eine gepflegte Familie präsentieren wollte.

Das breite Fenster dieses geräumigen Zimmers ging direkt zum Maitland Park hinaus. Es war offen, was dem Fiebernden etwas Kühlung verschaffte und den um Sauerstoff kämpfenden Lungen geschuldet war. Doch der Arzt ließ das Fenster sofort schließen. Er wies Lenchen an, in den kommenden Tagen die durch den Herbsteinbruch schon deutlich heruntergekühlte Luft, vor allem in Form von Zugluft, vom röchelnden Patienten fernzuhalten. Sonst würden dessen Bronchien weiter ruiniert.

Er ahne ja nicht, wie gebieterisch dessen Anweisungen sein könnten, wenn es ihm schlechtgehe, antwortete Lenchen sehr leise, um beim Kranken keine üble Laune zu provozieren.

Doktor Beckett schaute sich unauffällig um. Er war beeindruckt von diesem erstaunlichen Arbeitskabinett. Zu beiden Seiten des Kamins und des Fensters standen hohe Bücherschränke, die ganz und gar überfüllt und bis zur Decke mit geschnürten Zeitungspaketen und Manuskriptballen beladen waren. Auf dem Kaminsims stapelten sich Bücher in unterschiedlichen Sprachen zu Türmen, und Briefbeschwerer hielten Horden von Zetteln in Schach. Dem Kamin gegenüber standen zwei Tische, ebenfalls voll mit Papieren, Bücherhaufen und Zeitungsausschnitten. In der Mitte des Raums befand sich ein sehr einfacher und kleiner Arbeitstisch mit einem Lehnstuhl aus Holz, darauf aufgeschlagene Bücher, eine hübsche Öllampe mit dunkelrotem Kristallglasschirm und eine Handvoll schlecht gespitzter Bleistifte. Größere und kleinere Ringe auf dem ansonsten hellen Tannenholz waren die Hinterlassenschaft von Rotweingläsern und Tintenfässern.

Doktor Beckett befand, dass dieser kranke Gelehrte seine Bücher wie Sklaven hielt. Die meisten wirkten zerschlissen, misshandelt, verletzt. So mancher Band war in seiner ursprünglichen kalbsledernen Schönheit zugrunde gerichtet. Ohne Rücksicht auf Format, Einband oder Güte des Papiers waren Seiten herausgerissen, Ecken umgeknickt, zuhauf Passagen unterstrichen und kommentiert. Überall offenbarte sich ein Arbeitstier, das den Schriften seinen Willen aufzwang. Marx konnte sich mit Ausrufungs- und Fragezeichen offensichtlich nicht zurückhalten, er musste den Autoren schon beim Lesen beipflichten oder widersprechen. Doktor Beckett, der eine schöne Hausbibliothek pflegte und diese über die Jahre liebevoll erweiterte, grauste es bei diesem Anblick, und er zog, was Temperament und Konstitution des Patienten betraf, seine Schlüsse.

Was Beckett nicht wissen konnte, war, dass den meisten dieser Blätter und Exzerpte das unruhige Schicksal bevorstand, jahrelang ihren Platz im Gesamtwerk nicht recht finden zu können. Marx schob sie hin und her, legte sie in Schachteln und holte sie wieder heraus. Er war ein Meister des Verzettelns. Jeder Gedanke musste stets von neuem bearbeitet und poliert, ausgestrichen und wieder eingefügt werden. Das Monokel ins linke Auge geklemmt, beugte er sich Nacht für Nacht über seine Notizen, die unaufhörlich anschwollen. Zum unsteten Dasein, das diesen Schriftstücken beschert war, kam noch die Tatsache hinzu, dass viele von ihnen, man könnte durchaus von der überwiegenden Mehrzahl sprechen, schier unleserlich geraten waren. Oft genug auch für ihn selbst. Unter seiner Schrift hatte vor allem Frau Jenny zu leiden, denn ihr oblag es, als Gehilfin das Ganze durch mannigfache Abschriften zu gestalten und in eine für Verleger oder Zeitungsredakteure präsentable Form zu bringen.

Das lausige Wetter habe ihn offensichtlich bis ins Innerste verkältet, sein Husten werde schlimmer *from day to day*, lispelte Marx mit einigem Akzent. Und die miese Londoner Luft, reich an Nebel und Kohle, gebe seinen gereizten Atemorganen den Rest.

Außerdem, wagte Lenchen zu ergänzen, sei er schlaflos, appetitlos und sehr melancholisch. Doktor Beckett rümpfte die Nase, ihm kam das Urteil über die Londoner Luft überzogen vor. Das Bronchitische des Patienten schien ihm eher untrennbar mit den Tabakwaren verbunden, die er überall im Zimmer verteilt sah.

Doktor Beckett untersuchte Marx gründlich. Noch nie

hatte er sein Stethoskop auf einen derart behaarten Oberkörper gesetzt, jede Pore schien ihm von einer Haarwurzel
besiedelt, auch auf den Handrücken des Kranken und aus
seinen Ohren wuchsen pechschwarze und silberne Haare
büschelweise. Der Doktor klopfte und horchte, drückte und
klopfte wieder, er roch seinen Atem und inspizierte den
Schweiß, er gab sich alle Mühe. Von Lenchen vernahm er,
dass der Patient 63 Jahre alt, des Öfteren von einem familiären Leberleiden gepeinigt sei und zeitlebens an immer wieder aufblühenden, äußerst schmerzhaften Furunkeln leide.

Für einen Gelehrten, der, im Gegensatz zu manch anderem seiner Patienten, den Körper nie durch schwere
körperliche Arbeit habe belasten müssen, sei sein Gesamt-
zustand ausnehmend miserabel, nuschelte Doktor Beckett,
bereits zum zweiten Male die Nase rümpfend, was Lenchen anmaßend fand. Da helfe auch ein ungewöhnlich
robuster Körperbau nicht notwendigerweise, wenn man
seine inneren Organe mit beträchtlichen Mengen Tabak
und Alkohol traktiere. Wiederum die Nase rümpfend. Der
Doktor diagnostizierte nebst der offenbar schon länger an-
haltenden Bronchitis eine fortgeschrittene Rippenfellent-
zündung und kritisierte eine geschwollene Leber.

Nachdem er Lenchen zur Apotheke geschickt hatte, sagte er mit dürren Worten zu Marx, man müsse auf der Hut
sein, das Ganze nicht weiter zu verschleppen. Er deutete
nach einer ganzen Weile, nun etwas offensiver, zum Kamin
hin, wo Zigarren unterschiedlichster Größen, einzeln oder
in Kisten, und Unmengen von Zündhölzchen und diverse
Tabaksbehälter vom Leben eines starken Rauchers zeugten.
Dieses Laster sei in der jetzigen Lage so sehr verboten, dass
er am liebsten alles wegräumen ließe. Marx nickte lamm-
fromm. Er blickte zu den Fotografien seiner Töchter, seiner

Frau Jenny und seines Freundes Friedrich Engels hinüber, die nur mit Mühe zwischen all den Utensilien auf dem Kaminsims ihren Platz behaupten konnten. Seine Lieben schienen ihm das Versprechen abzuringen, auch um ihretwillen die Gesundheit nicht weiter aufs Spiel zu setzen.

Marx war, seit er als Student die Nächte mit dem Exzerpieren des von ihm zunächst hochverehrten, dann verachteten Philosophen Hegel zugebracht hatte, starker Raucher. Ein überaus starker Raucher. Er lebte im Qualm. Und naturgemäß war die schlimmste Zeit – was dieses Laster betraf – diejenige gewesen, in der er quälend lange Jahre am ersten Band des *Kapitals* geschrieben hatte. Friedrich Engels, selbst kein Kostverächter, gab oft Mohrs Satz zum Besten, den dieser eines Nachts von dicken Rauchschwaden umwabert und beim Öffnen einer neuen Zigarrenkiste kundgetan hatte: *Das Kapital* werde ihm nicht so viel *money* einbringen, wie ihn all die Zigarren kosteten, die er beim Denken und Schreiben rauche.

Die beiden Männer, von der Hoffnung auf die unmittelbar bevorstehende Revolution und von reichlich Cognac beflügelt, hatten damals über diesen Scherz herzlich gelacht. Marx etwas donnernd – das Rheinland hatte seine Spuren hinterlassen – und Engels, der wohlerzogene Pietistensohn, etwas sanfter. Im Duett ergänzten sich ihre Stimmen ausnehmend gut. Überhaupt konnte man die beiden gar nicht ohne einander denken. Ihre Existenzen, stellte Frau Jenny Marx ohne jede Eifersucht fest, seien so sehr ineinander verflochten, dass sie fast ein einziges Leben bildeten.

Rund zwanzig Jahre waren seit jener durchzechten Nacht mit der kubanischen Zigarrenkiste vergangen, die Revolution war noch immer nicht eingetreten, dafür Marx' Prophezeiung, sein *money* betreffend. Doch der kranke Mohr gab weiterhin alles, auch wenn seine Lungen pfiffen, um die Hoffnung auf eine gerechte menschliche Gesellschaft niemals fahren zu lassen.

Im tristen Licht dieses kühlen Herbsttages 1881, während Lenchen in der Apotheke auf das *Collodium cantharidatum* wartete, betrachtete Doktor Beckett den abgenutzten Streifen auf dem Teppich, der so scharf begrenzt war wie ein Fußpfad auf einer Wiese. Doktor Beckett fragte sich, was das zu bedeuten hatte. Hatte er einen Patienten mit manischen Gemütszuständen vor sich? Einen derartigen Rennstreifen, anders konnte er sich das Abgetretene nicht erklären, hatte er zuvor noch in keinem Kranken- respektive Arbeitszimmer gesehen. An beiden Enden des Pfads entdeckte er im Teppich seltsame Löcher und zog es, trotz seiner Neugier, vor, den Patienten im jetzigen Zustand nicht mit zu vielen und womöglich beschämenden Fragen zu belasten.

Nachdem er das Stethoskop wieder in der Tasche verstaut, einen mittleren Pinsel herausgenommen, begutachtet, in Alkohol gewaschen und bereitgelegt hatte, ließ er seinen Blick etwas ungeduldig durchs Zimmer wandern, denn er wusste, wie viele Patienten noch auf ihn warteten. Plötzlich machten seine Augen auf dem Holztisch neben dem Fenster halt. Dort lag ein Buch, das er gut kannte, und er freute sich.

Sein neuer Patient interessierte sich offensichtlich für Darwin, denn, soweit er aus dieser Distanz erkennen konnte, war auch *Die Entstehung der Arten* beackert und mit vielen Zetteln bestückt worden. Seine Ferndiagnose lautete: Das Buch samt Deckel war durch den gründlichen Gebrauch ungefähr in ähnlich verwüstetem Zustand wie die Bände von Hegel und Adam Smith, die unweit des Sofas auf dem Boden lagen. Beinahe wäre er dem Impuls gefolgt, Marx auf Darwin anzusprechen, aber im letzten Moment bremste er sich. Es schien ihm voreilig. Angesichts des Fiebers und weil sie sich kaum kannten, verordnete er sich Zurückhaltung und schwieg. Und doch beschäftigte ihn die Frage, was wohl ein Kommunist dazu sagte, dass die Affenartigen durch Selektionsprozesse, bei denen es immer Unterlegene und Sieger gab, Arbeiter und Kapitalisten hervorbrachten.

Atemlos kam Lenchen aus der Apotheke zurück und überreichte die Arznei. Der Doktor nahm den Pinsel und beeilte sich, das *Collodium cantharidatum* auf Rücken und Brust des Kranken aufzutragen. Er erklärte Marx in angemessen autoritärem Ton, dass es sich bei dieser Behandlung um ein erwiesenermaßen äußerst wirksames, leider auch schmerzhaftes, sogenanntes ausleitendes Verfahren zur Entgiftung seines Körpers handle. Marx musste husten. Das Reizgift, das er auf die Haut pinsle, fördere die Durchblutung und beschleunige den Strom seiner Körpersäfte. Marx musste abermals husten. Der ätherische Auszug der getrockneten und gemahlenen Spanischen Fliege – es handle sich dabei um einen Vertreter des medizinisch bemerkenswerten Ölkäfers – werde, so Doktor Beckett, allmählich seine affizierende Kraft entfalten.

Marx musste wieder husten und erlitt nun, durch das anstrengende Aufsitzen, eine derartige Attacke, dass es im einen Augenblick so schien, als müsse er ersticken, im anderen, als müsse er sich übergeben. Lenchen rannte nach einer Schüssel, der Arzt legte beruhigend seine warmen

Hände auf den vom Husten und Herumliegen verspannten Rücken. Er sprach langsamer und im Ton etwas sanfter weiter. In acht bis zwölf Stunden werde die Haut an den einbalsamierten Stellen blasige Entzündungen aufweisen. Das sei zwar unangenehm, aber nötig, denn mit den austretenden Gewebeflüssigkeiten würden die schädigenden Gifte herausgeschwemmt, die sich in seiner Brust üblerweise versammelt hätten.

Mit Blick auf Lenchen fügte er an, der Patient dürfe sich auf keinen Fall kratzen. Er komme am anderen Morgen wieder, um die Blasen zu öffnen und weitere Behandlungen vorzunehmen. Gegen den bellenden Husten müsse sie bei Bedarf mehrmals einen Suppenlöffel von der Flüssigkeit aus der blauen Flasche reichen, die, auch durch das enthaltene Opium, den Fiebernden beruhigen werde.

In der folgenden Nacht träumte Karl Marx von seiner Frau. Während er versuchte, Jenny im Arm zu halten und beim Sterben zu trösten, musste er sie immer im falschen Moment wieder weglegen, weil ihn seine Brust auf eine Weise schmerzhaft juckte, dass er fürchtete, sie sonst fallen lassen zu müssen. So ging es die ganze Nacht. Er hob seine Jenny aus dem Bett und musste sie wieder hinlegen. Sie selbst schien wenig davon zu merken und war seltsam unbeteiligt. Ihr Kopf baumelte an einem viel zu dünn gewordenen Hals.

Wie angekündigt kam Doktor Beckett am anderen Morgen gegen acht. Er brachte mit seiner beschlagenen Brille, den feuchten Strähnen im rotblonden Haar und den Tropfen, die an seinem schwarzen Trenchcoat herunterperlten, den tristen Charakter eines britischen Regentages ins Krankenzimmer.

Der Patient auf seinem Nachtlager sah erbärmlich aus und eindeutig schlechter als am Tag zuvor. Er selbst bezeichnete seinen Zustand als *very bad*. Und sagte es weinerlich. Er fühle sich, als sei seine Epidermis zu kurz und zu eng geworden und als wolle sein Korpus jeden Moment aus dieser herausplatzen. Bewege er sich etwas zu heftig, gingen die Blasen an seinem Rücken auf. Er fühle schlimmste Pein. Sein Hemd sei getränkt, das Leintuch ebenfalls. Marx war so heiser, dass man ihn kaum verstand.

Der Doktor nickte, wie es schien, zufrieden, gab Anweisungen, und Lenchen brachte die gewünschten Tücher sowie heißes Wasser. Er begann mit einer gründlichen Untersuchung, klopfte und horchte und fand wieder diese tiefliegende Stelle an der linken Brust, die ihm schon gestern nicht gefallen hatte.

Schweigsam machte er sich an die Arbeit und öffnete die Blasen, wischte und tupfte, brachte Jodtinktur auf, während Marx von Zeit zu Zeit jaulte. Lenchen, die alles Nötige parat hielt und assistierte, zuckte des Öfteren zusammen. So entkräftet hatte sie ihren Mohren noch nie gesehen.

Als die Trockenlegung und Bepinselung abgeschlossen war, verband der Arzt den ganzen Oberkörper und erklärte, dass eine nachlässige Wundbehandlung zu gefährlichen Infektionen führen könne. Daher werde er regelmäßig hereinschauen und wolle im Moment die Verrichtungen dieses weißen Aderlasses – so nannte er die Prozedur – alle selbst vornehmen. Dann gab er Marx einen Löffel Saft aus der blauen Flasche. Der Patient brauche nun absolute Ruhe, er müsse weiterhin vermeiden, sich zu kratzen, auch nicht indirekt durch Scheuern des Rückens an der Unterlage, und, mit einem Blick zu Lenchen, er solle viel trinken, um dem Körper Flüssigkeit zuzuführen. Am Abend werde er wiederkommen.

Lenchen brachte Tee mit einem kräftigen Schuss Branntwein, Mohr leerte die Tasse in einem Zug. Er schloss die Augen, atmete röchelnd und fing an zu fantasieren. Mühsam lösten sich ein paar Satzfetzen aus seinem Mund. Lenchen beugte sich über ihn und wischte ihm die Stirn. Sie meinte verstanden zu haben, dass das blutig gescheuerte, pelzige Rippenfell sich in seinem Brustkasten hin und her bewegte. Und weil es durch das Herumwandern der Lunge den Platz streitig machte, müsste er wahrscheinlich ersticken. Marx griff nach Lenchens Hand. Er fürchtete sich vor diesen Einblicken in sein Innerstes. Allmählich entspannte er sich, das Opium tat seine Wirkung, ein wenig noch unterstützt vom Branntwein, der in seiner trockenen Kehle eine wohlig warme Wirkung entfaltete. Dann schlief er ein.

Als Lenchen mit der leeren Tasse und mit müden Schritten die Treppe herunterkam, stand Doktor Beckett vor der Küchentür, den Mantelkragen bereits gegen den Regen aufgerichtet, und schien auf sie zu warten. Lenchen war überrascht von so viel Höflichkeit, sie war nicht davon ausgegangen, dass er sich noch von ihr verabschieden wollte, da er es doch eilig hatte.

»Darf ich Sie noch ein paar Dinge fragen?«

Lenchen nickte und bot ihm eine Tasse Tee an. Sie traten in die Küche. Doktor Beckett stellte seinen Arztkoffer auf den recht ramponierten Küchenstuhl. Und blieb stehen. Während er reichlich Zucker im Tee verrührte, schwankte er, die Gedanken sammelnd, mit seinem langen Körper vor und zurück. Diese Marotte hatte schon manche Patienten irritiert, die fürchteten, er könnte, das Gleichgewicht verlierend, vornüber in ihr Bett fallen.

Im schummrigen Licht der Küche und in seinem dunklen Mantel sah er aus wie eine hochgeschossene finstere Fichte im regennassen Wind. Die Krone zerzaust.

Plötzlich sagte Lenchen: »Wissen Sie, Herr Doktor, es ist ein einziges Elend in dieser Familie.«

»Was genau meinen Sie damit?«

»Ach, wissen Sie, es fehlt an allem. Es fehlt an der Heimat. Es fehlt an Geld. Und es fehlt an Gott. Mittlerweile fehlt es auch an Zuversicht.« Lenchen steckte, während sie das sagte, beide Hände mehrfach in die Taschen ihrer Schürze und nahm sie sogleich wieder heraus. Sie war nervös. Was auch damit zu tun hatte, dass sie wegen der Nachtwachen an Mohrs Bett viel zu wenig geschlafen hatte.

»Wie lange kennen Sie Mr Marx schon?«

»Seit über vierzig Jahren. Ich kannte ihn bereits in Deutschland. Wo wir alle geboren sind. Seit er seine Jenny geheiratet hat, war ich immer bei ihnen. Sie wissen doch«, Lenchen zögerte kurz, »dass Mr Marx hier in London im Exil lebt?«

Sie war unsicher, wie offen sie sprechen sollte. Sie wollte nicht zu weit gehen, denn der neue Arzt könnte wie der alte in politischen Belangen anderer Meinung sein und die Behandlung darunter leiden lassen. Doch sie gab sich einen Ruck und sprach beherzt weiter. »Ich hoffe sehr, dass sein Beruf Sie nicht stört? Wissen Sie, er schreibt über die Ungerechtigkeit in der Welt. Und wie die Arbeiter sich dagegen wehren können.«

»Das ist mir nicht unbekannt«, sagte Doktor Beckett in warmem Ton. »Mr Marx hat ja doch einige sehr interessante Schriften verfasst. Ich bin zwar nicht sicher, ob er in allem recht hat. Aber dass er sich für eine gerechtere Welt einsetzt, das ist ehrenwert. Sehr ehrenwert.«

Lenchen war erleichtert. Und sagte, schon etwas mutiger, das sei nicht nur ehrenwert, sondern bitter notwendig. Sie kenne die Mühen der Armut. Wie es sei, für die hungrigen Kinder keine Kartoffeln kaufen zu können. Oder auf Medizin verzichten zu müssen, weil man sich den Apotheker und den Arzt nicht leisten könne. Wobei sie ja, im Unterschied zu den Fabrikarbeitern in Manchester, wenigstens noch einen Freund hätten, der über Geld verfüge und ihnen hie und da aushelfen würde. Lenchens Stimme war von Satz zu Satz kräftiger geworden.

»Ihr Englisch ist erstaunlich«, sagte Doktor Beckett. Lenchen freute sich über diese Anerkennung und begann den Doktor zu mögen. »Wir haben erst das Französische in Brüssel und Paris und danach das Englische hier in London gemeinsam mit den Kindern gelernt. Allerdings haben die drei Mädchen uns Erwachsene schnell überholt. Und, wie soll ich sagen, Mohr kann zwar ganze Dramen von Shakespeare auswendig, aber im Alltag, da hapert es.«

»Er kann Shakespeare auswendig? Donnerwetter.«

»Ja, und Heinrich Heine. Das ist ein deutscher ...«

»Dichter. Ich weiß.«

»Untereinander sprechen wir natürlich nach wie vor deutsch. Zurzeit lernt Mr Marx übrigens slawische Sprachen. Vor allem Russisch. Ich weiß zwar nicht, wofür das gut sein soll, und bin auch nicht sicher, ob er es selber weiß. Vor allem Mr Engels und sein Verleger schimpfen, er sollte lieber seine Bücher fertig schreiben. Aber was genau wollten Sie denn nun von mir wissen? Sie sagten doch vorhin, Sie hätten noch Fragen?«

Doktor Beckett griff in seine Manteltasche und nahm ein Notizheft heraus, an dem ein kleiner Bleistift mit einer Schnur festgebunden war. Er schrieb etwas hinein und sagte: »Ein paar ganz alltägliche Dinge, die für meine Wahl der Medikamente wichtig sind. Mag Mr Marx lieber süße Speisen oder salzige?«

Mit solchen Fragen hatte Lenchen nicht gerechnet. »Oh, da muss ich eigentlich nicht lange nachdenken. Er mag beides! Wissen Sie, Herr Doktor, Mohr ist ein Genießer. Natürlich nur, wenn er nicht krank ist. Und wenn das Portemonnaie es uns erlaubt. Dann koche und backe ich nach dem Rezeptbuch meiner Großmutter. Auch wenn wir auf der Flucht waren und obwohl wir so oft umgezogen sind, habe ich immer aufgepasst, dass ich es nicht verliere.« Sie deutete Richtung Küchenschrank. »Ich weiß doch, wie sehr er das deutsche Essen mag. Besonders, wenn er melancholisch ist. Zum Beispiel Schweinefilet mit Rieslingsauce und …«

Lenchen kam in Fahrt, es freute sie sichtlich, dass Doktor Beckett sich für ihre Domäne interessierte. Doch dieser eilte bereits weiter und wollte ihre Angaben zum Repertoire deutscher Speisen nicht abwarten. Er unterbrach. »Sie sprachen vorhin von Furunkeln. Wie oft hat er diese? Und wo? Wo genau?«

Lenchen brauchte einen Augenblick, um vom feinen Filetchen, eingelegt in Moselwein, zur Furunkulose umzuschalten. »Ich glaube, er hat sie, seit ich ihn kenne. Allerdings nicht jedes Mal gleich schlimm. Immer wieder bekommt er diese schrecklichen Beulen am ganzen Körper. Auch im Gesicht. Oft auf dem Rücken. Es gab Zeiten, da hatte er sie an Stellen …«, sie kicherte verschämt, »dass er wochenlang nicht sitzen konnte und auf der Seite liegend schreiben musste. Übrigens hat er seine Karbunkel oft selber aufgeschnitten. Mit einem scharfen Rasiermesser, wenn kein Geld für einen Arzt da war. Oder aber wenn der Hundling, so sagt Mohr immer, an Stellen saß, die ihm peinlich waren.«

Lenchen deutete auf ihren Unterkörper. »Dann bat er mich, heißes Wasser und ein sauberes Tuch zu bringen. Natürlich musste ich draußen warten. Wenn ich protestiert habe, er könnte sich vergiften, lachte er mich aus, tauchte das Messer in Schnaps und ging ans Werk. Anschließend hat er mir erschöpft berichtet, wie hoch das verdorbene Blut gesprungen ist.«

Doktor Beckett hörte sehr aufmerksam zu. Während er einige Male die Nase rümpfte. Es schien Lenchen mittlerweile eher eine Methode, um die rutschende Brille nach oben zu befördern, als Missfallen auszudrücken. Doch ganz sicher war sie nicht.

»Die liebe Haut also«, sagte er. »Kommt Erbrechen hinzu? Unwohlsein?«

»Oh ja. Leider. Wissen Sie, Mohr hat auch stechende Schmerzen hinter der Stirn. Ich glaube, auf der linken Seite. Wenn er so armselig dran ist, spricht er auch immerzu von Brustbeklemmung.«

Doktor Beckett notierte noch ein paar Worte, steckte das Büchlein dann in seine Manteltasche und sagte: »Mr Marx braucht Kummerkügelchen.«

Als Lenchen das hörte, schossen ihr Tränen in die Augen. Was den Arzt in seiner Diagnose bestärkte, denn sein Gefühl sagte ihm, dass Lenchen Mr Marx nicht nur bekochte, sondern sehr gut kannte.

»Ich werde mich darum kümmern, die richtige Medizin zu finden, und sie so bald wie möglich mitbringen. Dazu muss ich einiges nachschlagen. Und Sie sollten dringend etwas mehr schlafen. Sonst werden Sie mein nächster Patient. Darf ich Sie zum Abschluss noch etwas anderes fragen?«

Lenchen nickte, während sie sich schnäuzte.

»Was meinten Sie vorhin damit, dass es in dieser Familie an Gott fehlt?«

»Ach«, sagte Lenchen und verstummte. Erst nach einer ganzen Weile sprach sie weiter: »Wissen Sie, Herr Doktor, ein bisschen Frömmigkeit würde nicht schaden. Bei all dem Unglück! Es wird einem so kalt ums Herz, wenn man auf gar nichts hoffen darf.«

Doktor Beckett rümpfte die Nase. »Sie meinen, nach dem Tod?«

»Ja, das meine ich. Und ich bin auch gar nicht sicher, ob er in diesem Fall, also mit seinen Ansichten zur Religion, recht hat.« Plötzlich schaute sie fest in Doktor Becketts Augen und sagte: »Keine Hoffnung mehr zu haben quält mich, besonders jetzt, wo wir alt werden.«

Nach einer Pause, in der Lenchen sorgfältig ihr Taschentuch faltete, obwohl ihr weitere Tränen übers blasse Gesicht rannen, sagte sie: »Der Himmel ist leer. Hat Mohr einmal gesagt. Wenn das stimmt, kommt mir das schlimmer vor als die Hölle.«

Doktor Beckett hätte Lenchen am liebsten in den Arm genommen, so traurig sah sie aus. Dann flüsterte sie, während sie den Blick senkte: »Ein wenig Gottesfurcht könnte auch Mohr nicht schaden.«

Doktor Beckett ließ es für diesen Tag dabei bewenden und verabschiedete sich.

Arzt ohne Gott

Vielleicht glich Doktor Becketts Statur eher einer Zypresse als einer Fichte. Jedenfalls wenn er zu seinem dunklen Trenchcoat die schwarze, schmal geschnittene Hose und den grauen Hut trug, der die rötlich blonden Haare verdeckte. Ihm selbst hätte der Vergleich mit einer Zypresse sicherlich besser gefallen, da er Italien liebte und schon einige Male bereist hatte.

Wie es an der Mosel aussah, davon hatte er nur trübe Vorstellungen. Möglicherweise würde er bei einer weiteren Reise auf den Kontinent dieses Weingebiet besuchen. Schon wegen der Filetspitzen in Rieslingsauce.

Doktor Becketts Körper neigte, trotz seiner Freude am Essen, zum Schlaksigen. Und seine Augen zur Kurzsichtigkeit. Verspürte er den Wunsch, schärfer zu sehen, nahm er das Etui aus der Arzttasche, ohne die er niemals anzutreffen war, öffnete es mit ungeduldiger Geste, weil der Verschluss klemmte, setzte die Nickelbrille auf und korrigierte sodann ihren Sitz, indem er die Nase rümpfte. Was ihm für einen kurzen Augenblick das Aussehen eines Hasen verlieh, weil die Oberlippe seine etwas zu langen Schneidezähne freigab.

Beim Lesen kam es ihm nie in den Sinn, die Brille zu benützen. Er zog es vor, den Abstand zwischen Augen und Buch zu verkleinern, indem er sich zu den Seiten hinunterbeugte, was seiner sonst aufrechten Körperhaltung ein wenig Abbruch tat. Auch wenn er im Zug saß oder in der Kutsche, ließ er die Brille meist in der Tasche. Er mochte es, mit seinen Blicken in der Nähe zu bleiben und nachzudenken, denn er war der Meinung, seine Gedanken auf diese Weise besser fokussieren zu können.

In den letzten Semestern seines Medizinstudiums in Cambridge hatte er begonnen, sich durch die Werke zeitgenössischer Forscher zu wühlen, und wandelte sich, je länger seine Exzerpte wurden, vom gläubigen Studenten zum frei denkenden Arzt. Hätte er seine Denkwerkstatt im Stillen betrieben, wäre diese Entwicklung allein nicht Grund genug für die vollständige Zerrüttung zwischen ihm und der Klinikleitung gewesen. Doch er hatte es nicht lassen können, seinen Glauben an das Nichts allerorten zu verkünden.

Der junge Beckett predigte den Atheismus an Krankenbetten, weil er, so führte er in die Sache ein, den Patienten die Angst vor Tod und Hölle nehmen wollte. Auch zur *tea time* konnte er es nicht lassen, Fragen der menschlichen Existenz zu erörtern, womit er den anderen Ärzten zunehmend auf die Nerven ging. Was ihn erschütterte. Denn er sehnte sich nach Austausch mit Kollegen und war überzeugt, dass auch sie Antworten auf die quälenden Fragen sterbenskranker Patienten suchten. Er konnte es nicht verstehen, dass so viele Menschen gedanklich noch im Mittelalter verharrten, statt den Fortschritt zu begrüßen, zu philosophieren und Neues auszuprobieren.

Es kam vor, dass der junge Beckett in der Bibliothek des British Museum aus dem Lesesaal stürmte, auf der Suche nach einem Menschen, dem er das gerade Gelesene berichten konnte.

Was das Sterben im Hospital betraf, war er von der

lindernden Wirkung seiner atheistischen Botschaft überzeugt: Wer sich verdeutliche, dass er, ursprünglich geboren aus einem unbewussten Zustand, wieder in einen solchen hinübergleite, der brauche sich vor nichts zu fürchten. Wie viele Menschen gebe es, die, rückwärts gedacht, vor dem Nebel, aus dem sie geboren wurden, Angst hätten? Keinen! Warum sich also, vorwärts gedacht, vor diesem gleichen Zustand fürchten, wenn der Körper sich doch lediglich in unbewusste Materie zurückverwandelte? Wieder in diesen nebligen Raum der Ewigkeit, fast mochte er sagen: nach Hause, reiste?

Allzu gern bediente sich Doktor Beckett in Streitgesprächen der Argumente und Zahlen aus dem Essay »Statistische Untersuchungen der Effizienz von Gebeten«, einem Werk, das die anglikanische Kirche mit all ihren Bischöfen und Gläubigen dauerhaft erboste. Der Autor, Sir Francis Galton, hatte keine Mühe gescheut, die Lebensdaten der männlichen Mitglieder des britischen Königshauses über einen Zeitraum von fast hundert Jahren zu durchforsten, um herauszubekommen, ob die vielen öffentlichen Fürbitten etwas bewirkt hatten. Sein vernichtendes Ergebnis: nichts. Im Gegenteil. Die Royals lebten sogar kürzer als Normalsterbliche. Das gleiche Bild bot sich bei den Kirchen: Gotteshäuser wurden ebenso oft vom Blitz getroffen wie normale Häuser. Doktor Beckett konnte den triumphierenden Blick nicht verbergen, als er den Essay in der Klinik zum Besten gab.

Brachte er zum Tee auf seiner Station Kekse mit, wussten die Kollegen, dass ihm nach Philosophieren war und er zum Beispiel wissen wollte, welches Bild, rein theoretisch, in ihren Augen besser geeignet sei, die bewusstlose Ewigkeit zu umschreiben: Nebel, Dunst oder Dunkelheit? Während die anderen gereizt schwiegen – die Mehrheit von ihnen hoffte auf ein postmortales Paradies –, antwortete ihm der Chirurg des Krankenhauses, nicht jedes Thema müsse ausgeschmückt werden.

Der Chirurg war der Einzige, der Becketts Gedanken in gewissem Maße würdigte, doch empfahl er ihm auf dem Flur, nicht den gleichen Fehler zu begehen, den die Kirche seit Jahrhunderten mache: Dinge und Zustände zu illustrieren, von denen der beschränkte menschliche Geist nichts wissen könne. Für den jungen Beckett war dieser Skeptizismus gegenüber dem Intellekt unverständlich. Er war der festen Überzeugung, dass die Wissenschaften auf dem besten Weg waren, die Rätsel des Lebens zu lösen.

Was er damals nicht wusste, war, dass Francis Galton ein Vetter Darwins war und den modernen Wissenschaften mit Begeisterung begegnete. Dennoch war der Sir keineswegs abgeneigt zu beten. Er tat es sogar recht oft und vertrat die Meinung, dass Gebete bei vielen Prüfungen des Lebens und im Schatten des herannahenden Todes bessere Hilfeleistung boten als nacktes Zahlenmaterial.

Auch Doktor Beckett musste nach recht kurzer Zeit in der Klinik erfahren, dass wissenschaftliche Erkenntnisse den Todgeweihten in dieser Hinsicht nicht halfen. Schon gar nicht, wenn er das individuelle Leben nur noch als Pünktchen eines großen Kontinuums beschrieb. Vor diesem Pünktchen: die Ewigkeit. Nach diesem Pünktchen: die Ewigkeit.

Als ihm eine anmutige Frau von 42 Jahren in der Nacht ihres Sterbens gesagt hatte, am meisten schmerze es sie, ihre gesunden Tage nicht genug geschätzt zu haben, und nun überrollten sie Wellen der Verzweiflung, das Verpasste nicht mehr nachholen zu können, wurde Doktor Beckett zunächst milde und dann derart von Mitleid erfasst, dass er aufhörte, vom Kreislauf ewiger Verbundenheit mit aller Lebensmaterie zu fabulieren. In Zukunft würde er bedenken müssen, dass man Trost nicht aufzwingen konnte. Schon gar nicht mit chemischen Ausführungen über Atome und Moleküle, die sich rückverwandelten, denn aus nichts anderem bestehe der Mensch.

Becketts Ausführungen zum Nichts gefielen auch dem Leiter des Londoner Hospitals nicht. Dieser war zufällig Zeuge geworden, wie sich Doktor Beckett mit den Worten aus einem Krankenzimmer entfernte, er, der Herzkranke, solle den biblischen Spuk in seinem Kopf beenden, dann würde er sich besser fühlen. Er solle lieber die realen Personen auf Erden, denen er Unrecht getan habe, um Vergebung bitten. Ihn erwarte keine göttliche Vergeltung und keine Abstrafung im Jenseits, auch wenn die Kirche ihm dies eingetrichtert habe.

Die Abstrafung des Doktors auf dem Flur folgte ebenso flugs, wie es die Schritte des leitenden Professors waren, auf seinem Weg zum Vorlesungssaal. Da der angegraute Anatom in der letzten Zeit immer häufiger Zeuge solcher ketzerischen Diskussionen auch unter Studenten wurde, beschloss er, seine Ausführungen zum ausgeklügelten Zusammenspiel der Handknöchelchen als Beleg feinster Gottesarbeit anschließend etwas auszuweiten.

Seit Jahren bat er seine Studenten an immer derselben Stelle der Vorlesung zur Anatomie des Menschen, sich auszumalen, sie fänden bei einem Spaziergang auf freiem Feld eine Taschenuhr. Es könne doch kein Zweifel bestehen, dass sie sofort erkennen würden, dass dies ein intelligent konstruiertes Objekt sei. Selbst wenn sie nichts von einem Uhrmacher wüssten, müsse es logischerweise einen

Konstrukteur geben, der alle Rädchen des Uhrwerks akkurat aufeinander abgestimmt hatte. »Meine Herren, liegt es nicht auf der Hand, dass auch der Mensch mit seiner hochspezialisierten Bauart – denken Sie doch nur an die 27 Handknöchelchen und 33 Muskeln, die uns präziseste Arbeiten verrichten lassen« – er knackte vergnügt mit den Fingern –, »dass also auch der Mensch das Werk eines Uhrmachers ist?«

An dieser Stelle pflegte der Professor eine kleine Pause zu setzen, um von seinen Notizen auf- und den Studenten in die Augen zu blicken: »Bitte, meine Herren, wenden Sie das Verfahren der Deduktion, das wir in den letzten Monaten oft verwendet haben, auch in dieser Frage an.« Seine kleinen grünen Augen blitzten vor Begeisterung, denn er fand diesen Gottesbeweis elegant und unwiderlegbar.

Doch all solchen Ausführungen zum Trotz, das enge Band zwischen Klerus und Forschung hatte Risse bekommen. Die Zeit, da alle Professoren in Oxford und Cambridge noch geweihte Priester waren, egal ob bei den Zoologen, Chemikern, Anatomen oder Geologen, war vergangen. Immer häufiger standen Wissenschaftler am Katheder, die das Materielle vom Metaphysischen lieber separierten.

Auch Doktor Beckett zog es vor, die Feinabstimmung der Handknöchelchen und die Entstehung der Arten statt mit einem Uhrmacher lieber mit Charles Darwin zu erklären. Das gleichnamige Buch war wenige Tage vor seinem 20. Geburtstag erschienen – man schrieb den 24. November 1859 –, und er hatte zu den Lesern der ersten Auflage gehört, die innerhalb einer Woche vergriffen gewesen war.

Als der Medizinstudent, der lange Jahre als Messdiener in der Westminster Abbey gedient hatte, den Prozess der

Evolution zum ersten Mal verstand, wühlten ihn diese Vorgänge der Natur derart auf, dass er tagelang spazieren ging. Er fühlte sich wie ein Wiederkäuer, der das zu sich Genommene wieder und wieder verdauen musste.

In den Monaten nach seiner unrühmlichen Entlassung aus der Klinik war Doktor Beckett jeden Morgen in die Bibliothek gegangen. Er las Samuel Hahnemanns *Organon der Heilkunst* und experimentierte mit Kügelchen. Er las Kants berühmten Aufsatz *Was ist Aufklärung?*, weil er ein Freund derselben war und nichts mehr wünschte, als dass die Menschen sich aus ihrer Unmündigkeit herausarbeiteten. Das Kant-Studium gab er schnell wieder auf. Ihm fehlte die Geduld. Mit Vergnügen hingegen las er diverse Schriften zum Atheismus und fand die Aussage »Wenn die Pferde Götter hätten, sähen sie wie Pferde aus« entzückend. Es gab keinen Satz, der seine Einstellung zur unirdischen Welt besser auf den Punkt gebracht hätte und den er lieber zitierte. Auch las er ein paar Dutzend Seiten Marx, weil ihn der Zustand der Kranken in den Armenvierteln Londons deprimierte. Doch Marx zu lesen war noch schlimmer als Kant.

Zufällig wurde Beckett in jenen Wochen nach seinem Rauswurf aus der Klinik in ein Gespräch unter Nachbarn verwickelt, das sich um einen mit schweren gesundheitlichen Problemen daniederliegenden Professor der Geologie im Nebenhaus drehte. Ein Hausbesuch von Doktor Beckett wurde arrangiert, und der Kranke war überraschend schnell in die Lage versetzt, sein Bett, wenn auch klagend, wieder zu verlassen, was sich wie ein Lauffeuer verbreitete.

Der Professor war der Erste, an dem Beckett sein Vorgehen beim, wie er es nannte, Leib-Seele-Problem ausprobierte. Der alte Herr hatte nämlich außer Sorgen um seinen Sohn eine ausgeprägte Neigung zum eingebildeten Kranken. Doktor Beckett klopfte ihm mehrfach das Hypochondrium, da er über ein Unwohlsein rechts und links der Magengrube direkt unter den Rippenbögen klagte, ohne dass dort etwas Krankhaftes festzustellen war. Beckett verstand, dass er die Symptome dennoch ernst nehmen musste, und brachte eine gut dosierte Mischung aus Umschlägen und Kügelchen zum Einsatz, ergänzt durch Gespräche.

Am Bett des gebeutelten Professors war ihm klargeworden, dass es zwischen Arzt und Patient einer Allianz bedurfte, nicht nur einer Diagnose. Und er fand heraus, dass es manchmal sinnvoll war, eine Krankheit zu benennen, auch wenn keine vorhanden war. In dieser Hinsicht war Beckett zu Beginn seiner Tätigkeit noch mancher Schnitzer unterlaufen. Es kam vor, dass Damen der besseren Gesellschaft ganz bestürzt waren, wenn er beim Nähertreten ans Krankenbett sagte, sie sähen gut aus, aber aufatmeten, sobald er kurz danach anfügte, ihre Zunge sei belegt. So lernte er, statt der wahren Diagnose – zu reichliche Dinners – lieber zu raunen: Appendizitis.

Mit dem Geld gut betuchter Patienten, die geradezu erpicht waren auf konvenierende Leiden, finanzierte er Besuche und Medikamente in den Armenvierteln.

Da der rasch geheilte Geologieprofessor einen großen Freundeskreis pflegte, unter ihnen einige bekannte Wissenschaftler, sprach es sich schnell herum, dass Doktor Beckett ein außergewöhnlich begabter, wenngleich noch ein wenig junger Arzt sei.

In jener Zeit hatte Beckett sich zu fragen begonnen, weshalb ein Mensch krank wurde, und immer öfter wagte er den Patienten direkt darauf anzusprechen: »Warum gerade jetzt? Was glauben Sie selbst?« Und häufiger als erwartet öffneten sie ihm ihre Herzen.

Als Doktor Beckett zum ersten Mal vor Down House den Schlag seiner Kutsche öffnete, war Darwin gerade mit einem Farbeimer in Händen aus der Voliere geklettert. Er rang mit der Schönheit, die einfach nicht in den rauen Kampf ums Dasein passen wollte. Wie konnten Hirsche mit beeindruckenden, aber schweren Geweihen und Pfauenhähne mit prachtvollen, aber hinderlichen Schleppen zu den Fittesten gehören? Um diesen Geheimnissen auf die Spur zu kommen, pfuschte er den Pfauen ins Handwerk, indem er mit Emmas Schere einem Hahn Augen aus dem Gefieder schnitt – und schaute zu, wie die Damen ihn verschmähten. Er bemalte Tauben mit roten Punkten, um zu erkunden, ob die Weibchen farbige Männchen lieber mochten als graue oder weiße, stiftete aber hauptsächlich gurrende Verwirrung. Den neuen Doktor versetzte Darwin mit derlei Versuchen in ähnliches Erstaunen wie die Laubenvögel, denen er extravagante Stoffe zum Nestbau anbot.

Die Fragen, die Darwin quälten: War Schönheit nützlich? Und wie konnte eine in gedeckten Brauntönen schlicht gekleidete Pfauenhenne ebenso gut an ihren Lebensraum angepasst sein wie der prächtig schillernde Hahn?

Doktor Beckett konnte ihm darauf natürlich keine Antworten geben. Doch es freute Darwin, dass sein neuer Arzt interessiert zuhörte, was er von seinem alten nicht behaupten konnte. Natürlich ahnte er, dass die Lösung des Problems mit der Fortpflanzung zu tun hatte und offensichtlich mit der Damenwahl. Wenn das stimmte, musste nachzuweisen sein, dass die Henne jede noch so kleine Änderung im Federkleid des Hahns honorierte, beispielsweise in Gestalt etwas längerer Deckfedern seines Oberschwanzes, weswegen sie den einen Bewerber wählte und dem anderen die kalte Schulter zeigte. Wobei Charles nicht immer die Meinung der Henne teilte. Oft genug war er erstaunt, wessen Rascheln und Zittern sie goutierte, sich niederlegte und in Hühnerart begatten ließ. Eines Abends beim Dinner berichtete Charles, auch in seinen Volieren liege die Schönheit im Auge des Betrachters. Dabei sah er seine Emma lächelnd an.

In jenen Tagen des Jahres 1870 also hatte das Schmückende Darwin zum Voyeur gemacht, doch in seiner Theorie der Evolution hatte es noch keinen rechten Platz gefunden und verursachte Alpträume, in denen Fasane im vollen Ornat herumstolzierten und unter Lockrufen glänzende Bürzel und prächtige Federn präsentierten.

Doktor Beckett hatte einige Wochen und rund ein Dutzend Hausbesuche gebraucht, um das ganze Ausmaß dieser Experimente zu begreifen. Einmal hatte er sich sogar mit seinem Patienten über eine mathematische Formel gebeugt, an der Darwin gerade herumlaborierte und die einfach nicht gelingen wollte. Beckett fand den Rechenfehler. Gemeinsam setzten sie die Größe des Kopfschmucks brünstiger Hirsche ins Verhältnis zu den Chancen, Platzhirsch zu werden – ein Jäger hatte die Zahlen geliefert –, und endlich war bewiesen, was zu beweisen war: Die Natur versteht zu locken, indem Liebe und Begehren im Bauplan vieler Arten sichtbare Spuren hinterlassen.

Elf Jahre nach Erscheinen des Artenbuchs war es so weit. Darwin sah sich genötigt, der natürlichen Auslese eine zweite Triebkraft der Evolution an die Seite zu stellen: die sexuelle. Ein Unterfangen, das Doktor Beckett begrüßte, Emma erboste und die Bischöfe erregte, wusste doch jeder Christ, dass Gott es war, der die Lebewesen verziert hatte.

Beckett war stolz, den Forscher erleben zu dürfen, wie er sich mühte, der Natur ihre Gesetze abzuringen. Eines Tages, Doktor Beckett hatte gerade seine Arzttasche geöffnet, offenbarte Darwin ihm, er habe sich nun endlich mit der Erweiterung seiner Theorie versöhnt. Auch wenn ein zusätzlicher geschlechtlicher Selektionsmechanismus seine bis dato schlanke Theorie verkompliziere, müsse er eingestehen, dass durch diesen Vorgang das Warme und Schöne, das Unnötige, das Geheimnisvolle, ja, der Luxus in den kalten und harten Überlebenskampf der Natur gekommen sei.

Jedenfalls hatte Darwin an jenem 5. Oktober 1870 gerade seinen Farbeimer verschlossen, als Doktor Beckett zum ersten Mal vor ihm stand. Er stellte sich dem verblüfften Arzt als »Kadaver von Downe« vor, eine Bezeichnung, die ihm, nachdem er am Tag zuvor seine Leiden für den neuen Doktor zusammengeschrieben hatte, angemessen schien.

Auf dem Zettel, den er Beckett übergab, stand: »Alter: 61. Seit 30 Jahren extreme krampfartige tägliche und nächtliche Blähungen. Häufiges Erbrechen, manchmal monatelang anhaltend. Dem Erbrechen gehen Schüttelfrost, hysterisches Weinen, Sterbeempfindungen oder halbe Ohnmachten voraus, ferner reichlicher, sehr blasser Urin. Inzwischen vor jedem Erbrechen und jedem Abgang von Blähungen Ohrensausen, Schwindel, Sehstörungen und schwarze Punkte vor den Augen. Frische Luft ermüdet mich, besonders riskant, führt die Kopfsymptome herbei; Unruhe, wenn meine Frau mich verlässt. Derzeit vom Eindruck geplagt, dass die Leber sich mehrere Male am Tag von rechts nach links bewegt. Bislang jedoch meist an ihren Platz zurückkehrt. Es kommt auch vor, dass durch Nasenverstopfung eine Magenreizung hervorgerufen wird. Wahrscheinlich durch vermehrtes Luftschlucken. Nicht zu verschweigen: Furunkel und andere Hautausschläge.«

Das weinende Pferd

Auch an diesem strahlenden ersten Oktobertag 1881 hatte sich Polly um kurz vor zwölf quer in den Eingang gelegt. Niemand, und schon gar nicht er, würde durch die Tür hinaustreten können, ohne über ihren hellen, fast war man gewillt zu sagen: lockigen Körper zu stolpern. Jedenfalls wenn dieser Jemand den Haupteingang benutzte.

Natürlich würde Charles ebendieses tun. Und natürlich würde er wie jeden Tag um zwölf aus dem Wohnzimmer kommen, sein Cape umlegen, den Schal so positionieren, dass Erkältungen tunlichst vermieden wurden, und überrascht sein, Polly in der Tür liegen zu sehen.

Wie immer war ihre Schnauze leicht, sehr leicht schief auf der linken Vorderpfote platziert, was ihrem Gesicht etwas Zärtliches, ja Verführerisches verlieh und ihren Kirschaugen, die nach oben zu ihrem hochgewachsenen Herrn gerichtet waren, größtmögliche Wirkung. Ihnen zu widerstehen war aussichtslos. Aber das hätte Charles auch niemals versucht. Er tat wie jeden Mittag so, als würde er über sie stolpern, mimte ausgiebig den Verblüfften, woraufhin Polly den höchsten Freudenjauchzer hören ließ, der einer Foxterrierstimme möglich war. Sodann sprang die Hündin auf und hüpfte an ihm empor vor Glück.

Die gemeinsam mit Charles in die Jahre gekommene Hundedame schaffte es nur noch mit Mühe, ihren kurzen

Bart mit seinem langen in jene flüchtige Berührung zu bringen, die beide seit vielen Jahren zur Begrüßung zelebrierten. Da dem 72-jährigen Charles mittlerweile das Bücken schwerfiel und Polly das Hochspringen, wurden beide, im Moment des Gelingens, von einem Gefühl des Vergnügens beflügelt, in das sich zunächst unmerklich, und nun von Mal zu Mal mehr, jene Erleichterung mischte, die Begegnung der Bärte noch einmal geschafft zu haben.

Wie immer entlockten die freundlichen Augen des Foxterriers Charles eine reflexartige Liebesbezeugung, indem er, ohne die Lippen zu öffnen, ein warmes, tiefes Brummen produzierte. Seinerseits mit einem leicht zur Seite geneigten Kopf. Er griff nach seinem Stock und schritt in die herbstlich strahlende Sonne hinaus. Sogleich übernahm die Hündin die Führung, drehte sich noch einmal um, als wollte sie sich vergewissern, dass ihr Herr ihr wirklich folgte, und lief los.

Der Spazierstock tickte gegen die Steine, und Charles korrigierte seine Haltung, wie ihm Doktor Beckett verordnet hatte: »Achten Sie immer darauf, Ihren Körper bei den Gesundheitsspaziergängen zu strecken und Ihren Brustkorb zu weiten. Dreimal täglich ausschreiten, auslüften, aufrichten!«

Charles sog die nach Oktobersonne und den ersten sterbenden Blättern riechende Herbstluft ein, die sich über der großen Wiese vor dem Haus versammelt hatte, und Polly hielt, wie es sich für einen fröhlichen Hund gehörte, den Schwanz locker empor. Genauso wie Charles es in seinem Buch über die Gemütsbewegungen bei Menschen und Tieren festgehalten hatte: »Ist ein Hund in gemütlicher Stimmung und trabt vor seinem Herrn mit hohen elastischen Schritten einher, so hält er gewöhnlich seinen Schwanz in die Höhe, obschon er nicht im Entfernten so steif gehalten wird, als wenn das Tier zornig ist.«

Selbstredend hatte Charles sich auch mit Kuh- und Pferdeschwänzen beschäftigt. Er liebte es, während seiner Spaziergänge zuzuschauen, wenn die Kühe seines Nachbarn vergnügt umhersprangen und, wie er fand, die Schwänze in lächerlicher Weise in die Höhe warfen.

Charles, den Blick stolz auf seine Polly mit ihrem durch die Jahre ergrauten und zerzausten Schwanz gerichtet, musste an Tommy denken. Oft hatte er gesehen, wie das Pferd, wenn es zum Galopp überging, den Schweif senkte, um der Luft so wenig Widerstand wie nur möglich zu bieten.

»Ach, Tommy! Du fehlst mir. Du alter Racker ...« Der Spazierstock tickte und Charles führte, wie so oft in letzter Zeit, ein Selbstgespräch. »Auch wenn Emma es nicht wahrhaben wollte, du hattest damals Tränen in den Augen.«

Polly meinte etwas gehört zu haben, drehte ihren Kopf, sah, dass er gedankenverloren vor sich hin schaute, und trabte weiter.

Der Hengst war sein letztes Reitpferd gewesen, das, alt geworden, eines Tages stolperte, stürzte und ihn überrollte. Das treue Pferd schien untröstlich, vielleicht hatte es das Knacken und Bersten der Rippen in Charles' Brustkorb gehört. Während sein Herr stöhnend im Gras lag, hatte Tommy mehrmals mit der Schnauze an dessen Hüfte gestupst, als wollte er sagen: Steh auf! Zeig mir, dass du laufen kannst. Doch Charles konnte nicht. Er musste ins Haus getragen werden und sah, dass Tommy mit gesenktem Kopf auf der Wiese stand und weinte. Emma war überglücklich, als sich herausstellte, dass ihr Liebster keine Lähmungen hatte, und garstig, dass er es wieder nicht lassen konnte, einem Tier menschliche Gefühle anzudichten. Sie hatte keine Tränen gesehen.

»Ach Emma! Dass du einfach nicht wahrhaben willst, dass wir mit allen verwandt sind.« Der Spazierstock tickte lauter. Charles stieß ihn mit Nachdruck gegen den steinigen Boden. »Ja, auch du mit mir, liebe Polly.«

Die Hündin drehte ihren Kopf und gab ein leises »Wuff« von sich.

Eine ganze Weile schritten die beiden still hintereinander her. Bis Polly kläffte, womit sie eine muntere Meise aufscheuchte, die im Kies des Weges pickte. Polly war der Meinung, dem Vogel zeigen zu müssen, dass hier nur einer Wegerecht hatte. Die Meise steuerte Richtung Apfelbaum, um sich auf dessen unterstem Ast niederzulassen. Wegerecht hin oder her, das Meisen-Zizibäh, das sie sodann erklingen ließ, verkündete im Gegenzug, dass der alte Kläffer ihr schon in diese kleine Höhe nicht folgen konnte. Den schwarzweißen Kopf wiegend, sang sie ihre Strophen, die sich in den warmen Strahlen der Herbstsonne verloren.

Plötzlich wurde die Meise unscharf. Auch die trabende Polly sah verwischt aus, der Schwanz war in bizarrer Weise gestückelt. Charles blieb stehen und umklammerte den Knauf seines Stocks.

Der Schwindel war wieder da. Er schloss die Augen, um sich vor dem Angriff der verzerrten Bilder zu schützen, und suchte, bewusst atmend, nach Ordnung im aufgewühlten Kopf. Eins, zwei, drei. Er zählte erst vorwärts, dann rückwärts.

Zählen, Addieren, Subtrahieren, das kleine und je nach Gemütszustand auch das große Einmaleins waren Heilmethoden, die er seit Jahrzehnten praktizierte. Sie hatten schon manches Mal geholfen, wenn eine bedrohliche Benommenheit Macht über ihn erlangte.

Zwanzig. Einundzwanzig. Zweiundzwanzig. Polly kam zurück und stupste ihn zart am Knie. Sein Herz schlug gänzlich außerhalb des Takts. Dafür viel zu heftig. Charles spürte das Pochen im Hals. Dreiundzwanzig. Vierundzwanzig. Bei siebenundzwanzig fiel ihm sein Gebeugtsein auf, seine geradezu jämmerliche Haltung über dem Stock. Vorsichtig versuchte er, seinen Körper ein wenig zu strecken. Den Brustkorb zu weiten. Das Herz brauchte mehr Platz. Doch der Brustkasten wehrte sich gegen die versuchte Dehnung und blieb eng. Ausschreiten, auslüften, aufrichten!, hallte es in seinem Kopf.

Als er bei zweiundvierzig die Augen öffnete, hatten die Tiere und Pflanzen in seinem Garten ihre scharfen Umrisse wiedererlangt. Auch Pollys Schwanz war geformt, wie es sich für eine Foxterrierrute gehörte. Nur ein kleines Unwohlsein blieb.

Die beiden Spaziergänger setzten sich wieder in Gang, doch Polly hatte die Lust verloren, vorneweg zu traben. Mit gedrosseltem Tempo trottete sie neben ihrem Herrn her und schaute oft an ihm hoch. »Ach, Polly«, sagte Charles, »du gehst ja bei Fuß. Das magst du doch gar nicht. Du Liebe.«

Sie näherten sich der Stelle, wo der kleine Fußweg zum Gewächshaus abzweigte. Und wie immer meldete sich hier das schlechte Gewissen, wenn Charles versucht war, sich über Doktor Becketts Bitte hinwegzusetzen, wenigstens bei seinen Gesundheitsspaziergängen abzuschalten. Doch im Gewächshaus ein paar Blättchen zu zupfen oder einen Sonnentau mit einer Fliege zu füttern vergnügte ihn.

Auch würde er gerne der Hopfenranke zureden, sie solle sich anstrengen, den letzten halben Meter bis zur gesteckten Zielmarke innerhalb der errechneten Zeit zu erklettern und entsprechende Zahlen für seine Listen zu liefern.

Als Polly merkte, dass Charles im Begriff war abzubiegen, sackte ihr Körper zusammen. Sie senkte den Kopf, stellte das Wedeln ein, ließ die Ohren herunterfallen und das Maul hängen. Ihre Augen wurden matt. Charles kannte diesen Ausdruck größter Niedergeschlagenheit und hatte ihn Pollys Gewächshausgesicht getauft. Es befiel die Hündin, sobald sie Charles' Körper sich nur im Allergeringsten nach dem Fußweg neigen sah – zuweilen tat er es nur, um sie an der Nase herumzuführen –, sie hasste es, den Spaziergang unterbrechen und warten zu müssen.

Deprimiert ließ Polly sich neben die Tür fallen, denn es war ihr niemals vergönnt, Einlass zu bekommen. Sie hatte schon vor Jahren aufgegeben, zu betteln. Offenbar traute Charles der Hündin nicht genügend Grazie zu, um zwischen den vielen Töpfen, Stangen und Glasbehältern, die diverse chemische Flüssigkeiten zum Experimentieren und Einlegen bargen, hindurchzugehen, ohne ein Chaos anzurichten. Oder er fürchtete bei besonders delikaten Versuchen, das Ergebnis durch das Einbringen von Hundehaaren zu verfälschen.

Charles ging hinein und goss ein kleines Beet mit Saubohnen verschiedenen Alters, die ihm in diesen Wochen zu Diensten waren. Er zog eine junge Pflanze aus der Erde, wusch sie sorgfältig und legte sie, nachdem er sie mit einem Tuch getrocknet hatte, in Salmiakgeist ein. Während der nachmittäglichen Arbeitsrunde ab halb fünf würde er sie genauer unter die Lupe nehmen und das Gesehene mit der erwachsenen Saubohne vergleichen, die er am Morgen in seiner ersten Arbeitsrunde, die wie jeden Tag von acht bis halb zehn gedauert hatte, seziert hatte. Genauer gesagt, deren Wurzeln, denn Charles' Versuche galten seit einiger Zeit der Sensibilität von Wurzelspitzen. Vielmehr: der geotropischen Sensibilität von Wurzelspitzen.

»Ich werde euch schon noch auf die Schliche kommen«, murmelte er, während er das Glas mit dem stechenden Salmiak verschloss. Schon vor längerem hatte er die These aufgestellt, wonach Wurzelspitzen wie Gehirne niederer Tiere agierten und Pflanzen demnach ihren Kopf in den Boden steckten. Er war überzeugt, dass dort das Organ für die Schwerkraftempfindung zu finden war.

»Hoffentlich erlebe ich den Ausgang dieser Versuche noch«, sagte er leise. Das Lokalisieren des Organs war das eine, aber damit hatte er noch keineswegs verstanden, wie die Pflanzen es anstellten, an jedem noch so abschüssigen Hang aufrecht zu wachsen. Also wie sie die Erdmitte suchten und fanden, um ihre Wurzeln, dem Reiz dieser Schwerkraft folgend, in den Boden zu versenken und im Gegenzug ihre Stängel und Blätter aufzurichten. Und das alles ohne Muskeln.

Schon seit Wochen beobachtete er Würzelchen von Saubohnen, deren Spitzen er amputiert hatte. Um den deftigen Verletzungen noch eins draufzusetzen, ließ er eine Vorrichtung konstruieren, mittels der man Töpfe bis zu 180 Grad geneigt aufhängen konnte. Sprich: Die Saubohne hatte zusätzlich zu den Wunden auch noch eine schwindelerregende Schieflage zu verkraften. Würde sie dennoch in der Lage sein, die Senkrechte wiederzufinden? Besaßen ihre lädierten Wurzelspitzen die Gabe, vollständig zu genesen und ihren Ortungssinn wiederzuerlangen? Oder irrten sie hilflos in der Erde herum, wussten nicht mehr, wo oben und unten war, und würden jämmerlich verenden?

Charles stellte das Glas mit der eingelegten Saubohne auf den Tisch neben der Tür, für später abholbereit, wischte seine Hände an einem Tuch ab und ging gedankenverloren hinaus.

Polly sprang auf und stellte augenblicklich die freudige und würdevolle Haltung wieder her, die sie zu Beginn des Ausflugs eingenommen hatte. So schritten sie weiter. Den Kräutergarten ließen sie rechts liegen und grüßten mit einem leichten Nicken die Küchenhilfe, die sich an einer Pfefferminzstaude zu schaffen machte, womit sie Charles' Hoffnung nährte, es könnte zum Lunch Lamm mit Minzsauce geben.

Kaum waren sie ein paar Meter weiter, wandte sich Charles noch einmal um. »Sagen Sie, liebe Mary, konnten Sie schon einmal beobachten, dass Schnecken Ihre Minze benagen? Oder gehen sie Ihnen nur an den Salat?«

Mary schaute verlegen und wusste nicht recht, ob er es wirklich nicht wusste oder ob er sie auf die Probe stellen wollte. »Meines Wissens mögen Schnecken Minze nicht, jedenfalls nicht, solange es feine Blattsalate gibt«, sagte sie artig. »Wir haben aber ohnehin einen stinkenden Sud mit kaltem Kaffee bereitet, der die Schnecken fernhält.« Schnell fügte sie an: »Ich hoffe, Sie sind damit einverstanden.«

Mary war in den vielen Jahren als Bedienstete in Down House nicht verborgen geblieben, dass Mr Darwin oft Partei für die Tiere ergriff, auch wenn sie Schaden angerichtet hatten. Er pflegte dann in seinen Plädoyers darauf hinzuweisen, dass die Tiere nur ihren Instinkten folgten und erledigten, was die Natur im Lauf der Evolution ihnen auferlegt habe.

Charles nickte Mary zu, tippte zum Gruß kurz an seinen Hut und ging weiter.

Der Gärtner hatte schon aus der Ferne gesehen, dass Darwin sich näherte, und freute sich. In seinen ersten Dienstjahren sprach er nur, wenn er gefragt wurde, und auch dann nur kurz und schüchtern. Doch im Laufe des gemeinsamen Alterns getraute er sich immer öfter, auch ungefragt Beobachtungen mitzuteilen, wenn sie ihm für die botanischen Veröffentlichungen seines Hausherrn unabdingbar schienen.

So kam es nicht selten vor, dass er sich zur bekannten Uhrzeit, zu der die Gesundheitsspaziergänge stattfanden, nahe der Wege aufhielt, um seinen Einsatz vorzubereiten. Wirkte Darwin versunken, ließ der Gärtner ihn ziehen. Schaute Darwin offenen Blickes zu ihm hin, getraute er sich, eine Mitteilung zu machen. Beide Herren wussten um dieses Spiel.

Den Durchbruch in der zunächst verhaltenen Kommunikation hatte Darwin erzielt, als er dem Gärtner vom nächtlichen Verhalten seiner Hopfenpflanze berichtete, die einige Wochen lang in einer Keksdose neben seinem Bett beheimatet war. Nachdem er schon früher die mittlere Wuchsgeschwindigkeit des Hopfens bei Tage herausgefunden hatte – es waren zwei Stunden und acht Minuten für jeden Umlauf, und kein Umlauf wich bedeutend davon ab –, wollte er nun das Tempo ermitteln, mit dem die Pflanze sich in völliger Dunkelheit um den stützenden Stab wand.

Außerdem hatte er in diesem Gespräch dem Gärtner verraten, dass er als Nächstes dem Hopfensprössling Gewichte umbinden wollte, um zu erkunden, ab welcher Beschwerung die Pflanze resignierte und das Bewegen aufgab. Der

Gärtner war durch die präzisen Schilderungen, wie Darwin Fäden spannte, Gewichte wog und Bewegungen aufzeichnete, in einer Weise ergriffen, dass sein Respekt vor dem berühmten Naturforscher sich unversehens in Liebe verwandelte.

Emma fand, dass der ursprünglich so diskrete Gärtner nun selbst Eigenschaften von rankenden Pflanzen angenommen hatte, denn es war mühsam geworden, sich aus seinen Fängen zu befreien, hatte er einmal den Eindruck gewonnen, der Zuhörer sei an botanischen Themen interessiert. Durch wenige freundliche Worte, die man an ihn richte, so klagte Emma, lief man Gefahr, von Blüten treibenden Referaten zur sich windenden Flora umgarnt zu werden. Mühelos unterschied er mittlerweile Haken-, Wurzel-, Ranken- und Blattkletterer und empfahl jedem Besucher und Nachbarn das Buch seines Hausherrn, *Die Bewegungen und Lebensweise der kletternden Pflanzen*, das er schon mehrfach gelesen hatte. Er schützte den Band mit einem Umschlag und war sehr stolz auf die Widmung: »Dem treuen Gärtner von Down House und Liebhaber von *Clematis montana* und *Humulus lupulus*, der dem Verfasser immer mit Rat und Tat beiseitestand, Ch. Darwin, 1867«.

Als Darwin mit Polly näher kam, registrierte der Gärtner eine gespenstische Blässe und einen in sich gekehrten Blick. Da zog er sich hinter den Liguster zurück.

Bei der großen Birke, wo der Weg eine fast rechtwinklige Biegung machte, ließ Polly an einem Stein ein paar Tröpfchen fallen und schaute ihren Herrn von unten herauf an. Auch nach Jahren konnte sich Charles mit dieser Angewohnheit nur schwer abfinden. Denn dieser Stein war ihm heilig. Es handelte sich um Tommys Grabstätte, die mit Bedacht nahe der Ligusterhecke gewählt worden war, jener Stelle, an der das Pferd mit ihm auf dem Rücken üblicherweise beschleunigt hatte und in den Galopp übergegangen war.

Polly tat etwas verlegen, denn natürlich verstand sie das leise Knurren, das Charles jeweils erklingen ließ. Doch konnte sie es einfach nicht lassen. Gut gelaunt zog sie an ihrem Herrn vorbei. Der bemerkte eine leichte Holprigkeit in ihrer Art zu gehen, eine kleine Unebenheit, wie sie die Beine setzte, und musste an seinen Vater und an seinen Bruder denken. Hüftleiden waren verbreitet. Auch er selbst ging seit einigen Monaten am Stock.

Während Polly ihr Tempo verlangsamte, um Charles aufholen zu lassen, fühlte er sich ihr nicht nur freundschaftlich, sondern auch anatomisch verbunden. Der gemeinsame Bauplan konnte eben auch dazu führen, dass bei allen Verwandten der Oberschenkelknochen in der Gelenkpfanne rieb. Eine scheußliche Angelegenheit.

Der Gottesmörder

Als Doktor Becketts Kutsche vor Down House hielt, bellte Polly vor Begeisterung. Sie brachte damit auch die Freude von Charles zum Ausdruck, der auf seiner Chaiselongue im Arbeitszimmer lag und alle zwei, drei Minuten ein Reagenzgläschen mit Hirschhornsalz und dem Wurzel-spitzenextrakt einer Saubohne schüttelte. Nachdem Doktor Beckett – begleitet von Joseph, der ihm den Mantel abnahm und sich sogleich mit einer angedeuteten Verbeugung zurückzog – eingetreten war, ließ er sich kurz erläutern, was dieses kräftige Schütteln bewirken sollte. Doch Darwin merkte sofort, dass sein sonst so interessierter Doktor nicht recht bei der Sache war. Was ihn wunderte, denn beim letzten Besuch hatte er noch angemerkt, er sei auf den Fortgang der Wurzel-Experimente gespannt. Sein Interesse schien verpufft. Und Darwin wurde einsilbig.

Doktor Beckett stellte wie immer seine Arzttasche auf das Mahagoni-Beistelltischchen neben der Chaiselongue, das genau die richtige Höhe und Entfernung hatte, damit er während der Untersuchungen seine ärztlichen Werkzeuge bequem herausnehmen konnte und es Darwin so ermöglichte, jeden Handgriff genauestens zu verfolgen.

Der Arzt strich sich ordnend durch die Haare, setzte seine Brille auf und rümpfte, bis sie richtig saß, mehrfach die Nase, blätterte endlich das Notizbüchlein auf, doch er schaute nicht hinein. Stattdessen sagte er, ein wenig spitzbübisch: »Ich bin übrigens zu einem neuen Patienten gerufen worden. Das könnte Sie vielleicht interessieren.«

Darwin war getröstet, denn offensichtlich war dies der Grund für das Desinteresse an seinen Versuchen, und er hoffte, den Doktor später doch noch für eine kleine Darbietung seiner ersten Ergebnisse erwärmen zu können.

»Sie sprechen in Rätseln. Na, sagen Sie schon …«

»Das Arztgeheimnis hindert mich natürlich daran, allzu viel zu verraten. Aber den Namen zu nennen dürfte niemandem schaden. Nun, der Neue heißt Marx. Karl Marx. Haben Sie von ihm schon mal gehört?«

Darwin richtete sich auf seiner Chaiselongue auf, klagte kurz über einen stechenden Hüftschmerz, schüttelte zweimal kräftig sein Reagenzglas und sagte: »Hören Sie, lieber Beckett, Sie haben mich zwar als Taubenzüchter kennengelernt und jetzt erwischen Sie mich beim Schütteln von Wurzelspitzen. Deswegen bin ich aber noch lange kein Analphabet, was die ökonomischen Seiten unseres Lebens betrifft. Was Sie eigentlich wissen müssten.« Er steckte kurz die Nase ins Reagenzglas. »Da fällt mir ein, dass wir vor kurzem über die Börse gesprochen haben. Meine Papiere entwickeln sich ausnehmend gut. Ich hatte Ihnen doch empfohlen, so schnell wie möglich eine Tranche der gleichen Eisenbahnaktien zu kaufen. Falls Sie noch keine geordert haben sollten, tun Sie es schnell! Die Rendite ist mehr als erfreulich.«

»Ach, Sie wissen doch, Börsenspekulationen sind mir nicht geheuer. Ich stelle lieber exorbitant hohe Rechnungen für meine Hausbesuche, besonders bei berühmten Patienten.« Doktor Beckett lachte und rümpfte die Nase.

Darwin, der ihn schon mehrfach auf die seiner Meinung nach zu niedrigen Honorarnoten aufmerksam gemacht und ihm einen, wie er fand, lächerlichen Stundenlohn errechnet hatte, wischte mit einer kleinen Handbewegung die Aktien aus dem Gespräch fort. »Zurück zu Mr Marx. Natürlich habe ich den Namen schon des Öfteren gelesen. Allerdings scheint mir seine Erwähnung in der *Times* eine ganze Weile her zu sein. Es ist wohl etwas stiller um ihn geworden. Und da Sie zu ihm gerufen wurden – ist er krank?«

Ohne eine Antwort abzuwarten, fügte Darwin an: »Man erzählt sich, dass unsere Queen nicht gerade glücklich darüber ist, diesen Aufrührer im Land zu haben. Immerhin scheint Mr Marx ein paar Begriffe in die Welt gesetzt zu haben, die den Arbeiterführern vor den Fabriktoren scharfe Munition liefern. Dabei müsste er sich glücklich schätzen, dass die englische Regierung jeden politisch Verfolgten unbehelligt hier wohnen lässt.« Er schüttelte den Wurzelspitzenextrakt und warf einen kurzen Blick hinein.

»Mr Marx ist ganz sicher sehr glücklich darüber, dass er hier leben darf. Ich habe von seiner Hausdame gehört, wie schlimm das ewige Fliehen mit Sack und Pack und vor allem mit kleinen und oft kranken Kindern gewesen sein muss. Doch selbst wenn London im Vergleich zum drohenden preußischen Kerker ein Paradies ist, dürfen Sie sicher sein, dass er auch hierzulande unter Beobachtung steht. Sie glauben doch nicht, dass Bismarck es versäumt hat, unsere Regierung um Amtshilfe zu bitten? In derlei Fragen sind sich alle Obrigkeiten einig, egal, ob sie sich konservativ oder liberal nennen. Die Deutschen haben sehr scharfe Sozialistengesetze, mit denen sie jeden verfolgen, der links von Kaiser Wilhelm steht.«

»Und wie halten Sie es mit den Sozialisten?«

»Um ehrlich zu sein, ich bin gespalten. Einerseits hege

ich große Sympathie, und andererseits graut mir vor einer Revolution. Ich lese zwar mit warmem Herzen Charles Dickens und wünsche einem David Copperfield Brot, Socken und ein Bett. Aber muss es gleich eine Revolution sein? Reformen wären mir lieber.« Doktor Beckett hängte sein Stethoskop um. »Bespitzelungen allerdings finde ich widerlich. Alle Postsendungen an diese linken Exilanten werden, wie ich jetzt weiß, abgefangen und ausgewertet. Vielleicht ergibt sich ja bald eine Möglichkeit, mit Marx selbst über derlei zu sprechen. Auch wüsste ich gerne von ihm, wann und vor allem wo er die Revolution erwartet. Selbstverständlich werde ich ihn erst ansprechen, wenn er wieder bei Kräften ist.«

Darwin meinte vorhin einen kleinen Angriff auf seine Geschäftstüchtigkeit gespürt zu haben und fühlte sich zu einer klärenden Stellungnahme aufgerufen. »Falls es aufgrund meiner Börsengeschäfte Zweifel geben sollte, ich bin kein herzloser Kapitalist. Ich bin absolut dafür, den Armen zu helfen. Und angemessene Löhne zu bezahlen. Aber dieser Kommunismus ...« – er kratzte sich im Bart, wie er es manchmal tat, wenn die Sätze noch nicht fertig gedacht waren –, »ich sehe, dass die Vielfalt der Menschen, nicht anders als bei Orchideen oder Finken, offenkundig groß ist. Und ich fürchte, sie ist zu groß, um alle gleichzumachen. Ich bin der Meinung, dass der Herausgeber der *Times* den Nagel auf den Kopf getroffen hat, als er schrieb, Marx' Analyse der Verhältnisse sei, sofern man sie verstünde, in gewisser Weise richtig, doch die vorgeschlagene Lösung sei die falsche. Man müsse die Ausbeutung der Arbeiter auf parlamentarische Weise beheben und nicht durch eine blutige Revolution. Ich kann es ohnehin nicht ertragen, Köpfe rollen zu sehen. Ganz egal, wem diese kurz davor noch gehört haben. Es gibt andere Möglichkeiten als die Guillotine und den Sieg des Proletariats, um den Armen bessere Lebensbedingungen zu gewähren.« Darwin war ins Schnaufen geraten und hätte fast das Schütteln vergessen.

Doktor Beckett wollte, mit Blick auf den kurzatmigen und blassen Patienten, die politische Diskussion nicht weiter befeuern. Außerdem drängte es ihn, etwas anderes zu berichten. Seine Augen blitzten spitzbübisch, als er sagte: »Stellen Sie sich vor, in seinem Arbeitszimmer steht Ihr Buch! Wobei das so nicht ganz stimmt, es steht nicht, es liegt. Und ist, wie soll ich es anders beschreiben, zerfleddert. An vielen Stellen ragen Zettel heraus. Offensichtlich hat Marx es sehr gründlich gelesen. Oder besser gesagt, er scheint mit den Inhalten gekämpft zu haben. Jedenfalls sind Blessuren aller Art nicht zu übersehen. Für manche Buchseiten ist das Gefecht allem Anschein nach tödlich ausgegangen.«

Über Darwins Gesicht huschte ein Lächeln. »Welches meiner Bücher denn?«

»Na, sicherlich nicht das über die Orchideen. Aber wer weiß, womöglich hat er auch das gelesen. Marx scheint Bücher nur so zu verschlingen. Ich meine natürlich *Die Entstehung der Arten*.«

Doktor Beckett sah Darwin neugierig an. Doch dieser schien nicht weiter verwundert und deutete mit dem Reagenzglas Richtung Bücherschrank. »Drehen Sie sich doch bitte um und schauen Sie zu den Büchern, die dort stehen.«

Doktor Beckett ging hin und ließ seinen Blick über die vielen Buchrücken wandern.

»Nein, weiter links. Noch weiter links. Ein Brett tiefer. Ja, dort. Nein, noch ein bisschen weiter links. Jetzt, direkt vor Ihnen. Das grüne Buch.«

Doktor Beckett musste gleich zweimal die Nase rümpfen, um den Sitz der Brille zu korrigieren, denn mit gebeugtem Nacken und durch die spiegelnde Glasscheibe las es sich schlecht. Es klang, als buchstabiere er. »K-a-r-l M-a-r-x: D-a-s K-a-p-i-t-a-l. Sie sind mir ja einer! Darf ich es herausnehmen?«

»Selbstverständlich.«

Doktor Beckett öffnete die Glastür und nahm den Band heraus, schlug ihn auf und trug die Widmung, durchaus verwundert, laut vor: »Für Mr Charles Darwin von einem aufrichtigen Bewunderer. Karl Marx, London, 16. Juni 1873«. Sogleich stellte Doktor Beckett fest, dass nur die ersten Seiten aufgeschnitten waren. »Viel darin gelesen haben Sie ja nicht gerade.«

»Es ist deutsch! Und seine Sätze sind noch länger und rätselhafter als in Latein, das mich schon in der Schule geplagt hat.« Darwin schickte ein paar knarzende Töne der Verachtung hinterher, während er seinen Oberkörper schüttelte – was gleichzeitig das Reagenzgläschen mit der nötigen Bewegung versorgte –, als fände er derlei Prosa nicht nur ungelenk, sondern geradezu abscheulich.

Doktor Beckett konnte kaum abwarten zu ergänzen: »Ich kann Ihnen versichern, dass man es auch auf Englisch nicht versteht. Mittlerweile ist es ja übersetzt worden. Aus aktuellem Anlass habe ich letzte Nacht mal wieder versucht, in diesem Wälzer zu lesen. Es war schrecklich. Am liebsten würde ich dem heldenmütigen Übersetzer mein Mitleid bekunden. Und ihm außerdem eine sehr gute Flasche Whisky schenken. Diese Arbeit muss die Hölle gewesen sein.«

»Hoffen wir, dass es sich bei diesem Mann um einen treuen Anhänger der kommunistischen Lehre handelt, der seinen Dienst für die Revolution mit Freude versehen hat.«

»Selbst für einen Kommunisten muss das Leiden am Marx-Latein unermesslich gewesen sein.«

»Das Übersetzen ist generell ein heikles Thema.« Darwin blühte auf. »Ich spreche aus Erfahrung. Und ich kann Ihnen versichern, dass ich bei jedem Buch schlaflose Nächte habe, in denen ich mich frage, welchen Übersetzer der Verleger dieses Mal in Erwägung zieht. Stellen Sie sich vor, diese Arbeit würde von einem Mann besorgt, der sich keinen Deut für Blütenstaub oder Rankenfußkrebse interessiert! Ein grauenvoller Gedanke. Und vor allem – welche Fehlerquelle!«

Nachdem Doktor Beckett *Das Kapital* zurückgestellt hatte, strich er über die geprägten goldenen Buchstaben auf dem Buchrücken. »Ich frage mich ernstlich, ob es an meinen mangelnden Kenntnissen liegt oder an der fehlenden Sprachbegabung des Autors, dass ich derart wenig verstanden habe. Bis tief in die Nacht hinein habe ich nach einer interessanten Passage gesucht, auf die ich ihn ansprechen könnte. Denn um eine ordentliche Frage zu stellen, muss man etwas begriffen haben.«

»Na ja, das hat vielleicht auch sein Gutes. Wenn ihn niemand versteht, könnten seine Aussagen leichter verpuffen. Womöglich bewahrt uns dieser Stil vor der Revolution.« Darwin schaute amüsiert. »Sie haben jedenfalls mein vollstes Mitleid.«

»Danke. Gegen halb zwei war ich versucht, das Buch in die Ecke zu pfeffern. Besonders wütend hat mich gemacht, dass Marx im Vorwort behauptet, er habe die Sache weitgehend popularisiert, weil sie sonst schwer verständlich sei. Und dann geht's los. Schon auf den ersten Seiten haben mir die Begriffe Wertform, Wertgröße und Wertsubstanz den letzten Nerv geraubt. Ich habe es mit Zetteln versucht, auf die ich in meinen bescheidenen Worten eigene Definitionen aufschrieb, die jedoch, schon wenige Sätze weiter, wie ein Kartenhaus zusammenfielen.«

»Sie Armer.«

»Sie machen sich lustig über mich.«

»Niemals. Ich sehe nur, dass ich gut beraten war, keine weiteren Seiten aufzuschneiden.«

»Als ich erschöpft von Kapital-Akkumulierungen und Expropriation endlich ins Bett gesunken bin, konnte ich nicht einschlafen. Heute Morgen beim Tee schwirrte mir noch immer der Kopf, und ich fühlte mich wie ein Mann, der einen Elefanten gekauft hat und nun nicht weiß, was er mit ihm anfangen soll.«

Darwin musste lachen und schämte sich, als ihm dabei ein kleines Windchen entwich. Was den Doktor, der höflich darüber hinwegging, an seine Aufgabe erinnerte. Er schaute endlich in sein Büchlein, überflog die Notizen, die er beim letzten Besuch gemacht hatte, und fragte: »Hat das Mittel zur Herzstärkung schon seine Wirkung getan? Lassen Sie mich zunächst Ihren Puls fühlen.«

Mit konzentriertem Blick zählte und fühlte er, länger als sonst üblich. Was Darwin beunruhigte. Doktor Beckett korrigierte seine Fingerstellung einige Male und setzte neu an. Das schmal und knochig gewordene Handgelenk hielt er dabei so vorsichtig, als sei es zerbrechlich. Darwin sah sich zur Frage veranlasst, ob etwas nicht in Ordnung sei. Und ergänzte, dass sein alter Feind wieder da sei.

»Sie meinen die Übelkeit?«

»Die auch. Ich meine die Enge. Ich hatte heute Nacht das Gefühl, dass mein Herz da, wo es sich befindet, nicht genug Platz hat und dann allmählich nach unten sinkt. Obwohl ich weiß, dass dies anatomisch natürlich unmöglich ist, drängt sich mir dieses Gefühl auf. Es überwältigt mich, sobald ich mitten in der Nacht aufwache, so dass ich ernsthaft darüber nachdenken muss, ob es nicht doch sein könnte.«

»Hatten Sie dabei auch andere Missempfindungen am Herzen? Unregelmäßige Schläge? Schmerzen? Pochen?«

»Ja. Leider. Mein Herz sinkt nicht in Ruhe. Es sinkt in Aufruhr! Auch mein übriger Körper ist unruhig. Heute Nacht fühlten sich meine Nervenstränge an wie die vibrierenden Saiten einer Geige. Wer soll dabei schlafen können?«

Darwins Herz begann, während er darüber sprach, zu galoppieren. Als es auch noch zu stolpern anfing, fasste er mit der linken Hand kurz an seinen Bart. Eine dumme Angewohnheit. Eigentlich handelte es sich dabei um eine fehlgeleitete Bewegung, die sonst auf der linken Brust gelandet wäre, an jener umtriebigen Stelle seines Herzens, an der er fühlen konnte, dass große Gefäße einmündeten. In manchen wachen Nächten kam es ihm so vor, als schlüge sein Herz das Blut zunächst schaumig, bevor es aus den Kammern wieder austreten durfte. In solchen Momenten sah er die rosa Gischt, was trotz dieser zarten Farbe kein schöner, sondern ein bedrohlicher Anblick war. Darwin wusste, warum er damals das Medizinstudium abgebrochen hatte. Er hätte das Arztsein mit den damit verbundenen Einblicken nicht vertragen.

»Ihr Puls ist wieder einmal viel zu schnell. Wir werden Ihr Herz und auch Ihre Nerven gleich etwas besänftigen. Ich gebe Ihnen ein Mittel, das Sie beruhigt.«

Darwin war wie immer einverstanden. »Könnten Sie heute auch noch etwas gegen die schmerzenden Darmbewegungen tun? Außerdem fürchte ich, dass die Galle sich wieder einmal staut und statt des Essens meine Eingeweide verdaut.«

Doktor Beckett wartete, bis Darwin sich, auf seine Hüfte achtend, langsam hingelegt hatte, und tastete seinen Bauch. Er fand nichts Beunruhigendes. »Es handelt sich lediglich um Ihre übliche Flatulenz. Sie sollten heute verstärkt darauf achten, dass Sie völlig flach liegen oder sehr aufrecht sitzen. Dann können die Verdauungssäfte ungestört fließen.«

Doktor Beckett goss aus der Karaffe etwas Wasser in das Glas, das auf dem Arbeitstisch stand, nahm ein Fläschchen aus seiner Tasche, saugte mit einer Pipette milchige Flüssigkeit heraus und tropfte sie hinein. Er gab es Darwin zu trinken, der nicht weiter nachfragte. Danach zog der Arzt an der Klingel, woraufhin Joseph sofort erschien. Den quietschenden Türknauf noch in der Hand, fragte dieser mit einer sachten Verbeugung, was er tun könne. Doktor Beckett orderte eine Tasse warme Milch mit einem Schuss Brandy.

Kaum war der Butler wieder draußen, sagte Beckett: »Sie brauchen in den nächsten Tagen etwas mehr Ruhe als üblich. Ich spreche nachher mit Joseph, er wird dafür sorgen. Wenn ich Ihnen etwas raten darf – lassen Sie heute und morgen Ihre nachmittäglichen Arbeitsstunden ausfallen. Es wäre besser für Ihre Gesundheit, wenn Sie Ihre Versuche lediglich am Morgen weitertreiben und danach Ruhe geben.«

Während Doktor Beckett die Mittel inklusive Mengenangaben in sein Notizbuch schrieb, sagte Darwin lakonisch: »Es geht zu Ende mit mir.«

Doktor Beckett nagte an seiner Oberlippe, nahm die Kaschmirdecke, faltete sie der Länge nach und deckte den alten Mann fast zärtlich zu.

»Das denken Sie doch auch?«

»Nein. Sie sind lediglich angegriffen. Eine akute Gefahr besteht aber keinesfalls.«

Darwin zwirbelte mit der linken Hand an seinem Bart herum. »Emma ist untröstlich, weil sie der Meinung ist, ich hätte durch meinen Unglauben unser gemeinsames ewiges Leben verwirkt. Ich kann es fast nicht ertragen, sie so leiden zu sehen. Sie hofft inständig, dass ich mich doch noch umstimmen lasse. Gott würde mir, so sagt sie immer wieder, auch in letzter Sekunde verzeihen, wenn es mir wirklich ernst wäre mit der Umkehr.«

»Und, werden Sie sich, ihr zuliebe, noch einmal zu Ihrem alten Glauben hinneigen?«

»Würden Sie das tun? Es wäre Betrug, denn ich müsste Emma etwas vormachen. Und unserem Priester Thomas Goodwill auch, den ich, wie Sie wissen, als Freund schätze. Außerdem würden es beide ohnehin merken, dass ich mich nur um des lieben Friedens willen verstelle. Ich bin ein miserabler Schauspieler.«

»Ich würde es an Ihrer Stelle auch nicht tun.«

Darwin streckte die Hand unter der Decke hervor, und Doktor Beckett zögerte keine Sekunde, sie zu drücken.

»Wissen Sie«, sagte Darwin, »mehr als bedauerlich ist, dass wir beide zwar verneinen, aber darüber hinaus keine befriedigenden Antworten geben können. Mein Vater, der ja ein großer Arzt war und Ihnen darin nicht unähnlich, was ich keineswegs figürlich meine.« Darwin lächelte und sah seinen 300 Pfund schweren, an die zwei Meter großen Herrn Papa vor sich. »Ich meine, Ihre Art zu heilen und mit den Patienten zu sprechen. Also, mein Vater sagte wenige Monate vor seinem Tod, dass er zu seiner Überraschung im höheren Alter kindliche Anwandlungen an sich feststellte.«

»Was meinte er damit?«

»Anscheinend spürte er gegen Ende immer dringlicher jenen Wunsch nach Erklärungen, den wir von Kindern kennen. Als unsere noch klein waren, habe ich das mit großem Interesse beobachtet. Ich habe mich oft darüber amüsiert, weil alles, was sie auf der Welt sahen, sinnvoll und nützlich sein musste. Affen, zum Beispiel, waren für den Zoo da. Die Sonne, um den Menschen Licht zu machen. Gras, damit die Tiere etwas zu fressen haben.« Darwin neigte den Kopf und schaute Doktor Beckett in die Augen, als er sagte: »Und wissen Sie was, lieber Beckett? Seit geraumer Zeit stelle ich dieses kindliche Verlangen nach Erklärungen bei mir selber fest. Meine Fleißarbeiten hinterlassen immer öfter ein zähes Gefühl der Unvollständigkeit. Mein Leben lang habe ich im großen Maßstab Tatsachen gesammelt, indem ich die Natur zerschnitten, zerlegt, zerteilt und zergliedert habe, so klein es eben ging. Bis mir die Augen brannten. Ich habe mir vom Schreiner kleine Holzbänkchen machen lassen, weil mir die Handgelenke nach monatelangem Arbeiten unterm Mikroskop so weh taten, dass ich fürchtete, sie würden den Rest meines Lebens gelähmt sein.« Er machte eine Pause. »Was ich sagen möchte – auf diese Weise ist mir die Welt in lauter Bruchstücke zerfallen.«

»Aber Sie haben doch das alles zu einer gewaltigen Theorie …« Doktor Beckett brach ab und ermahnte sich zuzuhören. Er nahm den Hocker, der hinter dem Schreibtisch stand, und setzte sich neben die Chaiselongue, wodurch sich Darwin ermuntert fühlte, weiterzusprechen.

»Mir kommt es so vor, als würden meine Erkenntnislücken immer größer, je mehr kleine Wissenslöcher ich stopfe. Seit Tagen schüttle ich diese Reagenzgläschen und habe, kaum ist ein Messergebnis notiert, das Gefühl, als würde ich mit einer Kuchengabel im Heuschober herumstochern.«

Darwin fielen die Augen zu, was Doktor Beckett zufrieden registrierte. Er nutzte den Moment, um den Angeschlagenen eingehender zu betrachten. Sein kahler Kopf war von erschreckend weißlicher Farbe. Drei Querfurchen durchzogen die Stirn. Die kleinen Augen lagen tief. Die Lippen waren schmal und wirkten traurig. Die Schnurrbarthaare akkurat geschnitten. Sein weißer Bart, mittlerweile brustlang, kaschierte die eingefallenen Wangen.

»Mir fällt in letzter Zeit immer häufiger Wilberforce ein. Können Sie sich an diesen Bischof noch erinnern?« Darwin öffnete die Augen.

»Wer könnte diesen bissigen Hund vergessen? Gott hab ihn selig! Dass er durch einen Reitunfall sein Leben lassen musste, hat mich damals, zugegeben, mit klammheimlicher Freude erfüllt. Ich weiß, das dürfte ein Mann, der den hippokratischen Eid geschworen hat, nicht laut sagen. Und eigentlich auch nicht denken. Doch diesem spitzmäuligen Scharfmacher konnte ich beim besten Willen kein Wohlwollen entgegenbringen.«

»Beckett, Sie sind ein Schuft. Übrigens hat Wilberforce seine Sache so schlecht nicht gemacht. Als Bischof von Oxford tat er das, was die Kirche von ihm verlangte – die Bibel mit Zähnen und Klauen gegen die Evolutionstheorie zu verteidigen. Seine Aufgabe war es, mit allen Mitteln zu verhindern, dass der Kirche die Kontrolle über die Wissenschaft entrissen wird. Ich bin sicherlich der Letzte, der ihn reinwaschen möchte. Und doch muss ich sagen, dass mir seine Schlauheit durchaus imponiert hat.« Darwin machte eine kleine Pause. »Übrigens war er es, der bei Queen Victoria mit Macht verhindert hat, dass sie mich in den Adelsstand erhob. Haben Sie das gewusst?«

»Nein, aber es wundert mich nicht. Schade, ich würde mit Vergnügen ›Sir‹ zu Ihnen sagen.« Der Doktor verbeugte sich vor ihm, worüber Darwin lachte.

»Mir geht es um einen Satz, der mich, so boshaft er auch war, eben doch ins Mark traf. Wilberforce wütete in einer seiner unsäglichen Predigten wieder einmal gegen mich. Er sagte, ich würde mit ein paar antiquierten Kieferknochen und fauligen Fischgräten gegen die Heilige Schrift mobilmachen. Dann überschlug sich seine Stimme, als er schrie, ›welcher gebildete Mann kann glauben, dass günstige Spielarten von Rüben dazu tendierten, Menschen zu werden?‹.«

Darwin, der versucht hatte, ihn zu imitieren, brauchte eine Verschnaufpause, ehe er weitersprach. »Natürlich hatte Wilberforce mit solchen Formulierungen die Lacher erst einmal auf seiner Seite. Was auch mich daran beeindruckt hat, war, dass er mit diesen Worten nicht nur sein Hirtenamt ausgeübt und die Bibel verteidigt hat, sondern dass sich hier eine tiefe Kränkung Bahn brach. Es war die ungeheure Demütigung für das menschliche Selbstbewusstsein, die er zum Ausdruck brachte. Denn der Mensch, kurz zuvor noch das Prunkstück der Schöpfung, sah sich herabgewürdigt und verstoßen ins Reich der Tiere, ja sogar ins Reich hirnloser Rüben. Und ich muss zugeben, ich konnte das Gefühl, das hinter diesen demagogischen Worten steckte, schon immer besser verstehen, als meine Anhänger dachten.«

Doktor Beckett hielt sich still zurück, was ihm bei diesem Thema naturgemäß nicht leichtfiel. Doch er wollte, dass sein Patient herausließ, was ihn plagte. Und anschließend hoffentlich zur Ruhe kam.

Darwin holte tief Luft. »In der Tat ist die Vorstellung schmeichelhafter, direkt von Gottes Hand erschaffen worden zu sein, als einen irrwitzig langen und verschlungenen Weg von den Einzellern über die Rüben genommen zu haben, um im Bild zu bleiben. Der Mensch kann es durchaus beleidigend finden, dass er lediglich das Ergebnis von Zufällen ist. Nicht anders als die Saubohne, deren Geruch ich an den Händen habe. Wo haben Sie eigentlich mein Reagenzgläschen hingestellt?«

Doktor Beckett deutete auf den Arbeitstisch, Darwin nickte still. Da kam Joseph herein, die bestellte Tasse Milch mit einem kräftigen Schuss Brandy und eine Serviette auf einem kleinen silbernen Tablett. Doktor Beckett nahm es entgegen und sagte: »Sie sollten sich noch einmal aufrichten, Mr Darwin. Das wird Ihrem Magen guttun.«

Darwin tat widerstandslos, was der Arzt ihm sagte. Kaum hatte er getrunken und seinen Bart abgewischt, murmelte er: »Dass ausgerechnet der Zufall die größte Wirkkraft der Evolution ist, ist nicht befriedigend. Obwohl ich keine Sekunde daran zweifle, dass es so ist, mag ich diese Ziellosigkeit selbst nicht. Unser Leben hat dadurch den faden Beigeschmack bekommen, dass niemand uns gewollt hat. Die Erde als riesiges Casino, in dem die Natur Treffer und Nieten erzielt. Das ist ein Lebensgefühl, das nur wenige zu schätzen wissen.«

Nach einer Pause fügte er an, er müsse, um den laufenden Versuch nicht zu gefährden, am Nachmittag noch einige Messungen vornehmen. Er verspreche aber, sich nicht zu übernehmen.

Als Doktor Beckett aufstand, um sich zu verabschieden, sagte Darwin: »Ich fürchte mich davor, dass ich als Gottes-

mörder in die Geschichtsbücher eingehe. Mit dieser An-
klage sind sich alle Kirchenfürsten einig, auch wenn sie
sich sonst spinnefeind sind. Katholiken, Muslime, Anglikaner, Protestanten, Juden – keiner will das wunderschöne
Märchen der Schöpfung als solches entlarvt sehen.« Er
hustete, weil er wie immer gegen das Gefühl kämpfte, dass
Milch seinen Rachen verklebte.

»Ich prophezeie Ihnen, dass Sie im nächsten Jahrhundert als Held gefeiert werden, der die Naturwissenschaft
aus den Klauen der Kirchen befreit hat.« Mit diesen Worten verabschiedete sich Doktor Beckett und versprach, am
andern Tag wieder zu kommen.

Draußen im Flur traf er auf Joseph und bat ihn, auf eine
längere Ruhepause zu achten, und, falls das möglich sei,
wenigstens heute größere Postberge von seinem Herrn
fernzuhalten.

»Was würden wir bloß ohne Sie tun? Zurzeit machen wir
uns große Sorgen.«

»So schlimm ist es noch nicht.«

»Ich fürchte, dass Mrs Darwin«, Joseph sprach betont
leise, »in diesen Tagen nicht gerade für sein Wohlergehen
sorgt, was sie sonst immer getan hat. Jetzt, da Mrs Darwin
von der Angst geplagt ist, Mr Darwin könnte bald sterben,
beschuldigt sie ihn offen, Gott verraten zu haben. Es ist
bedauerlich, wie weit die beiden in Glaubensdingen voneinander entfernt sind.«

»Ja, ich weiß. Und da Mrs Darwin nicht die einzige Person auf Erden ist, die ihm das übelnimmt, fühlt Mr Darwin
die Anschuldigungen von Millionen Menschen auf sich
lasten.«

»Wissen Sie eigentlich, dass Mr Darwin ursprünglich
Priester werden wollte?«

Joseph senkte den Blick. Er war nicht sicher, ob es ihm zustand, derlei mit dem Arzt zu besprechen.

»Das höre ich zum ersten Mal. Ich danke Ihnen für diese Information.«

»Ich weiß es auch erst seit kurzem. Mrs Darwin hat es mir erzählt, als sie von ihren Sorgen sprach. Sie kann nicht verhehlen, dass ihr eine kirchliche Karriere lieber gewesen wäre.«

Auch für Joseph war dies eine paradiesische Vorstellung. Zu oft hatte er den Hausherrn im desolaten Zustand vorgefunden und hätte ihm ein leichteres Leben gewünscht.

Doktor Beckett, der seine Brille abnahm und sie in das Etui packte, sagte: »Eigentlich könnte Mr Darwin eine überwältigende Lebensbilanz ziehen. Doch ein Mann wie er sieht nicht nur seine Erfolge, er hadert mit den Spänen, die beim Hobeln gefallen sind.«

Joseph versuchte seine Hände hinter dem gebeugten Rücken stillzuhalten, was nicht recht gelang. »Ja, Mr Darwin möchte niemals Schaden anrichten. Er würde am liebsten das unverletzte Stück Holz und die fertige Skulptur in Händen halten.«

»So ist es. Auf Wiedersehen, Joseph, bis morgen. Ich muss nun zu einem Patienten in der Stadt weiter, der ähnlich gebeutelt darniederliegt. Vielleicht sollten sich die beiden kennenlernen.«

»Wie meinen?«

»Die beiden haben eine frappierende Ähnlichkeit in manchen Dingen. Auch wenn sie sehr verschieden sind.«

»Ich verstehe nicht ganz …«

»Ach, was rede ich da. Eine Gedankenspielerei. Mehr nicht.« Doktor Beckett nahm seinen Hut und ging gedankenverloren zur Tür.

»Auf Wiedersehen, Doktor Beckett«, sagte Joseph und verbeugte sich.

Der Jude aus Trier

Als Doktor Beckett in der Maitland Park Road an die Tür klopfte, hörte er den Patienten husten. Grauenvoll husten. Die beiden Fenster direkt über dem Eingang konnten dessen Eruptionen nur wenig dämpfen. Doktor Beckett hob den Blick und meinte die vom Londoner Ruß verdreckten Scheiben vibrieren zu sehen. Was er aufgrund seiner Kurzsichtigkeit aber niemals behauptet hätte.

Lenchen war sichtlich erfreut, ihn zu sehen. Mr Marx huste sich die Seele aus dem Leib, sagte sie und wies die Treppe hinauf. Seine Verfassung sei allerdings schon etwas besser, da er wieder angefangen habe zu lesen. Sie könne ein Lied davon singen, wie eng die Arbeit mit seiner Stimmung verknüpft sei. Schließlich sei es nicht das erste Mal, dass Beschwerden ihn hinderten, mit seinen Veröffentlichungen voranzukommen. Na ja, Lenchen lachte verlegen, Mohr sei, was das Arbeiten betreffe, eigentlich sein ganzes Leben lang in Verzug.

Sie wolle noch sagen, dass gerade wieder ein Brief von Frau Jenny gekommen sei, sie sei ja bei ihrer Tochter in Paris, um dort mit den Enkeln etwas Erholung und Abwechslung zu finden. Doch leider gehe es mit ihrer Gesundheit stetig bergab. Ob er denn wisse, dass sie unheilbar krank sei? Mr Marx sei nun hin- und hergerissen zwischen der Erleichterung, sie in guten Händen zu wissen, und der Sehnsucht, die wenige ihnen noch verbleibende Zeit zusammen zu verbringen. Er werde ja wohl noch länger nicht in der Lage sein zu reisen. Sie würden sich schreiben, so oft es ging, sagte Lenchen, da sie einander unter liebevollen Abschiedsküssen versprochen hätten, sich auch kleinste Veränderungen ihrer gesundheitlichen Zustände mitzuteilen.

Marx saß aufrecht im Sessel, das Hemd schief zugeknöpft, und verkündete, dass er nicht mehr bettlägerig sei. Das Fieber sei zurückgegangen, er friere auch ohne Decke nicht mehr, nur dieser Sauhusten, der komme anfallsweise und schüttle ihn. Auch habe er mit Heiserkeit zu kämpfen und seine Leber drücke. Kurz nach dem Aufstehen habe er eine gewisse Leberverlängerung ertastet. Es handle sich, das sei sicherlich *very interesting*, um eine Krankheit, die in seiner Familie vererbt werde. Sein alter Herr sei deshalb bereits in mittleren Jahren, gelb wie eine Quitte, mit dem Tode abgegangen, und er selbst …

In diesem Moment unterbrach ihn Doktor Beckett, denn er war bestrebt, die einzelnen Krankheiten nacheinander abzuhandeln und in diesem Sinne die Regie zu übernehmen. Er bestätigte dem Kranken ein besseres Aussehen und wünschte, zunächst Brust und Rücken abzuhören. Er tat dies mit der angezeigten Gründlichkeit, da er mehr als eine verschleppte Bronchitis vermutete.

Die Geräusche, die mittels Stethoskop aus den Tiefen des Brustkorbs an seine Ohren drangen, waren bedenklich. Der linke Lungenflügel fauchte, der rechte rasselte. Er klopfte die Brustwand ab und ließ über das Gehörte nichts verlauten, um den Patienten in dieser Phase der Stabilisierung nicht aufzuschrecken und durch eine beunruhigende Diagnose im falschen Moment zu schwächen.

Der Hundling von Galle sei im Übrigen schuld an seinen Blähungen, lispelte Marx mit ausholender Geste. Und es sei keinesfalls das *pale ale*, wie ein früherer Arzt ihm hätte weismachen wollen. Die abgehenden Winde hätten auch dann das gleiche Odeur, wenn er das pissige englische Bier nicht trinke.

Doktor Beckett ließ auch diese Information im Raum stehen, er sortierte seine Eindrücke, suchte nach dem Notizbuch und konnte kaum glauben, dass jemand, der über Wertform und Mehrwert so staubtrocken schrieb, in dieser saftigen Weise sprach.

In der vorigen Nacht habe ihn übrigens ein hundsgemeiner Kopfschmerz geplagt, ein Schädelweh wie von allen zehn Teufeln. Marx, dem die Anamnese offenbar nicht schnell genug fortschritt, erhöhte Tempo und Lautstärke, sichtlich unzufrieden mit der rezeptiven Art des Doktors, und ergänzte, nun trompetend: Er spüre heute zum ersten Mal wieder den Drang, ans *work* zu gehen, bevor seine Hirnsäfte vertrockneten. Das sei, müsse er betonen, doch ganz famos. Und er habe vor, per pedes am Nachmittag zum Maitland Park zu gehen. Er habe den Stubenarrest satt. Und liege schon viel zu lange brach, falls man das so sagen könne. Er sei im Englischen nicht immer firm.

Seine Gesundheit stehe, alles in allem, seit der Bepinselung weit über dem *average* der letzten Monate. Und das wolle etwas heißen. Nur zum British Museum in den Lesesaal zu gehen und stundenlang zu sitzen, das erlaubten ihm die hinteren Verhältnisse noch nicht, denn die Hämorrhoiden attackierten ihn mehr als alle preußischen Spione. Doch freue er sich schon wieder auf diesen ganz famosen Lesesaal, da dort ein Stapel Bücher über slawische Sprachen auf ihn warte. Er lerne nämlich gerade Russisch. Außerdem sei er seit Monaten dabei, Newton bei dessen Infinitesimalrechnungen einen Irrtum nachzuweisen, weshalb er sich durch dessen Arbeiten und diejenigen nachfolgender Mathematiker wühle. Was durchaus eine Herausforderung sei. Seine pechschwarzen Augen funkelten, als er sagte, er habe vielleicht manchmal *too many irons in the fire*.

Lenchen rollte mit den Augen, als sie ungeduldig zu Doktor Beckett hinüberschaute, als wollte sie sagen: Sehen Sie, das meinte ich. Er tut alles, nur nicht seine eigentliche Arbeit.

Dabei wusste sie gar nicht, dass Friedrich Engels seinem Freund tags zuvor geschrieben hatte, er solle in Ruhe Kräfte sammeln, dieser exzellente Doktor werde ihm dabei helfen, und wenn er wieder ausreichend davon habe, solle er sie um Himmels willen in die unfertigen Bände II und III des *Kapitals* stecken. Und sich nicht durch jedes interessante Buch auf der Welt, das es zu exzerpieren gebe, von seiner historischen Aufgabe abhalten lassen. Er solle ihm bitte nie wieder antworten, das Thema habe so viele Verzweigungen. Engels' Brief endete mit den Worten: »Ich flehe Dich an! Dein Freund Fred.«

In der nächsten Sekunde fluchte Marx, seine Leber habe just Richtung Galle hinaufgestochen.

Jetzt schaute Lenchen besorgt. Marx drückte mit drei Fingern in seine rechte Seite. Doktor Beckett war trotz der alarmierenden Auflistung körperlicher Schäden von der Physis des Patienten abgelenkt und versuchte halb amüsiert, halb entsetzt, sich dessen seelischem Befinden und Charakter anzunähern. »Wie steht es mit Ihrem nächtlichen Temperaturempfinden? Suchen Ihre Füße die Wärme oder strecken Sie sie öfters unter der Decke hervor?«

Marx war noch nie eine derartige Frage gestellt worden. Er blickte ratlos und missmutig zu Lenchen hinüber, die ihn aufmunternd anschaute und offensichtlich keinen

Zweifel an der Vorgehensweise des Arztes hegte. Also ließ er sich herab zu antworten, er strecke die Füße *in the night* schon immer an die Luft. Und freue sich über kühle Stellen auf dem Laken, auf denen er sie platziere. Sogleich schob er nach: »Was hat das mit meinem Kranksein zu tun?«

Ohne eine Auskunft abzuwarten, sagte er, er würde lieber erfahren, warum ihm der Appetit vergehe, sobald er einen Teller sehe. Obwohl er sich doch schon seit Wochen keine Kneipereien mehr erlaube. Wobei er zugebe, ein Gin zur *right time* wirke anregend auf sein Hirn.

Nach einer kleinen Pause sagte er, im Ton weniger ungestüm, er sei nicht nur schlaf- und appetitlos, sondern oft ratlos. Immer häufiger spüre er eine Art von profunder Melancholie, es gehe ihm wie dem großen Don Quijote. Eigentlich fühle er sich *broken down*.

Doktor Beckett, bestrebt, eine vertrauensvolle Beziehung aufzubauen und ihn in seinem erregten Redefluss etwas abzubremsen, sagte: »Fragen Sie mich immer, wenn Sie etwas nicht verstehen, ich versuche es Ihnen zu erläutern. Das Verhältnis Ihrer Füße zu Wärme oder Kälte verrät mir, welcher Typus Mensch Sie sind oder, anders gesagt, über welche Konstitution Sie verfügen. Ich bin davon überzeugt, dass nicht jedes Heilmittel für jeden Patienten geeignet ist. Der kühle Typus braucht andere Pillen als der hitzige. Sie scheinen mir Letzteres zu sein.«

Marx wusste nicht recht, ob er diese Einschätzung als Lob oder Tadel auffassen sollte. Doktor Beckett, der seine Blicke deutete, sagte: »Das ist im Übrigen vollkommen wertfrei gemeint. Ich suche lediglich den richtigen Weg, um in Ihre Körpervorgänge harmonisierend einzugreifen.«

Marx beschloss, indem er sich auf die in den letzten Tagen doch recht schnell eingetretene Besserung besann, das

Wort Hokuspokus hinunterzuschlucken und seinem Drang zu zweifeln ausnahmsweise nicht nachzugeben. Stattdessen merkte er an, wenn sie schon beim Thema Temperaturempfindungen seien, dann müsse er seine Beobachtungen mitteilen, die er in puncto Wetter gemacht habe. Der immerzu bedeckte Himmel und die heftige Windstürmerei, namentlich abends und in der Nacht, zehrten an seinen Nerven. Ebenso der kalte *rain*. Die britische Witterung sei schuld am Muskelrheumatismus nah bei den Hüften und auf der linken Brustseite, was speziell beim Husten übel weh tue. Außerdem habe sein Bronchialkatarrh, wie man höre, auch noch nicht sein letztes Wort geröchelt, weil in London alles immer kalt und nass sei.

Doktor Beckett schien der Moment gekommen, den Patienten von seinen Leiden fortzulocken, denn dieser, daran gab es keinen Zweifel, war kolossal begabt, seine Erkrankungen auszuschmücken, wobei die immer deutlicher hervortretende Traurigkeit des Exilantenlebens dem Arzt einigen Aufschluss gab.

»Darf ich Sie etwas fragen, Mr Marx? Ich habe zufällig gesehen, dass Sie Darwins Buch dort auf dem Tisch liegen haben. Was halten Sie davon?«

Marx, der noch damit beschäftigt war, der medizinischen Bedeutung von Hitzegefühlen in seinen Füßen und Kälteempfindungen seiner Brustmuskeln hinterherzudenken, wurde nun schon zum zweiten Mal von Becketts Fragen überrascht.

»Darwin hat mir vor einiger Zeit einen Brief geschrieben. Er fand *Das Kapital* ganz famos, was für einen Engländer mit *money* nicht selbstverständlich ist. Man könnte meinen, dass ein Orchideenzüchter nicht die blasseste Ahnung von solchen Dingen hat.«

Marx, dessen Stimme immer mehr krächzte, erhob sich vorsichtig aus dem Sessel und strich, sobald er einen sicheren Stand gefunden hatte, mit beiden Händen mehrfach durch seine Mähne. Doktor Beckett sah ihn zum ersten Mal stehend und schaute auf einen Löwen, dessen Fell räudig geworden war und dessen Beine ihre Geschmeidigkeit noch in Erinnerung hatten.

Marx streckte sich und gähnte, ging die wenigen Schritte zum Fenster und bückte sich, um seine Augen so nah wie möglich an die auf dem Tisch liegenden Bücher heranzubringen. Nachdem er endlich fündig geworden war und sich, offenbar etwas zu schnell, wieder aufrichtete, fluchte er augenblicklich, ihm sei schwindlig. Schon setzte der Husten ein, und er beeilte sich, mit Lenchens Hilfe wieder in seinen Sessel zu kommen. An Sprechen war minutenlang nicht zu denken.

Lenchen holte ein Glas Wasser und sagte, sie könne nicht sehen, dass ein Ausflug zum Park bereits angezeigt sei. Doktor Beckett nickte und gab Anweisung, 20 Tropfen des hustenstillenden Mittels hineinzugeben, und schrieb Notizen in sein Büchlein. Nachdem der Hustenanfall vorüber war, zog Marx einen Brief aus Darwins Artenbuch und fing an ihn vorzulesen, wobei er seine fehlsichtigen Augen beinahe aufs Papier drückte. Lenchens Angebot, ihm das Monokel zu reichen, wies er unwirsch ab.

»Downe, Beckenham, Kent. Dear Sir, ich danke Ihnen für die Ehre, die Sie mir mit der Übersendung Ihres großen Werkes«, die beiden letzten Wörter zog er in die Länge, »über das Kapital erwiesen haben. Ich wünschte, ich wäre würdiger für eine solche Gabe und verstünde mehr von dem tiefgründigen, wichtigen Thema der politischen Ökonomie. Zwar forschen wir auf sehr unterschiedlichen

Gebieten, aber ich glaube, dass wir beide ernsthaft nach Erweiterung des Wissens streben und dass dies auf lange Sicht dem Glück der Menschheit dienen wird. Ich verbleibe, dear Sir, als Ihr ergebener Charles Darwin.«

Seine Miene hatte sich von Wort zu Wort aufgehellt, und er konnte den Stolz nicht verbergen, der ihn auch beim diesmaligen Lesen heimsuchte. Während er den Brief wieder ordentlich zusammenfaltete, sagte er, Darwin habe erkannt, wie wichtig sein Werk sei. Dabei habe er es sogar auf Deutsch gelesen, weil es damals noch nicht übersetzt gewesen sei. Nach einer Weile fügte er an, sehr zu Unrecht habe die Welt *Das Kapital* kurz nach Erscheinen viel zu wenig rezipiert. Und wurde wieder verdrießlich.

Es war unübersehbar, dass Marx schon oft darüber sinniert hatte, warum ihm die Anerkennung versagt geblieben war und welche Spuren dieses Grübeln hinterließ. Kaum zu verstehen, sagte er ganz leise, er habe damit gerechnet, dass ein Grundlagenwerk von dieser Tragweite großen Absatz finden würde. Bei Darwins Artenbuch sei es schließlich auch so gewesen. Marx saß in seinem Sessel wie ein geschlagener Hund. Und doch war Doktor Beckett darauf gefasst, dass er sich jederzeit wieder aufrichtete, bellte und sich in den nächsten Sachverhalt verbiss.

Als Marx Doktor Beckett fragte, welche Gründe es geben könne, dass die Menschheit nicht an ihrer Befreiung interessiert sei, war sein Ton bitter. Dabei griff er wild um sich, als suche er die Antworten in der Luft. Selbst die Kapitalisten, um deren Beseitigung es gehe, müssten doch erpicht darauf sein, das Werk mit größter Aufmerksamkeit zu studieren. Denn wie könnten sie sich besser auf das vorbereiten, was ihnen demnächst bevorstehe?

»Es muss an der Unverständlichkeit liegen.« Entschlüpfte es Doktor Beckett, der augenblicklich bedauerte, diese Einschätzung nicht diplomatischer vorgetragen zu haben. Doch da war das Kind bereits in den Brunnen gefallen. Mit wenig Luft in den Lungen, die zwar pfiff, aber zum lauten Schimpfen nicht ausreichte, knurrte Marx: »Objektive Wissenschaft braucht nicht die Sprache Shakespeares oder Heinrich Heines.«

Gehetzt vom Husten, der seinen Worten schon wieder auf den Fersen war, presste er heraus: »Ein wissenschaftliches Œuvre, das die Menschheit voranbringt, ist im Regelfall nicht leicht zu lesen. Darin haben bunte Redeblumen nichts verloren.«

»Ich wollte Sie keinesfalls angreifen. Sicherlich war ich nur deprimiert, Ihr ökonomisches Vokabular nicht verstanden zu haben. Was nichts an meiner Einschätzung ändert, wie wichtig Ihr Werk ist. Ich behandle immer wieder Patienten in den Elendsvierteln Londons, die krank sind, weil sie in den Fabriken den ganzen Tag Staub und anderen Dreck einatmen. Und nichts Rechtes zu essen haben.« Doktor Beckett platzierte seine Worte sorgsam zwischen die Huster.

»Haben Sie wirklich versucht, mein Buch zu lesen?« Marx' Stimmung schien sich etwas aufzuhellen.

»Ja, ich habe es versucht. Aber ich bin gescheitert.«

»Wenn es wahr ist, was Sie da sagen, dann ist es mir ein Rätsel. Ein Mann, der in … äh, wo haben Sie studiert?«

»In Cambridge.«

»… in Cambridge studiert hat, versteht meine Analysen nicht? Was soll daran so schwer sein? Vielleicht hat es Ihnen an Geduld gemangelt. Wenn sogar ein englischer Käfersammler es auf Deutsch verstanden hat!«

Marx' Tonfall changierte wieder zum Gereizten, was

seiner Fistelstimme nicht gut bekam. Für frische *facts* müsse man eben bereit sein, in fremde Denkgebäude einzudringen und neue *rooms* zu betreten. Ihm selbst sei es auch nicht leichtgefallen, diesen Darwin-Schinken – er schlug mit der flachen Hand mehrfach heftig auf den Buchdeckel – im Original zu lesen.

Marx hustete und räusperte sich in einem fort, wobei Doktor Beckett genau hinhörte. Ja, es sei sogar Schwerstarbeit gewesen, den pedantischen Ausführungen dieses Naturforschers zu folgen, die ihn im Übrigen kein bisschen an Jane Austen – diesen Namen betonte er besonders spitz – erinnert habe. Er könne nicht erkennen, dass Darwin beim Formulieren seiner Betrachtungen blauer Pimpinellen oder des Eiersacks einer Entenmuschel von Musen umringt gewesen sei.

»Ich soll Sie übrigens von Mr Darwin grüßen und Ihnen gute Besserung wünschen.«

Nun war Marx verblüfft und sein Furor wich. »Sie kennen Charles Darwin?«

»Ja, er ist mein Patient.«

»Was hat er denn? Ist er ernstlich krank?«

»Nun, das darf ich Ihnen nicht sagen. Nur so viel – seine Gesundheit ist angegriffen.«

»Wie alt ist er denn mittlerweile? Ich habe schon länger nichts mehr über ihn gelesen.«

»Er ist Anfang siebzig. Demnächst erscheint sein neuestes Buch.«

»Anfang siebzig? Dieses Alter werde ich wohl nicht erreichen. Was für ein Buch denn?«

»Über das Verhalten der Regenwürmer.«

»Regenwürmer? Das passt zum verpissten England. *Rain, garden*, feuchte Erde.«

Während Doktor Beckett die Nase rümpfte, setzte sich Marx gegen die rapide schlimmer werdende Heiserkeit zur Wehr. Er räusperte sich wüst.

Wenigstens ebbte der Husten allmählich ab, das Gebräu aus *Quinine disulphuricum*, Morphium und Chloroform begann zu wirken, und es trat Ruhe ein.

Nach einer ganzen Weile fragte Doktor Beckett den schläfrig wirkenden Marx: »Und gibt es etwas in Darwins Buch, jenseits von Pimpinelle und Entenmuschel, an dem Sie Gefallen gefunden haben? Ich sehe an den vielen Zetteln, dass Sie es ordentlich bearbeitet haben.«

»Ja, das habe ich«, Marx' Gesichtszüge entspannten sich, und sein Sprechen wurde milder, »mit viel Blut und Schweiß. Die Arbeit hat sich durchaus gelohnt, denn Darwin hat mit dem Jenseitsgeschwätz ganz formidabel aufgeräumt und den Pfaffen kräftig eins ausgewischt.« Kurz fielen ihm die Augen zu, was Doktor Beckett zufrieden registrierte.

»Er hat für den Materialismus und damit den Kommunismus die naturwissenschaftliche Grundlage geschaffen.« Marx musste gähnen.

»Wie meinen Sie das?«

»Viele Linke haben die *church* schon immer gehasst, aber sie konnten einfach nicht sagen, wie all das, was auf unserem Planeten lebt, entstanden ist. Sie hatten ein Gefühl, aber keine wissenschaftliche Erklärung. Bis Darwin kam.« Marx blieb die Luft weg. Erst nach einer Weile mühseligen Pumpens sprach er weiter. »Er hat die historische Entwicklung in der Natur nachgewiesen und dadurch das Christliche samt dem Jüdischen und dem ganzen übernatürlichen Dreck beiseitegefegt!« Marx schnaufte tief, als er anerkennend verkündete: »Er hat uns das Schwert in die Hand gegeben, die Religion zu enthaupten! In dieser Hinsicht ist Darwin ganz famos.«

Lenchen schaute bekümmert. Doktor Beckett dachte nach. Und Marx nuschelte noch etwas von der Teleologie, die vorher noch nicht kaputt gewesen sei. Jetzt endlich fühlten sich die Menschen imstande, nicht mehr gebannt aufs Jenseits zu starren, sondern sich um ihr Leben im Diesseits zu kümmern.

Beim Nachdenken, was er antworten sollte, sah Doktor Beckett oben im Regal eine Zeus-Büste stehen. Im ersten Augenblick meinte er, Marx habe sich selbst in Gips verewigen lassen, so ähnlich sahen sich die beiden. Es amüsierte ihn, sich vorzustellen, dass der oberste Griechengott dem Deutschen beim Blitzeschleudern und Donnergrollen zur Seite sprang.

Nach einer Verschnaufpause verkündete Marx triumphierend: »Die Natur macht sich selbst!« Und nach einer weiteren: »Nicht nur die Pimpinelle, auch der Mensch wird chemisch fabriziert. Winzige Eiweißklümpchen als *starting point*!« Er trommelte auf dem Buchdeckel herum. »Allerdings muss man Darwins plumpe englische Methode in Kauf nehmen.«

»Wie meinen Sie das?«

»Dass Ihr Engländer sogar in der Natur das kapitalistische Hauen und Stechen sehen wollt. Überall Kampf, und der Stärkere muss siegen!« Marx ballte seine Faust, reckte sie in die Luft und ließ sie auf Darwins Buch niedersausen. »Dabei handelt es sich um einen klassischen Zirkelschluss.« Er zeichnete mit dem Zeigefinger Kreise in die Luft. »Darwin hat den Kampf ums Überleben, den er im kapitalistischen System beobachtet hat, auf Tiere und Pflanzen übertragen. Nein, es ist kein Zufall, dass er in der Natur seine englische Klassengesellschaft wiedererkennt.«

Doktor Beckett rümpfte die Nase und zeigte seine Hasenzähne, was Lenchen im Stillen unvorteilhaft fand.

»Und was machen die bürgerlichen Politiker? Sie wenden nun ihrerseits den Kampf ums Dasein auf die Menschen an und verkünden mit großem Krakeel: Es gibt da dieses unumstößliche Naturgesetz, das erklärt, warum auch in menschlichen Gesellschaften Schwache und Starke leben. Die Schwachen muss man dann, *of course*, verrecken lassen.«

Marx öffnete den Mund und sog die Luft tief ein. Kaum hörbar ließ er verlauten, man könnte vielleicht versuchsweise eine Zigarre rauchen? Er hätte nicht übel Lust darauf. Und wieder sog er die Luft tief ein. »Alle kommunistische Politik ist sinnlos, wenn ein Naturgesetz den tödlichen Wettbewerb legitimiert. Merkt denn niemand, dass die Sache sich im Kreise dreht?«

Marx keuchte und versuchte, seinen entglittenen Atem unter Kontrolle zu bringen. Plötzlich riss er die Augen weit auf und schleuderte Doktor Beckett entgegen: »Zum Teufel mit dem Husten! Ich spüre genau, der Hundling lässt schon etwas nach. Bei diesem Thema muss man eine rauchen, finden Sie nicht auch? Ich habe noch zwei gute kubanische Zigarren. Das Leben macht keinen Spaß, wenn man auf alles verzichten muss.«

»Kennen Sie Darwins Nikotinversuche mit fleischfressenden Pflanzen?«

»Nein.« Knurrte Marx. Sein Interesse an Pflanzen sei begrenzt.

»Aber Ihr Interesse am Nikotin ist doch ...«

»Groß«, unterbrach ihn Marx, den das Morphium beflügelte.

»Darwins Versuch ist für Sie durchaus von Interesse. Er verabreichte einem Sonnentau Nikotintröpfchen und protokollierte, wie die Pflanze augenblicklich ihre Tentakel einrollte und die Drüsen sich schwarz färbten.«

Bilder geschwärzter Lungenbläschen und seiner sich einrollenden, von den Zigarren aufgerauten Zunge schlichen sich in Mohrs aufsteigende Träumereien.

»Er wollte wissen, welche Dosis Nikotin tödlich wirkt.«

Eine Frage, die sich auch Marx in diesem Moment stellte.

»Ich kann Sie trösten«, sagte Doktor Beckett. »Sogar Darwin wurde getäuscht durch die zunächst heftigen Reaktionen der traktierten Pflanze. Schon nach 24 Stunden rührte die scheintote Pflanze wieder ihre Glieder und verdaute mit den Absonderungen ihrer Drüsen das Stückchen Fleisch, das Darwin ihr, höchst erfreut, mit der Pinzette servierte. Was ich Ihnen damit sagen möchte, Mr Marx: Wenn Sie das Rauchen nicht lassen, wird es Sie töten. Wenn Sie aber damit aufhören, kann Ihre Lunge sich regenerieren. Nehmen Sie lieber, wenn Sie Lust auf eine Zigarre spüren, ein Bonbon für Ihren angegriffenen Rachen.«

Doktor Beckett bat Lenchen, Halspastillen zu besorgen, und fragte: »Darf ich bitte in Ihren Hals schauen? Ihre Stimme ist sehr angegriffen.« Und fast nahtlos hängte er die Frage an: »Hätten Sie wohl Interesse an einem Plausch mit Darwin, wenn es Ihnen wieder bessergeht? Ich könnte womöglich eine Einladung zum Lunch oder zum Dinner arrangieren. Die Sache mit dem Zirkelschluss zu diskutieren könnte doch interessant sein.«

Doktor Beckett nahm einen hölzernen Spatel aus der Tasche, bei dessen Anblick Marx zurückzuckte und dem Arzt androhte, bei Exkursionen zu seinem Rachen müsse man immer eine würgende Wirkung in Betracht ziehen. Ein *mee-*

ting mit Darwin stelle er sich mühsam vor. Er könne sich kaum etwas Beklagenswerteres vorstellen als zwei sieche Gelehrte, die sich bei Tisch gegenübersäßen.

Doktor Beckett versprach, umsichtig vorzugehen. Und deutete auf den Holzspatel. Sein Blick bahnte sich mit größter Konzentration den Weg zum Schlund, vorbei an den noch vorhandenen Zähnen, die durch häufigen Rotwein- und Tabakgenuss eine gewisse Farbigkeit angenommen hatten. Er kam zum Ergebnis, dass es sich um eine Kehlkopfentzündung handelte. Eine einfache Halsentzündung wäre ihm lieber gewesen. »Sie sollten in den nächsten Tagen schweigen.«

Marx nickte. Er schien es nicht schlimm zu finden.

»Ich lasse Ihnen diverse Medikamente holen, sowohl für Ihren Kehlkopf als auch ein neues Mittel gegen den Husten.« Er wandte sich an Lenchen mit der Bitte, sie möge ihm stündlich von den Tropfen und zweistündlich von den Kügelchen geben. Den Saft einmal morgens und einmal abends vor dem Einschlafen.

Nach einer Pause sagte Marx, die kurzsichtigen Augen zusammenkneifend, da er den Blick des Doktors suchte: »Ich war doch um ein Haar nah am Krepieren und schwebe immer noch am Rand des Grabes. Sagen Sie mir, wie lange habe ich noch?«

»So schnell stirbt man nicht. Sie sind krank, natürlich. Aber wir werden eine Besserung erzielen, wenn Sie vernünftig sind und sich an ein paar Regeln halten. Keine Tabakwaren. Ich betone, keine Rauchwaren! Kein schwarzer Kaffee. Keine scharfen Speisen. Keine Schnäpse. Ihr Magen ist durch diese Mischung angegriffen.«

Doktor Beckett schaute zu Lenchen und sagte, sie solle ihm dreimal täglich warme Milch geben, dann würden die Mageninnenhäute langsam, aber sicher regenerieren. Lenchen und Marx wandten im Chor ein, dass er Milch verabscheue.

Doktor Beckett blieb bei seiner Verordnung. Erlaubte aber, die Milch mit ein wenig Brandy zu verfeinern. Sein Körper brauche dringend die in der Milch enthaltenen Nährstoffe. Ein leichtes Nicken war erkennbar, bevor Marx sagte: »Denken Sie bitte an ein Schlafmittel? Ich bringe, wie Sie wissen, seit langem keinen Nachtschlaf mehr ohne *medical help* zustande. Wenn ich aber nicht recht schlafe, dann fühle ich mich am nächsten Tag stupid und jeder Gedanke dreht sich im wehen *brain* wie das Mühlrad in einem trockenen Bach.«

Mit diesen Worten war Marx aufgestanden. Er ging etwas tapsend, was auch an der Kurzsichtigkeit lag, zur Ledercouch und legte sich hin. Zu einem Mittagsschläfchen, wie er sagte.

Die Augen fielen ihm zu und sein Atem wurde ruhiger. Doktor Beckett verabschiedete sich und erinnerte Marx noch einmal daran, die nächsten Tage zu schweigen. Er hatte seinen Hut schon in der Hand, als er in mildem Ton sagte: »Sie brauchen Ruhe, Mr Marx. Ihr Bild des Don Quijote ist nicht umsonst gewählt. Sie haben sich vielleicht etwas zu viel vorgenommen. Heute sind es zwar nicht mehr die Windmühlen, sondern die vom Dampf getriebenen Räder des Kapitalismus, gegen die Sie ...«

»Ich kämpfe nicht gegen Dampfräder«, zischelte Marx mit geschlossenen Augen, »im Gegenteil. Dampf getriebene Turbinen werden den Menschen im Kommunismus die Arbeit abnehmen. Kommunismus ist Fortschritt! Kein romantischer Naturzustand.«

Er krächzte erbärmlich und fügte an, matt wie eine gefangene Fliege, deren Beine noch zuckten: Der Unterschied sei aber, dass die Maschinen nicht mehr der Bourgeoisie gehörten. Privateigentum wäre *killed*. *Dead for ever!*

Eigentlich hatte Doktor Beckett gehofft, den richtigen Moment zwischen Wachen und Schlafen gefunden zu haben, jenen Augenblick, in dem Marx' Widerspruchsgeist bereits ermattet, das Gehirn aber noch aufnahmefähig war. Doch ganz offensichtlich hatte er mit dem Verkünden seiner Botschaft eine Handvoll Sekunden zu früh eingesetzt.

Er öffnete noch einmal seine Arzttasche, wühlte darin herum, nur um ein wenig Zeit zu gewinnen, und achtete genau auf das Atmen des Patienten. Nachdem dieser drei, vier ruhige Atemzüge gemacht hatte, nützte Doktor Beckett dessen sedierte Lage und versuchte ein zweites Mal, Marx etwas mitzuteilen, ohne dass vorschnelle Widerworte die Wirkung zunichtemachten.

Im Ton beiläufig sagte Doktor Beckett, Entwurzelung und Vertreibung würden den Menschen doch arg zusetzen. Er habe noch andere Exilanten unter seinen Patienten und habe mit ansehen müssen, was Heimatlosigkeit mit ihnen anrichte. Das Verlassen der Familie. Die fremde Sprache. Die andere Kultur. Verfolgt sein. Ausspioniert werden. Und hier im Haus sei noch das Unglück hinzuzurechnen, dass auch Mrs Marx schwer krank sei, das habe er gerade erst erfahren, und es tue ihm außerordentlich leid.

Doktor Beckett versuchte zu erkunden, wie Marx diese Sätze aufnahm, konnte aber keine Opposition feststellen. Dann sagte er, er habe spezielle Kügelchen mitgebracht, angelte ein Döschen aus seiner Jackentasche und legte es auf den Arbeitstisch.

Mit einem freundlichen Blick hinüber zu Lenchen sagte er, Marx solle nachmittags drei davon nehmen. Und vor dem Schlafengehen die nächsten drei. Dann wieder nach dem Frühstück. Sie würden die Melancholie in wenigen Tagen entschieden verbessern. Außerdem, so Doktor Beckett, seien bestimmte Aufgaben doch sehr groß für einen Einzelnen. Zumal wenn diese das Menschsein insgesamt beträfen. Oder anders ausgedrückt, wenn der Betreffende das Potential habe, Geschichte zu schreiben, was er bei ihm voraussehe. Dafür sei ein hoher Preis zu bezahlen. Er brauche dringend Erholung und keine Peitsche, die ihn zur Weiterarbeit antreibe.

Mohr lag sehr ruhig da. Seine Augen tränten.

Doktor Beckett ging leise aus der Tür und die Treppe hinunter. Lenchen folgte mit einigem Abstand und sichtlich erschüttert.

Während die beiden in der Küche lauwarmen Tee tranken, sagte Doktor Beckett, Mr Marx habe recht sicher ein oder auch mehrere Geschwüre in der Lunge. Er könne noch eine Weile damit leben, doch das Atmen werde mit der Zeit schwieriger und der Husten schlimmer. Er werde alles tun, um die Symptome zu lindern, ihn zu beruhigen und seine Stimmung aufzuhellen.

Nun weinte Lenchen. Und sagte, dass in dieser Familie einfach kein Glück sei. Sie wisse ganz sicher, dass die Arbeit an diesem verdammten unfertigen Buch ihren Mohren zu Boden drücke. Und sicherlich habe noch nie jemand über Geld geschrieben, ohne so wenig davon zu haben.

»Stört es Sie, wenn ich Ihnen wieder ein paar Fragen stelle?« Doktor Beckett goss noch etwas Milch in den Tee. Mr Marx sei ja doch erstaunlich bockbeinig. Falls sie wisse, was er meine.

»Oh ja, das ist er. Aber Sie dürfen ihm das nicht krummnehmen. Er gibt alles für die große Sache.«

»Nein, ich nehme es ihm nicht krumm. Ich möchte nur besser verstehen, woher das kommt. Vielleicht können Sie mir etwas über seine Herkunft verraten. Sie haben mir letztes Mal erzählt, dass Sie die Familie schon lange begleiten.«

»Oh ja, schon sehr lange. Fragen Sie ruhig.«

»Wer waren seine Eltern?«

»Das waren rechtschaffene, fleißige Bürger aus Trier«, sagte Lenchen mit einigem Stolz. »Und Mohr war der älteste Sohn. Eigentlich war er der zweitälteste, doch sein Bruder starb schon als kleines Kind. Der Vater war Rechtsanwalt, die Mutter eine fromme Jüdin und Tochter eines holländischen Rabbiners. Auch der Vater war Jude. Und seinerseits Rabbinersohn. Und Mohrs Onkel war der Rabbi von Trier. Aber von alledem will Mohr nichts wissen. Im Gegenteil. Wenn ihn jemand darauf anspricht, wird er, wie soll ich sagen ...«

»Grob?«

»Unwirsch, ja. Manchmal sagt er gegen Juden wüste Worte. Schimpft über deren Geldschacher, nennt sie Wucherjuden und lästert über große Nasen und jüdische Gesichter. Dann halte ich mir die Ohren zu, weil ich ihm zeigen will, dass ich mich für solche Äußerungen schäme. Wo er doch früher selbst darunter gelitten hat.«

»Inwiefern?«

»Als Mohr ein Junge war, gab es draußen auf der Straße Sprechchöre: ›Hep, hep! Jude verreck!‹ Seine Eltern sind in ihrer Not zum evangelischen Glauben konvertiert. Weil der Vater sonst seine Kanzlei hätte schließen müssen. In der Zeit durften Juden keine Anwälte sein.«

»Wurde auch Mr Marx getauft?«

»Oh ja. Nur, die Taufe hat nichts daran geändert, dass er

im Gymnasium gehänselt wurde. Man hat ja gewusst, dass er Jude ist, auch wenn er im evangelischen Religionsunterricht saß. Einmal Jude, immer Jude, sagt man. Und Mohr sah doch auch nicht aus wie ein Weinbauernsohn von der Mosel. Diese kohlschwarzen Haare! Diese Augen und die dunkle Haut! Drum nennen ihn doch alle Mohr. Und Frau Jenny nennt ihn ›mein Schwarzwildchen‹.«

»Wenn er der älteste Sohn einer Rabbinerfamilie ist, dann ist sein Bruch mit dem Glauben ein noch größeres Sakrileg als, sagen wir, bei einem normalen Juden aus dem Fußvolk, nicht wahr?«

»Ja, so kann man das sehen. Der Glaubensübertritt hat seine Mutter übrigens ihr Leben lang gequält, denn ihr sehnlichster Wunsch war, dass der kluge Mohr Rabbi von Trier würde. Im Herzen blieb Frau Marx immer eine Jüdin. Und betete wie eine Jüdin. Bis zu ihrem Tod bat sie ihren Sohn in jedem Brief, ein gottgefälliges Leben zu führen. Doch er wird als Ungläubiger sterben.« Sie verfiel in Schweigen und Beckett dachte nach. Dann fragte Lenchen: »Sagen Sie, Doktor, wie lange wird er noch leben?«

Sie musste wieder weinen und zog ein Taschentuch aus ihrer Schürze. Dabei fiel eine Fotografie auf den Boden. Lenchen bückte sich und hob sie verschämt auf.

»Ihr Liebster?« Fragte Doktor Beckett, durchaus neugierig. Das Foto war vom häufigen Gebrauch zerkratzt, wellig, und die Ecken waren angestoßen.

»In gewisser Weise ja. Aber nicht, wie Sie denken. Das ist mein Sohn.«

»Sie haben einen Sohn? Wie alt ist er denn?«

»Am 23. Juni ist er 30 geworden. Er heißt Freddy. Also eigentlich heißt er Henry Frederick. Aber alle nennen ihn Freddy.«

»Was macht Ihr Freddy denn?«

»Er lebt hier in London. Im East End. Er arbeitet als Dreher. Ich sehe ihn leider viel zu wenig.«

Lenchen rannen die Tränen übers Gesicht. Sie gab das Foto Doktor Beckett, der einen kräftigen jungen Mann mit vollen pechschwarzen Haaren entdeckte. Mit ebensolchen funkelnden Augen. Und einem dunklen Teint. Doktor Beckett öffnete den Mund, schluckte jedoch hinunter, was er gerade sagen wollte.

»Sagen Sie ruhig, was Sie sehen.«

»Sie haben einen gemeinsamen Sohn?«

»Ja. Ich musste den Jungen gleich nach der Geburt weggeben. Er ist bei einer Pflegemutter groß geworden. Engels hat sie dafür entlohnt. Er hat sogar nach außen hin die Vaterschaft übernommen, um Mohr zu schützen. Deshalb heißt er doch Freddy. Freddy hat lange nicht gewusst, dass ich seine Mutter bin. Und seinen richtigen Vater darf er bis heute nicht kennenlernen. Dabei sehen sie sich doch so lächerlich ähnlich.«

»Das kann man wohl sagen.«

»Er hat Freddy nicht einmal anschauen wollen, nachdem ich ihn in meiner Kammer geboren hatte. Mohr hat keine Liebe für Freddy. Wenn er mich besucht, muss er durch den Dienstboteneingang in die Küche schleichen. Aber das letzte Mal ist schon wieder zwei Jahre her.«

»Es tut mir von Herzen leid«, sagte Beckett, sichtlich bestürzt.

»Wir haben Vereinbarungen getroffen, wissen Sie? Mohr konnte doch schon seine eigene Familie nicht ernähren. Als ich schwanger war, hat er wochenlang gespuckt. Und ein Furunkel nach dem anderen wuchs aus seinem Körper heraus. Wie hätte ich da Forderungen stellen können? Seine Stimmung war noch gereizter als sonst. Ich konnte die Schwangerschaft einige Monate lang gut verbergen. Aber es kam der Tag X, wo ich mich Frau Jenny gegenüber erklären musste. Sie war ja fast zur gleichen Zeit schwanger, zum siebten Mal, und brachte kurz danach ein totes Kind zur Welt. Stellen Sie sich vor, sieben Geburten in dreizehn Jahren. Jenny war nervlich am Ende vom Flüchten, vom Improvisieren, von all den materiellen Sorgen und vom Kinderbegraben. In dieser Familie ist kein Glück.«

Doktor Beckett stellte erst die Teetasse ab, dann seine Tasche und setzte sich ungefragt auf den Küchenstuhl. Er schwieg. Lenchen fing an zu schluchzen. Was Doktor Beckett dazu veranlasste, wieder aufzustehen, Lenchens Schultern herzlich zu umfassen und ihr zu sagen, er bringe nächstes Mal auch für sie Kügelchen mit. Er sei, offen gestanden, erschüttert.

»Wir sind monatelang wortlos umeinander herumgeschlichen. Dabei hat Mohr sonst viel Liebe für seine Kinder.«

Doktor Beckett goss Lenchen Tee nach. Er versicherte ihr, bei ihm seien ihre Geheimnisse gut aufgehoben. Lenchen nahm ein Geschirrtuch, wischte sich übers Gesicht und setzte sich ebenfalls an den Küchentisch. »Um Edgar hat er geweint.«

»Wer ist Edgar?«

»Edgar war sein liebstes Kind. Mohr ist damals fast ins Grab gestürzt. Eigentlich sah es für mich danach aus, als wollte er aus Verzweiflung dem toten Sohn hinterherspringen. Er war von Sinnen. Engels hat ihn im letzten Moment festgehalten.«

Lenchens Wangen waren in den letzten Sekunden eingefallen. »Man kann sich kaum ein innigeres Verhältnis zwischen Vater und Sohn vorstellen. Alle nannten ihn Musch. Er war von Geburt an ein schwächliches Kind. Doch in der Seele heiter. Wenn er merkte, dass seine Eltern in trübsinniger Stimmung waren, weil es wieder nicht genug zu essen gab und alles Silber im Pfandhaus war, sang Musch mit Engelsstimme komische Lieder vor. Er wollte immer, dass wir fröhlich sind. Musch hatte Schwindsucht. Als er an einem Karfreitag in den Armen von Mohr starb, läuteten zufällig die Glocken. Das machte Mohr rasend. Er hatte das tote Kind im Arm und schrie gegen das Geläute an, man sehe doch, dass es keinen Gott gebe! Wie sonst hätte ein solches Engelchen so lange leiden und nun sterben müssen? Ich werde das nie vergessen. Als der Totengräber kam und Musch abholen wollte, lag er in ein Tuch gewickelt auf der Kommode im Flur. Für einen Sarg fehlte das Geld. Mohr saß schreiend auf der Treppe und hatte die Hände im Haarschopf vergraben. So blieb er stundenlang sitzen. Er war froh, dass die Migräne ihn überfallen hatte. Später kamen noch Zahnschmerzen dazu, und er sagte, gegen Trauer gebe es nur ein einziges hilfreiches Gegenmittel, und das sei körperlicher Schmerz.«

Lenchens Augen hatten sich tief in ihre Höhlen zurückgezogen. »Um diesen Sohn hat er geweint.«

Doktor Beckett nickte. Es trat eine lange Stille ein, in der beide auf das Bild von Freddy starrten.

»Sie sollten mit Ihrem Sohn sprechen. Es ist nicht gut, mit solchen Unwahrheiten zu leben, nicht für ihn und nicht für Sie. Übrigens auch nicht für Mr Marx. Lügen sind wie Eiterbeulen, die irgendwann aufbrechen.«

Das Billardspiel

Die Kugel sprang ins Loch. Und machte dabei einigen Lärm, da sie gegen die Oberkante des Tisches prallte, bevor sie verschwand. Das engmaschige Netz, das unter dem Loch befestigt war, schwang mit seinem roten Fang hin und her, bis der Kugel die Kraft ausging.

Charles fragte sich, wie dieses Manöver vor sich gegangen sein mochte. Eigentlich hatte er im Sinn gehabt, die Rote zart zu schubsen, hatte ihr jedoch einen derartig unglücklichen Stoß versetzt, dass sie nicht rollte, sondern hüpfte. Es wäre nicht das erste Mal gewesen, dass eine Billardkugel einen Hopser über die Tischkante tat. Kleine Dellen im Holzboden zeugten von derlei spielerischem Ungemach. Emma hatte schon vor einiger Zeit, nachdem sie im benachbarten Zimmer durch ein Poltern hochgeschreckt war, die feinen Sherrygläser auf dem Beistelltischchen wegräumen lassen. Die Vorstellung, dass eine fliegende Kugel sie erwischen könnte, ging ihr gegen den Strich.

Charles sagte zu Joseph, man müsse die Bahnen nur exakt genug berechnen, dann führten auch kleine Sprünge ins Ziel. Joseph misslang es an diesem sonnigen Oktobermorgen, das schon öfter gehörte Witzchen seines Herrn ein weiteres Mal zu goutieren. Er war in keiner rechten Spiellaune, da er verkantete Wirbel spürte, was seine stets zuvorkommende Freundlichkeit, die auch in einem biegsamen Rücken ihren Ausdruck suchte, etwas minderte.

Stille trat ein. Ohnehin schaffte es das vormittägliche Billardspiel seltener, den Butler heiter zu stimmen, als eine Partie am Nachmittag. Was auch am Sherry liegen mochte, den die beiden Männer sich erst nach dem Lunch gönnten, während am Vormittag eine Wasserkaraffe bereitstand, die wenig Zuspruch fand. Das morgendliche Herumstehen am Tisch mit von der Nacht noch steifen Gliedern und einem meist in Gedanken versunkenen Darwin war ermüdend.

Joseph wusste nie, wann das Glöckchen drei Mal klingelte, was bedeutete, dass Mr Darwin eine Partie zu spielen wünschte. Erfahrungsgemäß war das Läuten ein Zeichen, dass er mit der Arbeit nur schleppend vorankam. Ein paar Stöße mit dem Queue pflegten seine Gedanken zu lockern und manchmal sogar in neue Bahnen zu lenken. Es war also keineswegs übertrieben, Josephs Rolle auch in dieser Hinsicht wertzuschätzen, da er jahrzehntelang auf spielende Weise geholfen hatte, die immerzu stockende Produktion von Büchern und Essays seines Herrn wieder in Gang und dessen Werke in die Welt zu bringen.

Während der Butler den Queue mit übertriebener Sorgfalt einkreidete, klopfte es an der Tür. Er ging hin, öffnete sie und begrüßte etwas überrascht Doktor Beckett, der sogleich zu seiner Entschuldigung sagte, er sei, mit Verlaub, etwas früher dran. Ein Patient sei gestern Abend verstorben, das erspare ihm den heutigen Besuch. Darwin versenkte in diesem Moment seine weiße Kugel, während die blaue, die er eigentlich im Visier hatte, unberührt liegen blieb. Eine bedauerliche Sache.

»Jetzt haben Sie doch noch gewonnen, Joseph. Verdient haben Sie es nicht.« Er ging etwas schlurfend zur Anzeigentafel an der Wand und stellte das Ergebnis ein. »Guten Tag, Doktor Beckett, wie wär's mit einer Partie?«

»Es wäre mir eine Ehre, Mr Darwin. Doch ich wollte Sie nicht verdrängen, lieber Joseph.«

»Keinesfalls, keinesfalls. Ich bin heute ohnehin nicht in der rechten Form. Und habe einiges zu tun.«

Joseph übergab seinen Queue an Doktor Beckett, der die Arzttasche gleich neben die Tür stellte.

»Kenne ich den Patienten, der gestorben ist?«, fragte Darwin.

»Nein. Ein unbekannter Mann. Ein Gleisarbeiter. Es war ein schwerer Arbeitsunfall. Ich glaube, der Eisenbahngesellschaft wird es angesichts der Häufung solcher Unglücke langsam mulmig. Man wollte den Arbeitern zeigen: Schaut her, wir kümmern uns um euren Kumpel und bezahlen sogar einen Londoner Arzt.«

»Einen angesehenen Londoner Arzt«, schob Darwin dazwischen, was Doktor Beckett mit einem schmalen Lächeln quittierte.

»Die Eisenbahngesellschaft fürchtet sich offenbar vor einem Aufruhr, die Arbeiter lassen sich längst nicht mehr alles gefallen.« Doktor Beckett fuhr sich mit der Linken wie mit einem groben Kamm durchs rotblonde Haar.

»Was ist dem Mann denn passiert?«

»Ein Waggon mit Baumaterial ist in Bewegung geraten und hat ihm ein Bein abgetrennt. Es kamen noch einige andere wüste Verletzungen hinzu, vor allem am Kopf. Der Mann war nicht zu retten. Wenigstens konnte ich ihm die Schmerzen nehmen. Zuerst habe ich es mit Morphium versucht. Das war nicht genug. Schließlich habe ich ihn mit einer gehörigen Portion Chloroform behandelt. So ist er dem Tod bewusstlos entgegengeschlummert.«

»Dann weiß er ja gar nicht, dass er gestorben ist«, entfuhr es Darwin, der sich sogleich etwas verlegen räusperte.

Doktor Beckett stellte seinen Queue an die Wand. »Haben Sie gelesen, was gestern in der *Times* stand über die miserablen Arbeitsbedingungen beim Gleisbau?«

»Ja, ich habe es überflogen. Und ich war erleichtert, dass es sich nicht um die Gesellschaft handelte, bei der ich vor kurzem Aktien gekauft habe.«

»Und wie können Sie sicher sein, dass bei Ihrer AG nicht ähnlich schreckliche Zustände herrschen?«

»Das weiß ich zugegebenermaßen nicht.«

»Solche Unfälle sind vermeidbar, wenn man etwas Geld in die Sicherheit steckt. Auch dafür sind die Gewerkschaften ein Segen. Ich kann nur hoffen, dass es ihnen gelingt, weitere Verbesserungen zu erkämpfen. Vor allem müssen die Löhne erhöht werden. Die Menschen müssen von ihrer Arbeit leben können. Ich kann Ihnen sagen, Mr Darwin, der Anblick der hinterbliebenen Frau mit ihren vier schmutzigen Kindern hat mich nicht ungerührt gelassen. Dabei ist unser Land ein zivilisiertes und reiches Empire! Und wer sorgt jetzt für diese verzweifelte Restfamilie in ihrer modrigen Kellerwohnung?«

Darwin wiegte den Kopf hin und her, bevor er, nicht sehr laut, sagte: »Ich fürchte, das ist ein größeres Thema, und man sollte es differenziert betrachten. Ich habe meine Zweifel, ob das, was die Gewerkschaften anstreben, richtig ist. Ich meine, grundsätzlich betrachtet. Wenn ich es recht verstanden habe, wollen die Gewerkschaften für alle Arbeiter, egal, ob sie gut oder schlecht, stark oder schwach sind, dieselben Regeln. Alle sollen wohl dieselbe Anzahl Stunden arbeiten und denselben Lohn erhalten.« Darwin kam in Fahrt. »Akkordarbeit soll verboten werden, was ich für blanken Unsinn halte. Die Starken und Schnellen müssen für ihre besseren Ergebnisse auch besser bezahlt werden! Alles andere ist ungerecht.«

Doktor Beckett rümpfte die Nase und suchte in seiner Tasche nach dem Brillenetui. »Wer schwach ist, bleibt arm? Und wer arm ist, geht unter? Jetzt bin ich doch etwas überrascht. Ich dachte bislang, Sie hielten Ihre Theorie aus politischen Diskussionen heraus. Aber was Sie eben sagten, klingt mir ganz danach, als würden Wettbewerb und Selektion nicht nur in der Natur das Überleben regeln, sondern auch in menschlichen Gesellschaften. Also *survival of the fittest* nicht nur bei Bienen, sondern auch beim Menschen unserer Zeit?«

Doktor Beckett sah sich genötigt, seine Brillengläser zu putzen, weil ihn Punkte mitten im Sehfeld störten. Sie waren hartnäckig. Als er genauer hinschaute, was da so schwer zu entfernen war, wurde ihm klar, dass es viele kleine Blutspritzer waren. Er hauchte die Gläser an und rieb fest mit seinem Leinentüchlein.

»Passen Sie auf, dass Sie Ihre Brille nicht verbiegen«, sagte Darwin, »es sieht nicht gut aus, was Sie da machen. Soll ich Joseph rufen, dass er die Sache für Sie mit etwas warmem Wasser erledigt? Er macht das ausgezeichnet.«

Doktor Beckett verneinte. Und putzte mit etwas Spucke, mit der er ganz beiläufig das Tüchlein benetzte, weiter.

Nach einer kleinen Pause nahm Darwin den Faden wieder auf. »Zurück zu Ihrer Frage nach dem Wettbewerb unter Menschen. Der private Darwin wird ja wohl seinem privaten Hausarzt private Gedanken mitteilen dürfen. Außerdem stehen Sie unter Schweigepflicht, nicht wahr?« Darwin lächelte Doktor Beckett an. Doch dieser ließ keine Regung erkennen.

»Sie haben natürlich recht, ich möchte mich tatsächlich aus öffentlichen Diskussionen heraushalten. Ich bin Naturforscher und der festen Überzeugung, dass Wissenschaft außerhalb gesellschaftlicher Streitereien betrieben werden muss. Sie darf sich nicht vereinnahmen lassen. Nicht von der Kirche, aber auch nicht von der Politik. Unabhängige Wissenschaften sind unsere wahrscheinlich größte Errungenschaft seit dem Mittelalter.«

Doktor Beckett hatte seine Brille wieder auf der Nase, die Schlieren waren unübersehbar, und er schwankte mit seinem schlaksigen Körper am Rand des Billardtisches vor und zurück, während Darwin seinen Queue ablegte und sich mit beiden Händen auf den Tisch wie auf ein Rednerpult stützte. »Glauben Sie mir, ich habe sehr viel über Siege und Niederlagen nachgedacht. Und was das für das Wesen des Menschen bedeutet. Wer setzt sich durch? Wer geht unter? Es ist für mich keine Frage, dass der Wettbewerb die Besten, Stärksten, Gesündesten und Klügsten hervorbringt und somit Fortschritt bewirkt. Wobei ich nicht behaupte, dass es in der Natur keine Kooperation gibt. Doch es ist die Konkurrenz, die laufend neue Arten entstehen lässt, die immer noch mehr leisten können. Ist das nicht phantastisch? Vom Einzeller zu Newton?«

»Unbenommen.«

»Deshalb fürchte ich mich vor Gesellschaften, die Kooperation zum Grundprinzip erheben. Auch wenn noch so viele arme Menschen und ein paar Idealisten genau auf einen solchen Staat hoffen. Man darf niemals den Wettbewerb außer Kraft setzen! Sonst bremst man die vorwärtsstrebende Entwicklung und nimmt die Zukunft ans Gängelband.«

Darwin machte eine Pause, zupfte in seinem Bart herum und suchte den Blick von Doktor Beckett. »Ich fürchte, dass Gewerkschaften und linke Politik im Allgemeinen das

Schlechte päppeln, also das Schwache und Faule in einer Gesellschaft fördern. Ich sage Ihnen, es ist nicht gut, wenn zu viel Wohlfahrt die natürliche Selektion untergräbt.«

Doktor Beckett setzte seine Brille ab und schaute unzufrieden, während Darwin anfügte: »Natürlich ist auch hier alles eine Frage der Dosis. Den Armen helfen, ohne sie zu verwöhnen, das muss eine moderne Regierung in gewissem Umfang anbieten.«

Doktor Beckett öffnete das Etui und legte seine verschmierte Brille wieder hinein. Zwischen den beiden Männern wurde es still. Nur das Knarzen des Holzbodens war zu hören, als Doktor Beckett an den Billardtisch trat und signalisierte, dass fürs Erste genug geredet war. »Nun, dann lassen Sie uns eine Partie spielen. Und herausfinden, wer der Bessere ist.«

Darwin fischte die Kugeln aus den Netzen, gruppierte sie etwas umständlich, aber fachmännisch auf dem Tisch. »Wenn Sie halb blind spielen, dann hat ein alter Mann wie ich vielleicht sogar eine Chance.«

Gerade hatte Doktor Beckett mit zusammengekniffenen Augen seine vierte Kugel versenkt, als Darwin sagte, er hätte Lust auf einen kleinen Whisky. Man müsse es ja nicht an die große Glocke hängen.

»Vor wem fürchten Sie sich denn, wenn nicht vor Ihrem Arzt?«, fragte Doktor Beckett amüsiert. »Wo ist übrigens Ihre Frau?«

»Emma ist heute in London, sie besucht unseren Sohn William.«

»Und Sie wollten sie nicht begleiten?«

»Wo denken Sie hin! Ich habe keine Zeit für derlei Ausflüge, im Gewächshaus warten neue Versuche. Außerdem bin ich gesundheitlich nicht in der Lage zu reisen. Ich verdaue gerade die Auswirkungen einer furchtbaren Nacht.«

Darwin legte unwillkürlich eine Hand auf die Magengegend, senkte die Mundwinkel in ebenjene Richtung und zog beherzt an der Glocke, worauf Joseph sogleich hereinschaute.

»Könnten Sie uns einen kleinen Whisky servieren? Am liebsten den milden aus meinem Arbeitszimmer. Bitte sagen Sie jetzt nichts zur Uhrzeit. Auch wenn ich Sie sonst um derlei vernünftige Einwände bitte. Heute ist ein besonderer Tag.«

Als die beiden Männer anstießen, sagte Darwin: »Wir haben ein Jubiläum, Doktor Beckett!«

Der Arzt rümpfte die Nase und schaute erwartungsvoll. »Unser erstes gemeinsames Billardspiel?«

»Diesen Anlass können wir gerne noch hinzunehmen. Ich dachte mir schon, dass Sie es nicht wissen. Wie auch. Aber ich kann Ihnen sagen, meine Listen und meine Buchführung sind eben doch in vielerlei Hinsicht nützlich, auch wenn sich Emma andauernd darüber mokiert. Am 5. Oktober 1870 steht in meinem Gesundheitstagebuch: ›1. Besuch Doktor Beckett. Gründliche Anamnese.‹ Und, welches Datum haben wir heute?« Darwin schaute triumphierend. »Genau, es war vor elf Jahren. Schade, dass wir das Zehnjährige verpasst haben. Weitere elf werden wir trotz Ihrer exzellenten Dienste an meinem Körper und meiner Seele nicht mehr hinbekommen.« Darwin nippte am Whisky. »Ich danke Ihnen für Ihre Hilfe. Ich muss schon sagen, ich habe mich an Sie gewöhnt.«

Doktor Beckett machte eine seltsame Figur, als er sich bedankte. Er stand mit etwas gebeugten Knien und krummem Rücken neben Darwin, sichtlich bemüht zu schrumpfen. Ruckartig trat er einen Schritt zurück, da es ihn verlegen machte, dem immer kleiner werdenden alten Mann auf den kahlen Kopf zu schauen.

»Dann ist es also elf Jahre her, dass Sie die Tauben mit Farbe bekleckert haben. Und über zehn Jahre, dass Sie vom Pferd gestürzt sind? Ich kann es kaum glauben, so gegenwärtig ist mir die Situation. Das war einer der aufregendsten Hausbesuche meiner gesamten Laufbahn. Ich war noch so jung und hatte hauptsächlich Erfahrungen als Arzt im Krankenhaus, wo immer ein älterer, erfahrener Kollege in der Nähe war. Und dann liegt da der weltberühmte Darwin auf der Wiese! Überrollt von seinem Pferd. Und seine Ehefrau jammert mindestens so laut wie der Verletzte und spricht von Lähmungen. Es war furchtbar. Ich dachte immerzu, jetzt bloß keinen Fehler machen. Immer mit der Ruhe. Mein Puls war beschleunigt, und ich sah schon die Schlagzeile in der *Times*: ›Charles Darwin nach Reitunfall für immer gelähmt!‹ Unterzeile: ›Hätte ein erfahrenerer Arzt noch helfen können?‹«

»Und Tommy hat geweint.«

»Wie meinen Sie das?«

»So, wie ich es sage. Tommy war traurig, mich da liegen zu sehen. Es mag manchen Menschen komisch vorkommen, Tieren Gefühle zuzusprechen. Ich hege daran keinen Zweifel. Darf ich Ihnen etwas verraten?«

»Natürlich.«

»Ich habe in den letzten Jahren in meinem Gewächshaus jede Menge Versuche gemacht, wie Sie wissen. Dabei habe ich auch mit Pflanzen gesprochen und sie hie und da absichtlich zart berührt und gestreichelt. Ich habe Anlass zu vermuten, dass meine Liebkosungen den Pflanzen gefallen haben. Und da ich davon ausgehe, dass meine Theorie der langsamen Entwicklung stimmt, sie sich also ohne Sprünge über Jahrmillionen vollzieht, muss es Vorläufer von Gefühlen bei Pflanzen geben. Irgendeine Art der Empfindsamkeit gegenüber Berührungen, die sich später bei den Tieren zu einfachen und noch später beim Menschen zu differenzierten Gefühlen weiterentwickelt hat. Halten Sie mich ruhig für verrückt. Ich bin sogar überzeugt davon, dass Pflanzen kommunizieren können. Wenn Sie so wollen, beherrschen sie eine Vorform des Gesprächs, wie wir es gerade führen.«

Darwin schaute vergnügt, während Doktor Beckett genüsslich den Whisky im Glas schwenkte und die Blumen auf dem Fensterbrett mit anderen Augen betrachtete.

»Ich versichere Ihnen, Mr Darwin, kluge Patienten zu haben bildet einen Arzt ungemein.«

»Apropos kluge Patienten, was gibt es Neues von Ihrem Marx?«

»Ein spannender Fall. Sehr spannend sogar.«

»Spannender, als ich es bin?«

Doktor Beckett lachte, während er die Blaue zielstrebig auf das linke Loch zurollen ließ. »Er ist es auf andere Weise. Müsste ich Sie beide miteinander vergleichen, ergäbe das eine beeindruckende Liste an Gemeinsamkeiten. Wer weiß, vielleicht übernehme ich eines Tages Ihre Methode, Dinge auf diese Weise festzuhalten. Ein bisschen mehr Buchhaltung würde meinem Chaos guttun.«

Doktor Beckett spürte die Wirkung des Alkohols, er hatte wenig gefrühstückt und wunderte sich über die Schattierungen auf Darwins Nase. Er kniff die Augen zusammen und teilte sogleich seine Entdeckung mit. »Darf ich Ihnen sagen, dass Sie beim Einkreiden Ihres Queues Ihre Nase blau gepudert haben?«

Darwin kicherte und setzte sich auf den Stuhl, der neben

dem Billardtisch an der Wand stand. Er kramte nach seinem Taschentuch und polierte seine Nase. »Ich muss eine kleine Pause machen. Der Whisky macht mich schwindelig.«

»Da ergeht es mir ganz ähnlich.«

Doktor Beckett setzte sich auf den zweiten Stuhl. Beide Männer stützten ihren Queue auf den Boden und saßen nun vornübergeneigt in den rot gepolsterten Sesseln, als hätten sie ein anstrengendes Turnier hinter sich.

»Übrigens hat Marx mir Ihren Brief vorgelesen.«

»Welchen Brief?«

»Den Sie ihm zum Dank für *Das Kapital* geschickt haben.«

»Und was habe ich da geschrieben?«

»In gewisser Weise haben Sie das Werk gelobt.«

»Aha.«

»Mr Marx ist sehr stolz auf den Brief. Und besonders stolz ist er darauf, dass Sie sich damals die Mühe gemacht haben, das Buch auf Deutsch zu lesen.«

»Sie haben doch nicht …?«

»Nein, natürlich nicht. Kein Wort.«

»Er hat den Brief tatsächlich aufbewahrt?«

Doktor Beckett richtete seinen langen Oberkörper auf und lehnte sich zurück. Er betrachtete den blassen Darwin von der Seite, der in seiner gebeugten Haltung noch gebrechlicher wirkte als bei den letzten Besuchen. »Wissen Sie, Mr Darwin, Ihre Evolutionstheorie hat mehr mit dem Kommunismus zu tun, als Sie vielleicht denken.«

»Solche Fehlurteile bin ich sonst nicht von Ihnen gewohnt, ich muss doch sehr bitten. Ich sage nur: kooperative Gesellschaften!«

»Darum geht es mir nicht. Ich glaube, es gibt eine andere Verbindung zwischen Ihren beiden Theorien. Und die scheint mir in der Tat aufregend. Ich habe Marx gefragt, was er von Ihrer Entwicklungslehre hält. Und er hat Sie in höchsten Tönen dafür gelobt, das ›Jenseitsgeschwätz‹, wie er sich ausdrückte, hinweggefegt zu haben. Er sagte wörtlich, Sie hätten mit Ihrer Theorie die naturhistorische Grundlage für den Kommunismus geschaffen.«

»Das ist blanker Unsinn! Natur und Kommunismus sind wie Wasser und Feuer! Ich habe jahrzehntelang Tierskelette und Pflanzensamen unter die Lupe genommen. Ganze acht Jahre meines Lebens habe ich mir die Augen aus dem Kopf gestarrt, weil ich Tausende und Abertausende winzige Rankenfußkrebse aus allen Weltmeeren mikroskopiert habe. Wollen Sie wissen, warum mich nicht einmal schwarze Punkte vor den Augen von dieser Plackerei abhalten konnten? Auch nicht, als die Punkte zu tanzen begannen, ich nichts mehr sehen konnte und immer wieder ohnmächtig wurde?«

Bevor Doktor Beckett auch nur im mindesten reagieren konnte, fuhr Darwin fort: »An der chilenischen Küste hatte ich einen merkwürdigen Rankenfuß gefunden, der, wie ich Jahre später beim Auswerten all meiner Mitbringsel bemerkt habe, von den bis dahin beschriebenen Arten deutlich abwich. Damit Sie sich eine Vorstellung machen können – er war kleiner als ein Stecknadelkopf. Zunächst dachte ich, es handelt sich um ein missgebildetes kleines Ungeheuer. Doch weit gefehlt! Soll ich Ihnen verraten, was an dem Tier so Besonderes war? Es bohrte sich durch die Schale einer bestimmten Muschel und lebte auf dieser glücklich und vergnügt als Parasit.«

»Aber, Mr Darwin, Sie kommen vom Thema ...«

»Wissen Sie, normalerweise sind Rankenfüßer Hermaphroditen. Jedes Tier hat also sowohl weibliche als auch männliche Geschlechtsorgane. Aber kaum hatte ich angefangen, mich mit ihnen zu beschäftigen, fand ich, neben dieser bohrenden Art aus Chile, Männchen, die lediglich aus einem winzigen Köpfchen auf einem riesigen Penis bestanden. Wo war die Weiblichkeit geblieben? Außerdem fand ich kleinste Rankenfüßer-Gatten, die fest am Fleisch der Weibchen klebten, um dort ihr ganzes Leben als Schmarotzer zu fristen, und sich nie wieder fortbewegten. Und ich fand Zwitter, deren Penisse sich dramatisch zurückbildeten, die also offensichtlich auf dem Weg waren, Weibchen zu werden.«

»Bemitleidenswert. Aber, Mr Darwin, ich möchte …«

»Die Sache musste erforscht werden! Ich gab für teures Geld ein neues Mikroskop in Auftrag, um dieser überraschenden Vielfalt auf die Spur zu kommen. Ich ließ mir systematisch aus allen Ozeanen Rankenfüßer schicken, lieh mir Sammlungen aus Naturkundemuseen aus, verglich fossile mit lebenden Exemplaren und konnte schließlich den Nachweis erbringen, dass sich Zwitter in fast unmerklich kleinen Schritten in zweigeschlechtliche Wesen verwandeln, sich also neue Arten aus bestehenden herausbilden. Nach diesen acht Jahren musste ich über das Geheimnis der Artenfabrikation nicht mehr spekulieren, ich bin quasi selbst zum Zeugen geworden.«

»Eigentlich wollte ich …«

»Die entscheidende Frage aber war: Wo beginnt eine neue Art? Und in welchen Fällen handelt es sich lediglich um Varietäten? Bitte, denken Sie kurz darüber nach. Diese wundersamen Metamorphosen können einen nämlich verrückt machen. Ich konnte anhand der Rankenfüßer beweisen, dass Arten von heute Varietäten von gestern sind. Ich taufte sie ›beginnende Arten‹. Und ich darf anmerken, dass ich diese Bezeichnung noch immer treffend finde.«

»Mr Darwin, mir geht es eigentlich …«

»Ich habe geforscht, bis mir der Geruch von Spiritus fast den Verstand raubte und ich beim Ausweiden dieser winzigen stinkenden Kadaver den Brechreiz nicht mehr unterdrücken konnte. Mein Magen ist seither ruiniert, aber ich habe das Mysterium der kleinen Monster gelöst.«

»Karl Marx meinte …«

»Lassen Sie mich die Geschichte noch kurz zu Ende bringen. Diese zum ersten Mal beschriebenen Tiere hatten natürlich noch keine Namen. Und da ich Latein hasse, fiel es mir nicht leicht, welche zu finden. Aber diese Geschichte führt nun vielleicht doch etwas weit.«

»Sie sagen es.«

»Das viel bedeutendere Problem war: Alles schrie nach einer Neueinteilung dieser großen Tiergruppe. Sie sind nämlich keine Weichtiere, wie man lange Zeit geglaubt hat. Sie sind Vettern der Krabben, also eine mit Garnelen und Langusten verwandte Krebsgruppe. Eine wundervolle Erkenntnis. Also siedelte ich die Rankenfüßer in eine völlig andere Abteilung im Tierreich um. Es waren neue Gattungen nötig, neue Unterordnungen, die alte Systematik war ramponiert, und ich schrieb mein dickstes Werk.«

»Gratulation! Aber lassen Sie uns doch …«

»Und warum mussten Sie sich das jetzt anhören, lieber Beckett? Weil ich davon ausgehe, dass Sie meine beiden Bände über die Cirripedien mit über tausend Seiten ungefähr so intensiv studiert haben wie ich *Das Kapital*. Eines jedenfalls ist so sicher wie das Amen in der Kirche: Vorbilder für kommunistische Utopien sind in all diesen Jahren unterm Mikroskop nicht aufgetaucht. Nirgends. Der Teufel soll ihn holen!«

»Sie meinen den armen Marx?«

»Was heißt armer Marx? Sie sollten sagen ›armer Darwin‹. Sehen Sie denn nicht, dass er mich und meine Theorie für seine linke Ideologie missbraucht?«

»Na ja, Sie sind nun mal derjenige, der eine wissenschaftlich fundierte Erklärung bietet, wie Pflanzen und Tiere sich entwickeln. Sie haben es mir gerade sehr anschaulich erläutert. Es war von keinem Gott die Rede, der dem einen Rankenfuß einen übergroßen Penis geschenkt hat. Und einem anderen den seinen wieder wegnahm. Ob es Ihnen gefällt oder nicht, Sie geben eine materialistische Erklärung der Welt und spielen Marx damit in die Hände.«

Darwin stöhnte. Doktor Beckett ließ ihm eine kleine Verschnaufpause, bevor er weitersprach. »Marx, sonst eher ein deutscher Grobian, scheint Ihre Leistung, Gottes Hand durch die Evolution ersetzt zu haben, geradezu zärtlich zu lieben. In seinen Augen kann man der Metaphysik keinen schwereren Schlag versetzen als durch den Beweis, dass die Natur seit Jahrmillionen vor sich hin werkelt.«

Wieder gewährte Doktor Beckett ihm eine Pause. »Da der Schöpfer in seinen Augen nun endgültig besiegt am Boden liegt, kann er mit Freude den wahren Charakter der Religion aufzeigen und sie als vom Menschen gesponnenes Märchen enttarnen. Das haben andere vor ihm natürlich auch schon behauptet. Aber ohne Ihre naturhistorische Erklärung im Rücken. Auch Marx hat früher schon von der Religion als ›Opium des Volkes‹ gesprochen. Ist das nicht ein grandioses Bild?«

»Opium? Was soll das nun wieder heißen?«

»Er meint, dass die Armen, die von dieser Welt nicht viel

zu erwarten haben, im Glauben an ein ewiges Leben Trost finden. Der Glaube hilft ihnen, vor der traurigen Realität zu fliehen, wie im Opiumrausch. Deshalb bezeichnet er die Religion auch als Seufzer der bedrängten Kreatur und Gemüt einer herzlosen Welt.«

Darwin fasste sich an den Kopf, als wollte er seinem Arzt schon einmal andeuten, dass eine neuerliche Migräne im Anzug war.

Doch Doktor Beckett ließ sich nicht aufhalten. »Ich fürchte, man muss die Einsicht teilen, dass die Mächtigen die Religion zur Unterdrückung einsetzen. Seid brav! Muckt nicht auf! Arbeitet fleißig! Der spätere Lohn ist euch gewiss.«

»Das mag ja alles sein. Aber warum stürzen sich alle auf das, was ich weder gesagt noch geschrieben habe? Ich habe nie ein Wort gegen die Religion gerichtet.«

»Na ja, nur weil Sie in Ihrer Art als Gentleman und Diplomat keine ketzerischen Ansichten zum Ausdruck bringen wollten, sind diese Gedanken dennoch Ihrem Werk, sagen wir, innewohnend. Und wie Sie mir im Vertrauen berichtet haben, ist auch Ihnen im Lauf Ihrer Arbeit der christliche Glaube verlorengegangen.«

Darwin zog es vor zu schweigen.

»Auch mir dämmerte als Medizinstudent, dass die Evolutionsforschung Auswirkungen auf den Bibelglauben hat. Ich war damals 20 Jahre alt, als Ihr Artenbuch erschien. Und es blieb mir nicht verborgen, wie befangen unsere Professoren in Cambridge den neuen wissenschaftlichen Erkenntnissen gegenüber waren. Das muss ich Ihnen nicht erläutern.«

Es kratzte an der Tür. Darwin stand auf und ließ Polly eintreten. Sie stupste ihn zweimal am Bein und legte sich unter den Billardtisch. Dort gab sie ein heiseres Brummen von sich und schloss die Augen. Eine längere Stille trat ein.

Dann sagte Doktor Beckett: »Marx kann Ihre Arbeit für die seine sehr gut gebrauchen.«

»Aber ich brauche ihn nicht.« Darwin setzte sich wieder hin.

»Vor einigen Tagen wurde mir plötzlich klar, dass die Verbindung zwischen Ihren beiden Theorien einen klingenden Namen trägt. Sie heißt Paradies.«

»Wollen Sie mich quälen?«

»Nein, ich bin Ihr Hausarzt, ich möchte, dass es Ihnen gutgeht. Ich möchte auch nicht in Ihren Wunden herumbohren, von denen ich ja Kenntnis habe. Im Gegenteil, ich verspreche Ihnen, dass es Ihnen gleich wieder bessergehen wird, weil Sie diesen Marx mitsamt seinem Kommunismus vielleicht neu einordnen können. Ich finde es sehr anregend, darüber nachzudenken, warum er so hungrig auf Ihre Theorie ist. Ich versuche mich zu erklären, aber bitte legen Sie nicht jedes Wort auf die Goldwaage.«

Darwin ächzte, während Doktor Beckett mit einigem Stolz seine Gedanken zum Garten Eden auszubreiten begann.

»Indem Sie, Mr Darwin, den biblischen Schöpfer, der an sechs Tagen die Welt mit all ihren Bewohnern erschaffen haben soll, absetzten, haben Sie ohne Ihr weiteres Zutun auch mit anderen Mythen der Heiligen Schrift aufgeräumt. Denn warum sollten die anderen Geschichten der Bibel wahr sein, wenn schon der zentrale Schöpfungsvorgang als Märchen enttarnt ist? Warum sollte noch jemand an die Sintflut glauben? Oder ans Fegefeuer? Aber vor allem: Warum sollte es ein Paradies im Jenseits geben?«

Darwin stand etwas schwankend auf, kreidete noch einmal seinen Queue ein und suchte am Tisch die beste Position, um das Spiel wieder aufzunehmen. Er stocherte herum und fand keine rechte Haltung. Schließlich beschloss er, die Weiße an die Bande zu stoßen und darauf zu hoffen, dass sie beim Rücklauf das unglückliche Durcheinander mehrerer Kugeln auflösen und die Gelbe aus ihrer verzwickten Lage befreien würde. Sein Bart streifte die Tischkante, so tief beugte er sich hinunter. Der Stoß, der endlich folgte, war kein Befreiungsschlag. Die nah aneinanderruhenden Kugeln lagen danach noch ungünstiger. Missmutig setzte Darwin sich wieder hin und sagte mit fast geschlossenen Lippen: »Und weiter?«

»Sie, lieber Darwin, haben eine Leerstelle geschaffen, die diese Marxianer jetzt füllen können.«

»Wenn der Gott der Bibel tot ist, dann muss damit nicht jeglicher Gott tot sein. Ich finde diese Sicht auf die Welt ein wenig schlicht.«

»Stimmt, aber der biblische Gott ist nun mal derjenige, an den wir in unserem Kulturkreis seit sehr langer Zeit glauben. Und mit ihm ist unsere Vorstellung des Paradieses verknüpft. Wenn die Menschen nicht mehr auf das Traumland im Jenseits hoffen können, dann sind sie endlich bereit, für ein gutes Leben im Diesseits zu kämpfen. Die Leidensbereitschaft sinkt rapide, wenn es nach dem Tod keine Entlohnung gibt.«

Darwin trank das Whiskyglas in einem Zug leer. »Und weiter?«

»Jetzt kommt Marx ins Spiel. Er will nicht nur, dass es den Menschen bessergeht, dass sie ein paar Pfund mehr verdienen und ein paar Stunden weniger arbeiten. Er verspricht ihnen das Paradies auf Erden. Keiner wird mehr ausgebeutet. Alle sind frei, alle sind gleich, alle haben genug zu essen, alle dürfen das machen, wozu sie Lust haben. Das illusorische Glück des göttlichen Paradieses wird in menschengemachtes Glück auf Erden verwandelt.«

»Welche Anmaßung. Das ist, um an unser vorheriges Thema anzuknüpfen, noch weit schlimmer, als es die Irrungen der Gewerkschaften sind.«

»Marxianer hassen Gewerkschaften! Weil diese die Verhältnisse nicht umwerfen wollen, sondern innerhalb des kapitalistischen Systems einen Kompromiss suchen.«

»Und weiter?«

»Ich habe bei meinem letzten Besuch in der Maitland Park Road von der Hausdame erfahren, dass Marx ursprünglich Jude ist und aus einer Familie von Rabbinern stammt. Wenn die Lage der Juden in Deutschland nicht so verzweifelt gewesen wäre und die Familie deshalb nicht zwangsweise zum christlichen Glauben übergetreten wäre, hätte Karl Marx Rabbi von Trier werden können. Nichts hätte seine Mutter mehr gefreut.«

»Und stattdessen sitzt er nun als Emigrant in London. Das ist in der Tat ein bemerkenswertes Schicksal.« Darwins Stimme klang etwas fester.

»Ja, das finde ich auch. Meine Intuition sagt mir, dass ein Beinahe-Rabbi, der das diesseitige Paradies verkündet, kein Zufall sein kann. Sein auserwähltes Volk hat er übrigens auch gefunden, es ist das Volk der Arbeiter. Denn das Proletariat hat den historischen Auftrag, die Menschheit für immer von der Fron zu befreien.«

»Schreibt er das wirklich? Ich kenne seine Schriften nicht, und es ist ja leider schon eine ganze Weile her, dass ich das *Kapital* in Händen hatte.« Darwin schaute verschmitzt, er hatte wieder etwas Farbe im Gesicht.

»Ja, das schreibt er, ich habe als Student einiges gelesen und mit Kommilitonen diskutiert. Ich weiß zwar nicht allzu viel über das Judentum, aber doch genug, dass sich mir Parallelen aufdrängen. Sie haben sicher eine Bibel zur Hand. Dann lese ich Ihnen kurz ein, zwei Stellen vor, die ich gestern nachgeschlagen habe. Da ist es mir wie Schuppen von den Augen gefallen.«

Darwin ging in sein Arbeitszimmer und holte die Bibel. Er brauchte eine Weile, und Doktor Beckett trank währenddessen ein Glas Wasser.

Nach kurzem Blättern fand Beckett den Auszug der Juden aus Ägypten und las vor: »›Und sie hielten die Kinder Israel wie einen Gräuel. Und die Ägypter zwangen die Kinder Israel zum Dienst mit Unbarmherzigkeit und machten ihnen ihr Leben sauer mit schwerer Arbeit in Ton und Ziegeln und mit allerlei Frönen auf dem Felde und mit allerlei Arbeit, die sie ihnen auflegten mit Unbarmherzigkeit.‹«

Doktor Beckett schaute hoch. »Das klingt doch beinahe wie das moderne Sklaventum der Industriearbeiter, nicht wahr? Der Jude Marx kennt seine Heiligen Schriften.«

Jetzt hatte auch Darwin Feuer gefangen und hörte aufmerksam zu.

»Oder denken Sie an die Ähnlichkeit zwischen Moses und Marx. Ich meine jetzt nicht deren biblisches Aussehen.« Beckett lachte. »Der eine hatte den Auftrag, sein Volk aus der ägyptischen Knechtschaft zu führen. Der andere hat den Auftrag, die Proletarier aus dem Kapitalismus zu befreien. Marx ist gewissermaßen Moses. Er ist der Prophet der Moderne.«

»Sie meinen, der verhinderte Rabbi Marx hat doch noch einen Weg gefunden, den Menschen das Heil zu verkünden?«

»Ja, exakt das meine ich. Hören Sie noch diese Stelle.«

Doktor Beckett las mit lauter Stimme wie ein Priester, der Gefallen an seiner Verkündigung fand. »›Und der Herr sprach: Ich habe gesehen das Elend meines Volkes in Ägypten und habe ihr Geschrei gehört über die, so sie drängen; ich habe ihr Leid erkannt und bin herniedergefahren, dass ich sie errette von der Ägypter Hand und sie ausführe aus diesem Lande in ein gutes und weites Land, in ein Land, darin Milch und Honig fließt.‹ Das Land, in dem Milch und Honig fließen – da riecht man den Braten! Das ist der kommunistische Staat. Eine wunderbare Darstellung der glücklichen Tage, wenn aller Klassenkampf zum Ende gekommen ist, die Erlösung schlechthin.«

»Ich sage Ihnen, Doktor Beckett, einen klugen Arzt zu haben bildet einen Patienten ungemein.«

»Ach, wissen Sie, mich interessieren eigentlich nur die Hintergründe meiner Patienten. Ich mag es, ihre Krankheiten und Ängste zu verstehen. Das ist für mich wie Schach. Zug um Zug kommt man dem Kern der Sache näher.« Beckett dachte zum ersten Mal seit langer Zeit wieder an den Professor, der ihn aus der Klinik geworfen hatte. Und war ihm dankbar. Es hatte den Schock der Kündigung und die daraus resultierende Freiheit gebraucht, um den Weg zu finden, der ihn glücklich machte. Er lächelte.

Nach einer ganzen Weile, in der beide schwiegen und Darwin das Gesagte verdaute, sagte Beckett: »Ich habe viel über den Zusammenhang von inneren Konflikten und Krankheiten nachgedacht. Oft schon hatte ich das Gefühl, dass chronisch Kranke an irgendeiner Form von Schuld leiden. Bei Marx sehe ich, dass er als Sohn einer Rabbiner-Familie, der zum aggressiven Atheisten wurde, im tiefsten

Innern mit der Schuld kämpft, das Judentum verraten zu haben. Er ist nicht, wie ihm geheißen war, in die Fußstapfen seiner Väter getreten.«

»Aha. Und was denken Sie dann über mich?«

»Ich ahne, dass Sie das selbst ziemlich genau wissen, nicht wahr?«

Darwin knurrte. Woraufhin Polly unter dem Tisch ebenfalls knurrte.

»Es kann Ihnen doch nicht gleichgültig sein, derjenige zu sein, der den Glauben an die Religion erschüttert, die er ursprünglich predigen wollte. Immerhin wollten Sie einmal Priester werden!«

Darwin knurrte. Polly knurrte.

»Und wie äußert sich Ihrer Meinung nach eine solche Schuld?«

»Ich kann von meiner Warte aus sagen, dass ich schon manches Mal beobachtet habe, dass Menschen, die unter einer unerträglichen Spannung leiden, diese durch Erbrechen lösen. Das ist wie ein Notausgang für ihren Kummer.«

»Das schafft ein Vulkan aus rein physikalischen Gründen. Immer wenn die Spannungen im Untergrund zu groß werden, bricht der Vulkan aus und Lavamassen ergießen sich ...«

»Ein schönes Bild.«

»Ja, aber ich wüsste nicht, dass der Vulkan irgendeine Schuld trägt. Das ist reinste, wunderbarste Physik. Was bei ihm das brodelnde Magma ist, sind bei mir die brodelnden Magensäfte.«

»Selbstverständlich.«

»Darf ich in diesem Zusammenhang noch anfügen, dass es sich dabei um jene gewaltigen Kräfte handelt, die ganze Kontinente anheben und Erdbeben verursachen?«

Doktor Beckett stand auf und machte einen kleinen Gang einmal rund um den Tisch. Wieder bei seinem Stuhl angekommen, sagte er, eigentlich müsse jemand ein Buch über Marx schreiben, damit die Linken nicht einfach dem neuen Propheten glaubten, ihm folgten und somit wieder auf eine Religion hereinfielen. Die Sache mit der sozialen Gerechtigkeit sei zu ernst.

»Haben Sie mit Marx über Ihre Gedanken gesprochen?«

»Nein, um Himmels willen! Das wäre eine Kriegserklärung. Ich bin dazu da, ihn gesund zu machen. Sofern das noch geht.«

»Das klingt nicht gerade zuversichtlich. Was hat er denn?«

»Sie wissen doch, dass ich Ihnen das nicht sagen darf. Irgendwas mit der Lunge. Irgendwas mit der Leber. Irgendwas mit der Haut. Irgendwas mit Übelkeit.«

Darwin kündigte an, dass er sich bald hinlegen müsse. Er schlug vor, die Billardpartie zu beenden. »Es gibt für mich ohnehin nichts mehr zu gewinnen. Allerdings möchte ich anmerken, dass ich vorhin ein Foul gesehen habe. Als Sie die Blaue versenkt haben, hatten Sie keinen Fuß auf dem Boden.« Darwin lächelte verschmitzt.

Doktor Beckett wagte zu bezweifeln, dass er mit seiner Körperlänge und unter dem Einfluss von Whisky so leicht ins Fliegen geraten sein konnte.

Polly kam unter dem Tisch hervor und hockte sich vor die beiden Männer hin. Sie legte den Kopf schief und betrachtete aufmerksam mal den einen, mal den anderen, wie sie still nebeneinander auf den roten Stühlen saßen. Darwin lächelte sie etwas abwesend an und meinte, jetzt liege ihm doch daran, die Sache noch einmal zusammenzufassen. »Ich habe Sie also richtig verstanden, lieber Beckett, dass Marx im neuen Gewand die Geschichte des Alten Testaments erzählt? Mit den Fabrikbesitzern als Ägypter? Den Arbeitern als Juden? Dem Kapitalismus als Hölle? Und dem Kommunismus als Paradies?«

»Ja, genau so ist es. Er verkündet das Reich Gottes auf Erden. Und sogar die Revolution passt in diese Gleichung, sie ist das Jüngste Gericht, der Tag des Zorns, *dies irae*: ›Es wird ein großes Schlagen unter ihnen tun‹, heißt es in der Bibel. Sogar das Fegefeuer findet seine Entsprechung in der Diktatur des Proletariats. Dieses gewalttätige Zwischen- stadium ist der Übergang zum kommunistisch friedlichen Endzustand. Da geht es hitzig zu. Diejenigen, die noch nicht verstanden haben, wohin die Reise geht, müssen schmoren.«

»Oder werden einen Kopf kürzer gemacht.«

»So ist es. Außerdem glaube ich nicht an Zufall, wenn einer, der zunächst aus dem Judentum und dann aus sei- ner Heimat entwurzelt wurde, der als Staatenloser auf der Flucht war und nun im Exil lebt, immerzu vom entfremde- ten Menschen spricht.«

»Und ich dachte, als ich *Das Kapital* in Händen hielt, Marx sei ein Wissenschaftler. Ein Ökonom.«

»Das will er auch sein. In Teilen ist er das auch. Das sollten wir ihm nicht absprechen. Aber die Texte in seinem Werk, die ihn als Ökonomen ausweisen, sind so verzwickt und verschachtelt, dass ich sie nicht verstehe. Seine agita- torischen Texte hingegen, die versteht man sehr gut. Da ist seine Sprache bildgewaltig und klar. *Das Kommunistische Manifest* zum Beispiel beginnt mit dem Satz: ›Ein Gespenst geht um in Europa.‹«

»Was denn für ein Gespenst?«

»Das des Kommunismus. Alle Mächte des alten Europas

haben sich zu einer heiligen Hetzjagd gegen dieses Gespenst verbündet, behauptet Marx. Mit diesen Sätzen schlägt er doch fast einen biblischen Ton an. Man spürt, wie die Apokalypse naht. Hätten Sie eigentlich Interesse, sich mit Marx zu unterhalten?«

»Um Himmels willen. Warum sollte ich das wollen?«

»So ein Gespräch stelle ich mir irgendwie, sagen wir, anregend vor. Schließlich sind es die großen Fragen der Menschheit, die da verhandelt würden. Ich könnte mir durchaus vorstellen, ein Treffen zu arrangieren.«

Darwin nahm die Bibel wieder an sich und sagte: »Das ist übrigens das Exemplar, das ich bei meiner Weltreise auf der *Beagle* im Gepäck hatte. Als ich mit 22 das Schiff bestieg, habe ich noch jedes Wort darin für bare Münze gehalten.«

»Über diese Reise würde ich gern mehr erfahren.«

»Ich habe noch ein paar Exemplare meines Buchs *Die Fahrt der Beagle*. Kommen Sie mit in mein Arbeitszimmer. Ich schenke Ihnen eins. Da können Sie nachlesen, was ich in diesen fünf Jahren erlebt habe. Es dürfte Sie mehr interessieren als meine Monographie über die Rankenfüßer.«

Die beiden Männer verließen das Billardzimmer. Auf dem Flur fragte Doktor Beckett: »Welches Ereignis hat Sie damals am meisten beeindruckt?«

»Die Begegnung mit den Feuerländern. Ich war bis ins Mark erschüttert, dass ich diese Wilden als Brüder und Schwestern betrachten sollte. Und natürlich die Andenüberquerung. Hoch oben, umgeben von steinigen Riesen, ist mir ein Licht aufgegangen.«

Im Arbeitszimmer angekommen, suchte Darwin nach seiner blauen Lieblingsfeder, kratzte eine Widmung ins Buch, drückte es Doktor Beckett in die Hand und steuerte schnurstracks Richtung Chaiselongue. Er müsse nun den Whisky im Liegen verdauen und ein wenig schlafen. Sonst drohten seine Beine umzuknicken und er müsse seinem Hausarzt physische Scherereien bereiten. Als Doktor Beckett, mit dem Buch in der Hand, den quietschenden Türknauf betätigte, fielen Darwin bereits die Augen zu.

Muscheln der Erkenntnis

1835

Er schreckte hoch. Wie spät war es? Warum schien ihm die Sonne derart hell ins Gesicht? Charles hatte während des Schlafs stark geschwitzt und fühlte sich schlapp. Er griff nach dem Wasserglas. Seine Zunge war wie ausgedörrt. Der Rachen brannte.

Er hatte geträumt und versuchte, während er mühsam den wehen Kopf hob, ein paar Schnipsel seines Traums festzuhalten. Andere entschwanden.

Deutlich stand ihm die Szene vor Augen, die er im Moment des Aufwachens durchlebt hatte. Sein Vater war mit einem Royal Mail Ship in jene Bucht gekommen, in der die *Beagle* vor Anker lag. Charles hatte das majestätische Schiff mit seiner heftig flatternden britischen Flagge, die von beachtlicher Größe war, schon von weitem gesehen. Als es nach einigem Manövrieren in der engen Bucht Anker geworfen hatte, ließ sich sein Vater zur *Beagle* herüberrudern. Es war ein bizarrer Anblick, da das kleine Ruderboot sich auf der Seite seines beleibten alten Herrn so sehr neigte, dass es jeden Moment zu kentern drohte. Der schmale Matrose musste kräftig rudern. Kaum an Bord, war es zu einem erbitterten Streit zwischen dem Kapitän und seinem Vater gekommen. Es ging um die »Herausgabe seines Sohnes«, so hatte sich sein Vater ausgedrückt, denn der habe durchaus wichtigere Aufgaben zu erledigen, als in der Welt herumzusegeln. Der Kapitän stellte sich vor ihn und lobte seine Leistungen. Er erschieße alles, was ihm vor die Flinte komme, und je nachdem, welche Beute vom Himmel falle, werde sie gebraten oder sorgfältig ausgestopft.

Als Charles dieser Satz wieder einfiel, musste er laut lachen, was ihn endgültig wach machte. Während das Wasser seine Kehle hinunterrann, richtete er sich weiter auf, was ihm in der schwingenden Hängematte einiges an Geschick abverlangte.

Er schaute aus seiner Kajüte und sah, dass der Horizont stillstand. Das Schaukeln, Schwanken und Schlingern des Schiffes hatte aufgehört, die Wetterlage sich ganz offensichtlich beruhigt. Aus dem böigen Sturm war ein gleichmäßiger Wind geworden. Dementsprechend machte auch die Übelkeit einen Rückzieher. Sie attackierte ihn regelmäßig, und das seit dem 27. Dezember 1831, als die *Beagle* in Devonport mit zehn Kanonen an Bord ausgelaufen war.

Gute drei Jahre waren seither vergangen, doch er konnte sich, was das betraf, nicht an ein Leben auf hoher See gewöhnen. Keine Kleinigkeit für einen Weltreisenden. Charles wäre lieber etwas seemännischer gewesen. Nun lag das Schiff im sicheren Hafen einer kleinen Insel im Süden Chiles.

Mit flauem Magen, der seit Tagen nur Wasser und in Brandy eingeweichte Rosinen – ein Rezept seines Vaters – bekommen hatte, ließ Charles die Beine aus der Hängematte baumeln und genoss das Glück, auch dieses Mal die Seekrankheit überlebt zu haben. Wozu sich die Erleichterung gesellte, seinen Vater in England zu wissen.

Als er das Schreibbrett mitsamt Brief und Feder am Boden liegen sah, fiel ihm ein, dass er, gegen den Brechreiz ankämpfend, gerade dabei gewesen war, seinem hoch verehrten Botanikprofessor Steven Henslow in Cambridge eine Lieferung Kartoffeln anzukündigen. Noch hingen sie zum Trocknen an der Wäscheleine. Der Professor würde diese chilenischen Kartoffeln mit den englischen vergleichen, um herauszufinden, wie weit ihre Verwandtschaft reichte. Während Charles versucht hatte, sich so präzise wie möglich über die Fundstelle im Muschelsandboden auszulassen, waren ihm offenbar die Augen zugefallen.

Er trat an Deck. Die frische Luft war nach den Tagen in der stickigen Kajüte berauschend und der Ausblick auf die Andenkette überwältigend. Der Vulkan Osorno, ein wunderschöner Berg, weiß vom Schnee und ein vollkommener Kegel, rauchte. Das Wasser um die *Beagle* schäumte, während der Wind durch die Takelage pfiff.

Charles setzte sich mit Schiffszwieback an eine geschützte Stelle, sog die Luft tief in seine Lungen, dankte Gott, dass der Sturm sich gelegt hatte, und beobachtete eine Rieseneismöwe. Der fast ein Meter lange Sturmvogel jagte einen recht kleinen Taucher, der alles tat, um abwechselnd durch Fliegen und Abtauchen dem Raubtier zu entrinnen. Doch der Sturmvogel brachte ihm mit einem einzigen Hieb den Tod.

Plötzlich schoss Charles durch den Kopf, dass seine Professoren in Cambridge immer nur das Schöne und Gute, ja das Liebliche der Natur beschrieben hatten, um den Schöpfer zu preisen. Welche Farbenpracht in einer Frühlingswiese zu bestaunen war, dass Bienen Apfelbäume bestäubten und Regenwürmer den Boden lockerten. Wie aber schaffte es Gott, dieses Morden unter den Geschöpfen mit seiner Moral der Friedfertigkeit und Liebe in Einklang zu bringen? Es war für ihn sicher kein Leichtes gewesen, die Schlachtordnung aufzustellen, die seither dieses Fressen und Gefressenwerden regelte. Dafür musste er, notabene, böse Entscheidungen gefällt haben. Es befremdete Charles, dass er bislang noch nicht über diesen Widerspruch nachgedacht hatte. Und was sagte diese Grausamkeit über seinen christlichen Gott?

Im nächsten Moment flogen Wasserscherer wohl zu Hunderttausenden über seinen Kopf hinweg. Noch nie hatte Charles Vögel in so großer Zahl zusammen fliegen sehen. Dann fiel ein beträchtlicher Teil des Schwarms wie vom Schlag getroffen auf das Wasser herab, das zur tiefschwarzen Fläche wurde. Der Lärm war überwältigend, so dass der Offizier, der Charles gerade entdeckt hatte, kaum zu verstehen war, als er ihn herzlich grüßte und wieder unter den Lebenden willkommen hieß.

Gegen Abend begleitete Charles Kapitän FitzRoy, der sich erfreut über seine Genesung zeigte, auf eine Vermessungsfahrt zu einer tiefen Bucht, wo sie von Seehunden überrascht wurden, die jedes Fleckchen flachen Fels und große Teile des Strandes bedeckten. Eng aneinandergekauert lagen sie da, schienen im Tiefschlaf und verbreiteten einen bestialischen Gestank.

Als sie dichter an einem Fels vorbeifuhren, plumpste eine ganze Gruppe ins Wasser und folgte dem Boot, jedes einzelne Tier mit gerecktem Hals und auffallender Neugier. Charles ahmte sie nach, machte den Hals lang, wackelte mit dem Kopf – sehr zur Belustigung der Offiziere – und sprach mit einem Seehund, der sich besonders nah an das Boot heranwagte. Er bescheinigte ihm ein freundliches Wesen.

Während ein Paar Schwarzhalsschwäne elegant über die Bucht segelte, machten die beiden Offiziere das Boot fest, um an Land zu gehen. Sie hatten unter dem strengen Regiment des Kapitäns die kleine Landzunge zu vermessen, die auf der Seekarte fehlerhaft eingezeichnet war. Für Charles eine willkommene Gelegenheit, einen Spaziergang zu machen und nach Pflanzen oder Tieren Ausschau zu halten, die er in seiner Liste südamerikanischer Arten noch nicht aufgeführt hatte.

Plötzlich sah er auf einem Felsen einen Fuchs sitzen, der so tief in die Beobachtung der Offiziere bei ihrer Arbeit versunken war, dass Charles sich leise von hinten anschleichen konnte. Blitzschnell zog er seinen Geologenhammer aus der Tasche und schlug ihm den Schädel ein. Nachdem Einheimische ihm kurz darauf bestätigten, dass diese Art von Füchsen selten sei, schleppte er das tote Tier an Bord, um es später zu präparieren und bei nächster Gelegenheit mit den Kartoffeln, einigen Vögeln, fossilen Säugetierknochen und diversen Rankenfußkrebsen in großen Frachtkisten nach England zu schicken.

Wieder an Bord der *Beagle*, widmete sich Charles der Korrespondenz, zeichnete Federn in sein Notizbuch und beschrieb mit großer Sorgfalt die besonderen Merkmale des Fuchses. Und er war voller Dankbarkeit gegenüber seinem Magen, der sich dem ersten Dinner seit Tagen gewogen zeigte. In heiterer Vorfreude erwartete er einen erholsamen Schlaf.

Doch es kam anders. Mitten in der Nacht vom 19. auf den 20. Januar war der wachhabende Offizier unruhig geworden, weil er ein Licht in der Ferne sah, das immer größer wurde. Er weckte Charles, dessen Wunsch es war, auf jedes Naturereignis aufmerksam gemacht zu werden – auch wenn eine Schildkrötenfamilie neben der *Beagle* paddelte oder ein Tintenfisch im seichten Wasser auf einmal seine

Farbe änderte. Charles kam schlaftrunken an Deck, dankte dem Offizier für dessen Meldung und setzte sein Fernrohr an.

Rote Massen geschmolzener Materie schossen gen Himmel und platzten in der Luft. Der Osorno war aktiv geworden, und unter den Augen des Naturforschers leuchtete das Licht des Erdenfeuers so hell, dass es aufs tintenschwarze Meer seine Spiegelungen warf.

Der Vulkan schleuderte und schleuderte, Charles speicherte die Bilder und protokollierte auf Zetteln, was ihm wichtig schien. Er maß mit der Uhr, er legte die Finger quer, um Höhen einzuschätzen, und staunte über die Größe der Felsbrocken, die in beständiger Abfolge inmitten des grellen gelbroten Lichts himmelwärts katapultiert wurden und taumelnd wieder herabfielen.

Am anderen Morgen: Der Osorno war still und rauchte. Nur Charles konnte keine Ruhe finden. Der nächtliche Spuk ging ihm nicht mehr aus dem Kopf und weckte den Wunsch, hoch hinauf in diese geheimnisvolle Welt der Steine zu steigen, die solche Höllenfeuer zustande brachte.

Angetrieben von der Lust des Geologen, schritt er im steinigen Gelände voran. Fast wäre es nicht einmal den mächtigen Kondoren, die um die Andenspitzen ihre Kreise zogen und dabei ihre weißen Armschwingen und Halskrausen zur Geltung brachten, gelungen, seine Blicke anzulocken.

Diese Gleichgültigkeit machte seine beiden Begleiter stutzig, die treu und mit Engelsgeduld den wunderlichen Briten samt Pferd, zehn Maultieren, einem Bett und ein paar Säcken Kartoffeln zu beinahe jedem gewünschten Aussichtspunkt führten. Sein Verhalten ließ sie einander fragend anschauen, hatte Charles doch bislang jedem Vogel hinterhergeblickt und das kleinste Blättchen umgedreht. In dem Maß jedoch, wie erst die Bewohner spärlicher wurden und sich bald darauf die Vegetation zwischen den Felsen verlor, war sein Interesse an lebenden Wesen versiegt.

Wenig mitteilsam, aber mit großer Emsigkeit, die sich im ständigen Umherschauen offenbarte, zielte sein Augenmerk auf das in allen Farben schillernde Gestein. Seine Begleiter spürten, dass er allein sein wollte. Sie verhielten sich ruhig und blieben meist ein wenig abseits.

Langsam stiegen sie ein Tal hinauf, an beiden Seiten gesäumt von kahlen, steilen Bergen. Die Gesteinsmassen waren auffällig geschichtet und von mattem Purpur. An den Flanken stürzten Bäche mit ohrenbetäubendem Getöse ins Tal hinab. Charles blieb stehen und hörte zu, wie sie zu Tausenden und Abertausenden hinuntereilten und, gegeneinanderschlagend, glucksten und klimperten, rasselten und schepperten.

Vielleicht war das Tosen des Sturzbaches seinem Maultier zu laut, es wurde unruhig und wollte weiter. Charles kraulte seine kurze Mähne, neigte sich zu ihm hin und flüsterte ihm ins Ohr, er bitte um ein wenig Geduld, der Gebirgsbach suche just das Gespräch mit einem Geologen. Was dieses Wasser ihm mitteile, wolle erst einmal verstanden werden. Dann gab er dem Tier einen Klaps und sie trotteten weiter.

Der Tross querte ein Geröllfeld, was auch den geübten Tieren größte Geschicklichkeit abverlangte. Immer wieder lösten sich Steine und polterten den Hang hinunter. Charles ging wie in Trance. Trotz der kühlen Luft stand ihm der Schweiß auf der Stirn. Nichts an der Beschaffenheit Südamerikas hatte ihn bislang so sehr in Bann gezogen wie diese Terrassen aus grob geschichtetem Kies. Er bückte sich, ließ seinen Blick über die zahllosen Kiesel gleiten und hob einen makellos gerundeten Stein auf. Glatt lag er in seiner durch Wind und Wetter rau gewordenen Hand. Er steckte ihn in die Hosentasche und ging weiter.

Obwohl es gefährlich war, den schmalen Pfad zu verlassen, entfernte sich Charles vom Tross, woraufhin sein Maultier wie auf Kommando stehen blieb. Beinahe wäre das folgende aufgelaufen. Alles wartete, während er unter den besorgten Blicken der beiden Führer zweihundert Meter bergan kletterte. Eifrig tat er dort seine Arbeit, barg grüne und weiße Steine, sprang zwischen den Felsen umher wie ein junges Guanako, meißelte hie ein Stückchen roten Granits heraus und dort ein Stückchen Glimmerschiefer. Mit hochrotem Kopf, zittrigen Knien und einem Säckchen voller Steine kam er wieder herunter.

Nachdem er die Steine in eine Kiste gelegt hatte, blieb er noch eine ganze Weile stehen, denn der Blick, der sich ihm bot, war ungeheuerlich: Die Luft strahlend klar, der Himmel intensiv blau und das bunte Gestein, abgesetzt von den stillen Schneebergen, ein Gemälde, wie er es sich vorher niemals hätte vorstellen können.

Er nahm den runden Stein, den er vorher aufgehoben hatte, aus seiner Hosentasche. Wie lange mochte es gedauert haben, bis sein ständiges Schlagen an andere Steine und die Kraft des Wassers ihn zu dieser Form und Größe geschliffen hatten? Er drehte ihn wie ein rohes Ei zwischen seinen Fingern, bückte sich, legte ihn wieder zurück zu den anderen Kieseln und wünschte ihm eine gute Reise. Denn so war es mit diesen Steinen. Sie wanderten bergab Richtung Meer und ließen den Berg, aus dem sie herausgebrochen waren, ausgezehrt zurück. Wobei sie selbst über die Länge des Weges und der Zeit immer kleiner wurden. Als Charles sich aufrichtete, wurde ihm schwarz vor Augen. Er lehnte sich an sein Maultier, das den Kopf zu ihm neigte und ihn beschnupperte.

Einer der beiden Führer gab ihm zu trinken und klopfte ihm auf die Schulter. Er solle sich vom Anblick ihres Gebirges nicht erschrecken lassen. Im Vergleich zur Größe des Himmels seien selbst diese Berge Zwerge. Lächelnd hob er den Blick, bekreuzigte sich und fügte an, Gott, der Schöpfer, habe den Chilenen diese herrlichen Anden geschenkt. Dabei fuchtelte er mit den Armen vor Charles' Gesicht herum und sprach mit den Händen, da er nie ganz sicher war, wie gut dieser Engländer seine Sprache verstand.

Charles nickte höflich und murmelte, ihm sei nur ein wenig flau im Magen. Dann schwieg er und gab dem Führer das Zeichen, weiterzugehen.

Er selbst blieb stehen, versuchte, ruhig zu atmen und betrachtete die Gipfel. Wie lange es wohl dauerte, bis ein Andenriese wie der Aconcagua seine beinahe 7000 Meter erreicht hatte? Wie lange musste die Erdkruste schieben und drücken, um ein gefaltetes Gebirge wie diese Andenketten hervorzubringen? Er rief sich in Erinnerung, wie viele Zentimeter sich das Land nach dem Erdbeben unten am Strand gehoben hatte, überschlug die Zahlen grob – und scheiterte. Um die Zeiträume auch nur annähernd zu bestimmen, brauchte es mehr als die Begabung zum Kopfrechnen. Zumal er das immerzu stattfindende Bröckeln, Auszehren und Abtragen berücksichtigen musste.

So viel war sicher: Das Alter der Erde, das in seiner Bibel eingetragen war, stimmte nicht. Weder für die Erhebung dieser schneeweißen Hünen um ihn herum noch für die Entstehung der Kiesterrasse, auf der er gerade stand. Er bückte sich vorsichtig, um dem Schwindel keine Gelegenheit zu bieten, erneut über ihn herzufallen, denn er hatte beschlossen, nun doch einen Talisman mitzunehmen. Der Kiesel, den er wählte und in die Hosentasche steckte, erinnerte ihn an eine zu klein geratene, ramponierte Billardkugel. Er bekam ein wenig Heimweh.

Um alles in der Welt wollte ihm in dieser berauschenden Höhe der Name des emsigen Erzbischofs nicht einfallen, der im 17. Jahrhundert das Alter der Erde errechnet hatte. Dieser gottesfürchtige Mann hatte aus den Heiligen Schriften alle zeitlichen Hinweise herausgesiebt, die Sintflut datiert, die Lebenszeiten von Patriarchen addiert, sich an den Stammbäumen der Geschlechter entlanggehangelt und war zum Ergebnis gelangt, dass die Welt am 23. Oktober des Jahres 4004 vor Christus erschaffen worden war. Die Oberen der anglikanischen Kirche prüften seine Rechnungen, waren über die Erweiterung des Wissens hocherfreut und ließen dieses Datum in die Bibeln drucken. Auch in jenes Exemplar, das in Charles' Kajüte lag. Demnach wäre die Erde, wenn er richtig rechnete, in wenigen Monaten 5839 Jahre alt. Diese Spanne aber, so viel war sicher, reichte nicht einmal für einen kleinen Vorberg.

Der Tross zog weiter, dem Geröll folgte ewiger Schnee, der sich wie ein Streifen um ein gewaltiges Bergmassiv wand. Der Wind war schneidend kalt geworden. Mit eingezogenen Köpfen erreichten die Männer jene Stelle, an der sie zum ersten Mal hinter das Massiv schauen konnten. Charles gingen beim Anblick der geisterhaften Kulisse die Augen über. Vor konischen Bergen aus rotem Granit erhoben sich bizarre blauweiße Eissäulen, geformt durch das Hin und Her von Tauen und Frieren.

Besonders die Maultiere mit ihrem Gepäck auf dem Rücken hatten Mühe, sich zwischen den bis zu zwei, drei Meter hohen, zum Teil dicht stehenden Obelisken hindurchzuschlängeln.

Dann plötzlich ein gefrorenes Pferd! Die Hinterbeine hoch in die Luft gestreckt. Das Tier musste mit dem Kopf voraus in ein Loch gefallen sein. Das Fell dieses elenden Standbildes glänzte unwirklich, denn es steckte voller Eiskristalle, die das Abendlicht reflektierten. Charles, der zu Fuß ging – an Reiten war in diesem Terrain nicht zu denken –, sprach kein einziges Wort. Er sah, dass es ein Criollo war, ein schöner, im Allgemeinen trittsicherer Warmblüter, und war erleichtert, dass die Augen des Pferdes tief unter der Schneeschicht verborgen waren. Bei welcher Temperatur die Augenflüssigkeit wohl gefriert?

Charles blieb stehen und wischte den Schweiß von der eiskalten Stirn. Er atmete schwer. Schlagartig kippten einige Säulen vor ihm um. Zunächst alle in eine Richtung, schließlich kreuz und quer, was ein schwindelerregendes Durcheinander erzeugte. Eine dürre Spitze fiel direkt auf ihn zu. In der Not griff er nach dem herausstakenden Hinterbein des gefrorenen Pferdes, zuckte aber sogleich zurück.

Die Säulen standen wieder, wo sie immer gestanden hatten. Ihn, den leidenschaftlichen Jäger, dem sonst nicht vor toten Augen graute und den kein blutiges Fell irritierte, der gelernt hatte, Tiere auszustopfen, schauderte beim Anblick des Pferdes, das im Schneeloch sein Leben gelassen hatte. Er richtete den Oberkörper auf, versuchte gleichmäßig zu atmen und entschied, dass die Ursache für sein schwindelerregendes Entsetzen die dünne Luft war.

Das Thermometer fiel weiter. Wolken segelten vom Himmel herunter, gespickt mit winzigen Nadeln aus Eis. Er zog seine Fellmütze tief ins Gesicht und passte auf, wohin er seine Füße setzte.

Der Anstieg zum Pass am folgenden Tag war beschwerlich. Selbst die duldsamen Maultiere hielten regelmäßig an, verschnauften einige Sekunden und liefen dann von allein weiter. Einheimische wussten, dass Fremde sich mindestens ein Jahr lang nicht an diese Höhen gewöhnten, und empfahlen Zwiebeln gegen die Kurzatmigkeit.

In der trockenen, eiskalten Luft, die die Berge rundum und das bunte Gestein vor ihm magisch leuchten ließ, fasste Charles den Mut, auch hier oben abseits des steilen Pfades Proben zu nehmen.

Er deutete auf eine Wand und stieg zu ihr auf. Sein Herz raste, und er war gezwungen, nach jedem Schritt stehen zu bleiben. Oben angekommen, lehnte er sich hechelnd an einen Felsen und winkte den Chilenen, die ihn keinen Meter unbeobachtet ließen.

Die sichernde Wand im Rücken, suchten seine Augen nach Steinen, die es lohnten, gelockert und herausgelöst zu werden. Plötzlich entdeckte er in einigen Metern Entfernung eine weiße Bordüre. Vorsichtig tastete er sich am Fels entlang. Er musste den Kopf einziehen und den Rücken krümmen, da die Steinwand einen dachartigen Überhang hatte. Die geduckte Haltung verschlimmerte die Atemlosigkeit. Den Mund weit offen, kämpfte er um jeden Zentimeter, erreichte schließlich die Stelle, an der sich der Fels öffnete und den Himmel freigab. Sein Herz tat einen heftigen Sprung, als er erkannte, was es war: versteinerte Meerestiere, deren Kalk im gleißenden Licht leuchtete.

Staunend und ehrfürchtig glitten seine Finger über die Muschelbänder, die wie Borten die raue Wand verzierten. Einengende Empfindungen rund um Brust und Kopf? Vergessen! Er brauchte keine Zwiebeln, um frei durchzuatmen, ihm halfen alte Muscheln, sein Herz zu weiten. Charles nahm den Hammer und löste mehrere Bruchstücke mit Fossilien aus den Felsen heraus.

Kaum hatte er seine Ernte im Leinensäckchen verstaut, pochte es so gewaltig hinter seiner Stirn und gegen die Schläfen, dass er fürchtete, ohnmächtig zu werden. Von einem Moment auf den anderen sah er Sternchen vor einem tiefschwarzen Hintergrund. Taumelnd erreichte er einen rettenden Stein, ließ sich darauf nieder und verlor dabei seinen Hammer, der mit einigem Getöse den Hang hinunterfiel. Die beiden Führer kletterten so schnell sie konnten den Hang hinauf, der eine, um Charles mit seinem Steinsäckchen, der andere, um den Hammer zu bergen.

Für eine längere Verschnaufpause blieb keine Zeit. Sie mussten die Passhöhe und ihren Schlafplatz vor Einbruch der Dämmerung erreichen. Langsamer als je zuvor schoben sie sich voran. Charles starrte auf den Boden, ein falscher Schritt, und er wäre in den Abgrund gestürzt. Seine Lungen taten weh, sein Kopf war dumpf, die Beinmuskeln brannten.

Trotz aller Konzentration auf das gefährliche Gelände geisterten die Muscheln in seinem Kopf herum. Falls es noch einer Bestätigung bedurft hatte, dass Berge sich aus dem Meer emporhoben, dann hatte er diese in seinem Beutel. Wie sonst sollten Muscheln in diese Höhen gelangt sein? Es gab keinen Gott, der aus Freude an seiner Schöpfung Steinwände mit Muschelornamenten schmückte.

Auf der Passhöhe angekommen, ließ der Himmel Wolken fallen, die die schmale Pforte, die dem Pass seinen Namen Portillo gab, verhüllten. Immer undurchlässiger wurde der weißgraue Dunst, so dass die Maultiere ihre Umrisse verloren. Tastend setzte Charles Schritt vor Schritt und passierte mit dem Kieselstein in der Hosentasche und den Muscheln im Leinensäckchen die Pforte. Der Blick nach vorn war ihm verwehrt.

Binnen Minuten wurde der Nebel so dicht, dass sie nicht mehr weiterkonnten. Im Schutz einiger Gesteinsbrocken fanden sie ihr Nachtquartier. Während die Chilenen Feuer machten, kein leichtes Unterfangen bei diesem Wetter, schlug Charles so schnell er konnte sein Bett auf und bereitete sich mit allerlei Decken ein wärmendes Nest. Der Wunsch zu schlafen war übermächtig. Doch wie sollte er schlafen, wenn er keine Luft bekam? Die Chilenen bestanden darauf, dass er mindestens eine Zwiebel aß, und brieten ihm zwei.

Schwer atmend saß er auf seiner Pritsche, starrte ins Feuer, überwand schließlich den Widerstand gegen diese widerliche Arznei und begann schweigend, an den verkohlten Schalen der am Stock gerösteten Zwiebel zu nagen, bis er es endlich wagte, das scharfe Innere zu vertilgen.

Im Augenblick des mit Ekel erledigten Hinunterschluckens überfiel ihn das Heimweh hinterrücks, was das Drücken hinter dem Brustbein weiter verschlimmerte. Er sah sich mit seinen Schwestern am Kamin sitzen; sein Vater machte wie üblich Notizen zu Hausbesuchen; und er selbst tauchte ein Stückchen Rosinenkuchen ins Sherryglas, während Susan mit warmer und frommer Stimme wie so oft aus der Bibel las – was Charles, während der derbe Geschmack der Zwiebel sich in ihm entfaltete, himmlisch fand.

Die Flammen schwächelten in der feuchten Luft. Gerade legte einer der Chilenen Holz nach und schürte kräftig, als der andere ihn am Ärmel zupfte und nach oben zeigte. Sie blickten Richtung Himmel und freuten sich wie die Kinder.

Die Wolken hatten den Rückzug angetreten. Erste Löcher rissen auf, gaben bald den Mond, nach und nach ganze Sternbilder frei und bald schon eine bittere Kälte, die sich vom Firmament zu ihnen herunterließ. Doch die war ihnen lieber als Schnee. Die beiden erklärten, dass diese Gefahr gebannt sei und einer friedlichen Nacht nun nichts mehr im Weg stehe. Dann schliefen sie ein.

Die windlose Stille wurde lediglich vom Knacken des Feuers, dem Atmen der Tiere und vereinzeltem Scharren unterbrochen. Charles lag wach und war neidisch auf die Einheimischen, die keine Zwiebeln brauchten und die, wenn es sein musste, sogar im Stehen ein Nickerchen machen konnten. Das Zittern des anstrengenden Tages in den Gliedern, starrte er die Sterne an, die auf eine Weise leuchteten, wie sie es in England niemals taten.

Seine Gedanken wanderten zurück zur Fundstelle der Muscheln. Er spürte seine Finger noch einmal über die raue Bordüre gleiten. Nein, die Anden waren von keinem Gott auf einmal aufgeworfen worden und seither gleich geblieben. Man musste nur wach durchs Gelände gehen, und es wurde einem vor Augen geführt, dass nichts, nicht einmal der Wind, so instabil war wie die oberste Schicht der Erdkruste.

Nahtlos fügten sich die Entdeckungen hier oben zu seinen Erlebnissen unten an der Küste, wo sich das Land durch das Beben angehoben hatte. Oder war es andersherum und er müsste sagen: Weil das Land sich angehoben hatte, bebte die Erde?

Charles versuchte gerade zu begreifen, dass er seit Tagen durch die Trümmer der Erdgeschichte kletterte, aufgehäuft im endlosen Vergehen der Zeit, als plötzlich sein Bett wankte. Er fühlte dieselbe rollende Erdbewegung, die ihn und sein Pferd unten an der Küste zu Fall gebracht hatte. Er schoss in die Höhe, denn offenbar kündigte sich ein erneutes Beben an. Vor seinen Augen taten sich erste Erdrisse auf und er meinte Steinschlag zu hören. Doch die Stute, die Maultiere, die beiden Chilenen, alle blieben ruhig und schliefen.

Charles zog in Erwägung, dass er eingenickt war. Oder dass die vielen Höhenmeter nach und nach seinen Verstand ruinierten. Zu seiner Beruhigung dachte er an den alten Humboldt, der in Venezuela beobachtet hatte, dass Krokodile, die sonst stumm wie die Eidechsen im Orinoco lagen, beim ersten Anzeichen von Beben in panischem Galopp ihren Fluss verließen und brüllend in den Wald hineinliefen. Hätte der Boden unter der Stute tatsächlich gewackelt, würde sie wohl nicht mehr so friedlich schlafen. Charles legte sich wieder hin.

Starker Schwindel überfiel ihn, woraufhin er einen Fuß auf den Boden stellte. Während er mit aller Macht versuchte, den Drehwurm in Schach zu halten, versammelten sich fliegende Balken, versteinerte Muscheln, fein geriffelte Schieferstücke, brüllende Krokodile und ein gefrorenes Pferd und tanzten vor seinen Augen einen wüsten Reigen.

Da fiel ihm endlich der Name des Erzbischofs ein, der das Alter der Erde errechnet hatte: Ussher! James Ussher. Charles klapperte mit den Zähnen, so kalt war ihm. Er nahm seinen Fuß wieder unter die Decke, legte seine kalten Hände unter das Hinterteil und sagte sich, dass ihm wohl nichts anderes übrigblieb, als sich nach seiner Rückkehr mit jedem anzulegen, der dem Erzbischof Glauben schenkte. Denn das, was er, Charles Robert Darwin, geboren in Shrewsbury am 12. Februar 1809, in diesen Tagen des Frühjahrs 1835 beobachtet und gemessen hatte, widersprach James Ussher und allem, was er in der Schule und an der Universität Cambridge gelernt hatte.

Er befreite seine Hände und legte sie aufs Gesicht. Nicht einmal die Sterne sollten ihn weinen sehen.

In diesen dunklen Stunden machte ihn sogar die Vorstellung traurig, dass der steinige Untergrund, auf dem seine Pritsche stand, irgendwann verwittert sein könnte.

Als er aufwachte, glänzten die Berge in der Sonne, und die aufgebrochenen Steinschichten der Gipfel sahen aus wie die Kruste einer geborstenen Pastete. Charles hatte Hunger.

Nach einer Tasse Tee hatte er wieder Augen für den belebten Teil der Welt und kraulte die langen Ohren eines Maultiers. Es knabberte sein Heu und schaute zufrieden. Er fand es an der Zeit, anzuerkennen, wie diese dunkelbraunen, an manchen Stellen fast schwarzen Wesen mit breitem und vollem Gesäß es schafften, auf dünnen Beinen ohne jede Muskelmasse in diesem unwirtlichen Gelände derart große Lasten zu tragen.

Nach dem Frühstück begann der Abstieg. Zur Freude seiner Führer jubilierte Charles angesichts des prachtvollen Ausblicks. Rote, grüne und vollkommen weiße Sedimentgesteine wechselten mit schwarzer Lava. Doch bei allem überwog das Glück, diesen eisigen Höhen zu entkommen. Er entdeckte versteinerte Baumstämme und vergaß seine Müdigkeit. Und die Maultiere trugen, ohne zu mucken, seine Schätze ins Tal.

Wenige Tage später, die *Beagle* hatte Segel gesetzt, überfiel Charles eine große Müdigkeit. Vier Wochen konnte er seine Kajüte nicht verlassen. Sein Kopf war benommen, der Magen rebellierte, der Notfalleimer stand in Reichweite, ebenso das Döschen mit den Rosinen. Er nahm sie einzeln ein, genau so wie der Vater es verordnet hatte, und ließ sie langsam auf der vom Erbrechen wunden Zunge zergehen.

Als auf offener See auch noch schweres Wetter aufkam und die Böen an der *Beagle* zerrten, war sogar an Rosinen nicht mehr zu denken. Der Wind drückte den Bug unter die donnernden Wellen, und Charles schwang mit banger Seele und schwindligem Kopf in seiner Hängematte hin und her, sich regelmäßig übergebend. Dazwischen schluckweise Wasser und hie und da ein Schlückchen Glühwein. Die höchste Stufe des Elends war erreicht, als selbst der Versuch, sich im Liegen ein wenig zu waschen, das Gefühl hervorrief, ohnmächtig zu werden.

Während die heiseren Stimmen der Offiziere an Deck ihre Kommandos gegen den heulenden Wind schrien, rotierten seine Gedanken um Steine, Lava, Magma und Fossilien. Was um alles in der Welt machte dieser Planet?

Er würde sich, sobald es ihm wieder besserging, noch ausführlicher mit den Erdwissenschaften beschäftigen. Denn wenn Gebirge kaum merklich durch zahllose Hebungen aus den Meeren emporwuchsen und Muscheln nach oben trugen, dann waren große Zeiträume, Allmählichkeit und der immerwährende Wandel Charles' Schlüssel zur Welt. Und die Bibel war ein Buch mit Geschichten.

Tischgebet mit Ungläubigen

Als am Abend des 8. Oktober 1881 kurz vor sieben Joseph
den erwarteten Besuch ankündigte, ahnten Charles und
Emma, dass dies kein Dinner in entspannter Atmosphäre
werden würde. Wäre es nach ihr gegangen, hätte Emma
abgesagt. Ein Abendessen mit Freidenkern? Ein Graus.
Und vor allem: Was sollte dieses beschönigende Etikett?
Solche Leute dachten keineswegs frei, sie waren verbohrt!
Statt an Gott glaubten sie an ihren Verstand und hielten
diesen für das Höchste auf Erden. So etwa hatten Emmas
Worte gelautet, als sie um halb sieben in Begleitung von
Joseph die gedeckte Tafel inspizierte. Hoffentlich sei das
Englisch des Deutschen, angeblich eines Arztes aus Hes-
sen, schlecht, dann könne man zumindest ihm gegenüber
manches im Vagen und durch gehobene Ausdrucksweise
ins Leere laufen lassen. An dieser Stelle zeigte Joseph ein
feines Lächeln. Er mochte es, wenn Mrs Darwin unlieb-
same Besucher mit kleinen Raffinessen bändigte.

Emma hatte die Angewohnheit, vor jedem Lunch und jedem Dinner das Esszimmer abzuschreiten, um einen Stuhl
oder ein Messerbänkchen zurechtzurücken. Für den heutigen Anlass hatte sie das Wasserlilienservice aufdecken
lassen, um sich wenigstens in optischer Hinsicht, wie sie
sich ausdrückte, eine Freude zu bereiten. Ihr Blick verfing
sich in einem mehrarmigen silbernen Leuchter, der ihr nur
leidlich poliert schien. Missbilligend hob sie die Augen-

brauen und bedauerte, begleitet von einem tiefen Seufzer, dass Charles nicht hatte nein sagen können, als vor wenigen Tagen ein gewisser Edward Bibbins Aveling ihn per Telegramm um diese Zusammenkunft gebeten hatte.

»Dr. Büchner aus Deutschland ist in London. Könnte er Mittwoch oder Donnerstag zur Stunde Ihrer Wahl die Ehre eines Gesprächs haben? Verzeihen Sie Abruptheit und Kühnheit der Bitte. E. B. Aveling. PS. Sollte Ihre Antwort positiv ausfallen, dürfte sich mein Schwiegervater anschließen? Sie würden auch ihm einen Gefallen tun, da er Ihr Werk verehrt.«

So lautete das Ansinnen, und Darwin ließ zum Dinner laden. Er fühlte sich dem aufstrebenden Aveling, der sich mit einer Vielzahl von Aufsätzen und im ganzen Königreich mit flammenden Vorträgen für die Verbreitung der Evolutionstheorie einsetzte, ein wenig verpflichtet. Sie hatten Briefe gewechselt, und gerade hatte Aveling das Buch *Darwin für Studenten* abgeschlossen.

Während Joseph in seiner puderfarbenen Livree mit schwarzer Hose und weißem Frackhemd die Herrschaften hereinführte, flüsterte Emma, zu Charles geneigt, dass sie lieber in Ruhe mit ihm zu Abend essen würde, als mit Spekulationen über die Nicht-Existenz Gottes behelligt zu werden. Dann zupfte sie ihm eine Fluse aus dem Bart, die vom vorausgegangenen Schläfchen unter der Schafwolldecke zeugte.

Mr Aveling begrüßte die Dame des Hauses so einnehmend, dass diese für einige Momente ihre Abneigung vergaß. Der gut gekleidete Mann um die dreißig brachte einen hübsch gebundenen Strauß samt feinster Schokolade mit und bedankte sich herzlich für die Einladung. Der Anlass, um diese Zusammenkunft zu bitten, so seine Erläuterung, sei der Internationale Freidenkerkongress, der, wie gesagt, gerade in London stattfinde.

Er wandte sich Doktor Büchner zu und stellte ihn als Präsidenten des Kongresses und als Gründer des atheistischen Deutschen Freidenkerbundes vor.

Den Blick von Emma zu Darwin lenkend, fügte er mit warmen Worten an, Doktor Büchner sei seit über zwanzig Jahren Werbetreibender für eine materialistische Weltsicht, vor allem als Autor äußerst erfolgreicher Bücher, das müsse gesagt sein, und voller Bewunderung für den britischen Naturforscher, den er häufig, sehr häufig sogar, zitiere.

Doktor Büchner verneigte sich, für Emmas Geschmack etwas zu tief, und wähnte sich am Ziel. Vor seiner Abreise nach London hatte er am Stammtisch der Honoratioren in Darmstadt versichert, er werde alles daransetzen, einen Abstecher aufs Land zu machen, um dem großen, alten Darwin in Kent endlich die Hand schütteln zu dürfen. Nun also war es so weit.

Man sei hurtig aufgebrochen, so Mr Aveling weiter, nachdem ein profunder Vortrag zur Geschichte des Atheismus geendet habe, um rechtzeitig hier sein zu können. Die Debatte habe man dann gewissermaßen zu dritt in der Droschke geführt, darüber würde er später gerne berichten. Er für seinen Teil sei bereits gespannt, was Mr Darwin dazu meine. Außerdem habe er in dieser Hinsicht Pläne. Auch darüber sei zu sprechen. Emma atmete hörbar aus. Was Charles ohne Mühe richtig deutete. Er schaute sie besänftigend an. Mr Aveling wandte sich derweil seinem Schwiegervater zu, einem Mann mit beeindruckender Barttracht, die an Fülle sogar diejenige Darwins in den Schatten stellte.

»Darf ich vorstellen? Der Vater meiner Frau, Karl Marx.«

Schwindel erfasste Darwin und wattierte seinen Kopf. Sein Herz hatte schon den ganzen Tag sehr unregelmäßig geschlagen und stolperte nun heftig. Der Kapital-Marx? Der neue Patient seines Doktors? Er hasste Überraschungen. Und ganz besonders am Abend. Denn das verhieß eine schlaflose Nacht. Ein Frosch im Hals machte ihm zu schaffen, er musste sich ausgiebig räuspern, was Emma störte.

Charles hatte sich irgendeinen Schwiegervater vorgestellt, einen älteren Briten, dem man eine Freude bereitete und den man eben in dieser Runde mit verköstigte. Doch nun würden nicht nur zwei Atheisten, darunter ein Deutscher nebst einem Schwiegervater, sondern drei Atheisten, darunter zwei Deutsche und mindestens ein Kommunist am Tisch sitzen. Emma hatte recht. Auch ihm wäre nichts lieber gewesen, als mit ihr einen unaufgeregten Abend zu verbringen, der mit einer Partie Backgammon endete. Zumal er auf der ewigen Siegerliste, die sie seit Jahren führten, ins Hintertreffen geraten war.

Emma sah ihren Charles um Worte ringen und verstand nicht recht, warum. Der Mann mit dem weißen Bart und Augen so schwarz wie Kirschen sah doch ganz vielversprechend aus, war ungefähr in ihrem Alter, vielleicht etwas jünger, und eventuell würde er für angenehmeren Gesprächsstoff sorgen als den, den Mr Aveling im Sinn hatte, der zwar gut erzogen, präzise gescheitelt, aber ungläubig war.

Darwin schüttelte Marx die Hand, entschuldigte sich für seine belegte Stimme und krächzte seinen Gruß. Marx bedankte sich *for invitation*. Er schien etwas nervös. Steif in den Gliedern, offenbar tat ihm auch der Rücken weh, begrüßte er Emma, die ein kurzes Lächeln für ihn übrighatte und sich sogleich dem Priester von Downe zuwandte. Mit gehobener Stimme, die die einzelnen Silben deutlicher artikulierte, als es für das Verständnis nötig gewesen wäre, stellte sie ihn der Runde vor: Reverend Thomas Goodwill. Emma hatte auf dessen Einladung bestanden – als Gegengewicht zu den Ungläubigen –, und Charles war, nach kurzen Erwägungen, ihrem Wunsch nachgekommen. Goodwill war wenige Minuten vor den Herren eingetroffen, und Emma präsentierte ihn wie einen Joker. In der Tat, mit der Anwesenheit eines Pastors hatte keiner der drei gerechnet.

»Hundsfott!«, entfuhr es Marx, Gott sei Dank sehr leise. Er kniff seine kurzsichtigen Augen zusammen, sah aber davon ab, den Zwicker zu benützen, und hustete. Mr Aveling schaute abweisend Richtung Priester und fasste sich an den Schnurrbart, den seine langen Finger in Zuständen der Erregung mit Vorliebe konsultierten. Auch Doktor Büchner war sichtlich verwundert, aber bemüht, sich nichts anmerken zu lassen. Und Goodwill murmelte, während er die Hände der drei Herren schüttelte, er erwarte einen heiteren Abend, wie er es hier im Hause schon oft erlebt habe.

Auf ein Zeichen Emmas setzte sich die Gesellschaft im Gänsemarsch Richtung Esszimmer in Bewegung. Man nahm Platz. Darwin bat Joseph, den Aperitif zu servieren. Kaum an der Reihe, nahm Goodwill einen kräftigen Schluck, woraufhin der Butler augenblicklich nachschenkte. Man kannte sich.

Darwin hob sein Glas, hieß die Runde willkommen und fragte sich im Stillen mit einem Blick auf Mr Aveling, was dieser wohl im Schilde führte. Ob er ihm diesen Marx absichtlich unterjubelte? Womöglich hatte er den Namen im Telegramm bewusst verschwiegen.

Emma fühlte sich für das Ingangkommen des Tischgesprächs verantwortlich und war daran interessiert, die Berichterstattung über den Freidenkerkongress so lange es ging hinauszuzögern. Mit gestrecktem Hals auf geradem Rücken wandte sie sich Marx zu. »Mr Aveling schrieb uns, Sie verehrten das Werk meines Mannes, Mr ...? Wie war noch mal Ihr Name, entschuldigen Sie bitte mein in die Jahre gekommenes Gedächtnis. Wobei mir Ihr Name vorhin irgendwie bekannt vorkam. Als hätte ich ihn schon einmal gehört ...«

Darwin fragte sich, wie er es anstellen könnte, seine ahnungslose Emma zu bremsen. Bevor ihm eine Lösung einfiel, sprang Mr Aveling für den indignierten Schwiegervater in die Bresche. »Darf ich vorstellen, Mr Marx ist ein weltbekannter Ökonom. Er lebt in London und hat gewissermaßen das bedeutendste Werk der Gegenwart zum Thema Wirtschaft, um genauer zu sein, zum Kapitalismus verfasst. Bedeutend, weil es nicht nur um das Verständnis unseres ökonomischen Systems geht, sondern um die Überwindung desselben. Er sagt sie sogar voraus.«

Kaum senkte der semmelblonde Schwiegersohn seine stolze Stimme, erhob Doktor Büchner die seine: »Verehrte Mrs Darwin, ich würde gerne hinzufügen, dass Mr Marx der größte Revolutionär aller Zeiten ist.«

Es wurde nicht recht deutlich, ob Anerkennung oder Ironie in dieser Behauptung mitschwang oder ob es am Büchner'schen Duktus lag, der das Englische auf hessische Weise verfremdete.

»Gehen Sie auf Barrikaden?«, wollte der Pastor von Marx wissen, sichtlich gespannt, denn so jemand war zwischen den stillen Hügeln von Kent selten zu besichtigen. Goodwill war mit seiner Frage Emma knapp zuvorgekommen, die nun recht spitz nachschob: »Bei Gott, da ist mir dann wohl etwas entgangen.«

Wie auf Kommando beschäftigten sich alle mit dem Aperitif, einige saugten sich regelrecht an ihrem Glas fest, um die eingetretene Stille zu überbrücken. Emma machte sich ein Bild von der Lage, indem sie offenen Blickes in die Runde schaute. Charles meinte eine gewisse Kampfeslust bei ihr zu entdecken und überlegte, wie er es einrichten könnte, diese Tafelrunde unter einem Vorwand zu verlassen. Der ganze Raum schien ihm voller Fettnäpfchen oder Reagenzgläschen mit explosiven Flüssigkeiten. Stattdessen orderte er die Suppe.

»Nein, ich bin kein Mann der Barrikaden«, sagte Marx mit scheppernder Stimme, deren von Natur aus metallischer Klang nun noch durch sein Pikiertsein und das Ringen mit einer fremden Sprache moduliert wurde. Außerdem sprach er viel zu laut.

»Ich bin *scientist* und schreibe *books*. Die meiste Zeit verbringe ich im Lesesaal des British Museum. *By the way*, Mrs Darwin, *Das Kapital* steht in der Bibliothek Ihres Mannes.«

»Bai se we«, hatte Marx gesagt. Ein solch grauenvolles Th, das klang wie der sägende Bogen ihres Geige übenden Enkels Bernard, war ihr noch nie zu Ohren gekommen. Emma fragte sich, wie lange dieser Mann schon in London lebte.

Während Darwin sich fragte, woher Marx das wusste. Was hatte Doktor Beckett diesem berichtet? Oder bezog Marx sich lediglich darauf, dass er ihm das Buch vor vielen Jahren geschickt hatte?

Ihm war nicht wohl bei der Sache. Er dachte an die Unterhaltungen mit Doktor Beckett und erwog die Möglichkeit, dass dieser mit Marx in ähnlicher Weise über ihn gesprochen hatte.

»Du kennst Mr Marx? Und wir haben sogar ein Buch von ihm? Um was genau geht es darin?«, wandte sich Emma an Charles.

Darwin murmelte, das sei in der Kürze nicht wiederzugeben.

Mr Aveling widersprach und freute sich, in diesem Zusammenhang ankündigen zu dürfen, dass er für seinen Teil gerade am Buch *Marx für Studenten* schreibe, und sagte, etwas großspurig: »Mein Schwiegervater untersucht, wenn Sie mich fragen, die Strukturen, in denen die einen gezwungen sind, ihre Haut zu Markte zu tragen, und die anderen unanständig reich damit werden.«

»Und diese Verhältnisse wollen Sie umstürzen?« Emma war erstaunt.

Marx knurrte. Die wenigen Worte, die in beinahe ebenso knurrender Weise folgten, blieben unverstanden. Nur Darwin meinte gehört zu haben, dass er persönlich gar nichts umstürze. Marx war gekränkt und wenig motiviert, einer unwissenden Dame, flankiert von einem rotbäckigen Pastor, seine Ansichten zu erläutern.

Allmählich dämmerte Emma, wer da an ihrem Tisch saß. Die Worte Kapitalismus und Revolutionär hatten sich plötzlich gefügt. Sie erinnerte sich, dass sie damals, als sie den Postsack ausleerte, mit Charles über dieses monströse Buch und die Widmung gesprochen hatte. Ihr ältester Sohn William hatte es kurz in Augenschein genommen, da er die Umtriebe der Internationalen Arbeiterassoziation aufmerksam verfolgte. Als Student hatte er sogar das *Manifest der Kommunistischen Partei* gelesen, das bei einigen seiner Kommilitonen für Diskussionen gesorgt hatte, und war, auf dem Weg zum erfolgreichen Bankier, zu gegenteiligen Ansichten gelangt. Allerdings fand William es hilfreich, davon Kenntnis zu haben, was im Kopf der Umstürzler vor sich ging.

»Entschuldigen Sie bitte, Mr Marx, dass ich Ihren Namen vergessen hatte. Ich erinnere mich mittlerweile wieder daran, welchen Wirbel Sie damals in London mit Ihren Kommunisten verursacht haben. Sogar die *Times* hat darüber berichtet. Wann war das noch? Mir kommt es so vor, als seien seither mindestens zwanzig Jahre vergangen. Sie haben recht, Ihr Buch steht im Arbeitszimmer meines Mannes. Ich kann mich jedoch nicht entsinnen, dass es jemand aus unserer Familie gelesen hat, es scheint mir schwere deutsche Kost. Haben Sie seither Neues publiziert, das uns entgangen ist?«

Darwin wäre am liebsten im Boden versunken, er schaute Emma flehend an. Marx hustete kräftig und nahm seine Serviette zu Hilfe. Mr Aveling ging in Startposition, um, falls es nötig sein sollte, seinem Schwiegervater beizuspringen. Einzig Doktor Büchner machte einen zufriedenen Eindruck. Während Thomas Goodwill sein zweites Glas leerte und in sich hinein murmelte, das könne ja heiter werden.

Dann sagte Emma in dem ihr eigenen kecken Ton, mit dem sie schon oft langweilige Gesellschaften aufgemischt hatte – eine Gabe übrigens, die Charles bei anderen Gelegenheiten durchaus schätzte –: »Sie sind also derjenige, der auf der Flucht vor den Preußen bei uns in England Unterschlupf gefunden hat und zum Dank unsere Arbeiter zum Widerstand gegen die Fabriken aufhetzt? Ich hätte mir nicht erträumt, dass wir Sie in unserem Hause jemals bewirten dürften.«

»Was mir im Übrigen eine Ehre ist, Mr Marx. Man muss nicht immer einer Meinung sein, um anregende Gespräche zu führen«, eilte Darwin Marx zu Hilfe.

Mr Aveling machte den Mund auf und wieder zu wie ein Fisch. Und blieb stumm. Stille senkte sich von den Kronleuchtern herab auf die Tafel und wirkte erdrückend.

Darwin ersuchte seine Frau mit inständigen Blicken um Zurückhaltung. Sie verstand nicht, warum, denn in politischer Hinsicht waren sie sonst einer Meinung. Emma zog ihre Augenbrauen hoch. Und schaute missbilligend. Warum sollte sie ein Blatt vor den Mund nehmen? Schon so oft hatte sie sich gewünscht, dass ihr Mann nicht jeder Auseinandersetzung aus dem Weg ginge und nicht immer nach Worten des Einlenkens suchte. Ach, Charley, dachte sie, während ihr ein kleiner Seufzer entwich, streiten lernst du in diesem Leben wohl nicht mehr. Dabei wäre heute die Gelegenheit so günstig. Liebster, ein Kommunist sitzt an unserem Tisch! Kein Naturforscher, mit dem du es nicht verderben willst. Ein Revolutionär, dem man gemeinsam auf die Pelle rücken, ja, den man geistig einen Kopf kürzer machen könnte! Sie nippte ein letztes Mal am Aperitif und beschloss, erst einmal zu schweigen.

Marx trank überstürzt sein Glas leer und gab Joseph ein Zeichen, das dieser unangemessen fand. Doch selbstredend erfüllte er den Wunsch des Gastes und schenkte nach. Das Glas sofort wieder zum Mund führend, entschied Marx, Mrs Darwin anzuschweigen. Wie käme er dazu, auf Wanzenbisse zu reagieren. Und ausgerechnet einer Vertreterin der Bourgeoisie gegenüber einzugestehen, dass es bislang bedauerlicherweise bei Band I des *Kapitals* geblieben war.

Während sein linkes Augenlid nervös zu zucken anfing, gefiel ihm die Vorstellung, diese lästige Gattin wie Luft zu behandeln. Was hatte er doch mit seinem Liebchen Glück. Doch der Gedanke an Jenny versetzte seinem Herzen einen Stich und ließ ihn abschweifen.

Ihr letzter Brief hatte besorgniserregend geklungen. Er fürchtete, dass der Krebs sie noch vor Jahresende besiegen könnte. Wenigstens war er selbst, dank Doktor Beckett, so weit genesen, dass er sich nun endlich traute, ihr nach Paris hinterherzureisen. Am kommenden Montag würde er in Dover das Schiff nach Calais besteigen, um Jenny, seine Tochter und seine Enkel wieder in die Arme zu schließen. Doch jetzt musste erst noch die Geduld aufgebracht werden, bis dahin auszuharren. Keinen anderen Grund, als diese elende Wartezeit abzukürzen, hatte es für ihn gegeben, dem Drängen seines umtriebigen Schwiegersohns nachzugeben, die Wohnung in der Maitland Park Road zu verlassen und den Freidenkerkongress zu besuchen. Diese Schwatzbude mit lauter Halb- und Mittelschlauen! So hatte er sich Lenchen gegenüber geäußert, als sie ihm den Gehrock brachte und anmerkte, er brauche bald einen neuen, da er erstens abgemagert sei und zweitens der Stoff doch recht speckig wirke.

Marx hielt das schon wieder leere Glas in Händen und fühlte sich jämmerlich. Er schaute zum Gastgeber hinüber, der offenbar etwas gesagt hatte, das ihm entgangen war, und sah ihm zu, wie er die Serviette entfaltete und mit elegantem Schwung auf den Oberschenkeln platzierte. In diesem Moment befiel ihn der Neid. Ihm war eingefallen, dass Doktor Beckett von einem neuen Buch Darwins berichtet hatte, das in diesen Wochen erscheinen sollte. Wie machte der Alte das nur? Seit Jahrzehnten Buch um Buch zu schreiben? Wie vermisste er selbst dieses herrliche Gefühl, ein neues eigenes Werk in Händen zu halten. Selbst wenn es eines über den Regenwurm wäre. Nein, so weit wollte er nun doch nicht gehen.

Marx ließ unter fahrigen Gesten die Fragen Emmas

links liegen und beschloss, sich die Gelegenheit, Charles Darwin persönlich in Augenschein zu nehmen, trotz allem nicht verderben zu lassen. Immerhin war dieser ein weltberühmter Mann und, das musste er leider einräumen, bekannter als er. Dabei war er überzeugt, dass die Erforschung der Naturgeschichte für das Fortkommen der Menschheit weit weniger ausschlaggebend war als seine Analysen der Gesellschaftsgeschichte.

Doktor Büchner wusste nun, was sein Freund Ernst Haeckel gemeint hatte, als dieser, nach einem Besuch in Down House, zu ihm gesagt hatte, Darwin sei ein gütiger und sanfter Mann, aber seine Gattin habe Haare auf den Zähnen. Sie sei schwer zu zähmen, da ihr Selbstbewusstsein der berühmten Wedgwood-Dynastie entsprungen sei, die sogar ihre weiblichen Mitglieder über die Maßen mit Geld und Bildung ausstattete. Von den vielen Tellern und Schälchen, die vor ihnen standen, ganz zu schweigen.

Mr Aveling übte sich weiterhin in der Geräuschlosigkeit eines Fisches, der zwar noch einige Male den Mund auf- und zumachte, aber nicht wusste, in welche Richtung er schwimmen sollte. Mit derart turbulentem Gewässer hatte er nicht gerechnet. Er hatte sich aufschlussreiche Gespräche über das Spannungsverhältnis von Glaube, Wissenschaft und Politik versprochen, bei dem die Herren sich austauschten, die Gastgeberin sich zurückhielt und kein Geistlicher anwesend war.

Außerdem verstand er nicht recht, warum sein sonst so wehrhafter und durchaus zu verbalen Grobheiten neigender Schwiegervater für Mrs Darwin keine saftige Antwort parat hatte, was ihm aber nun, aus Gründen der Höflichkeit, nicht unrecht war. Er sah, wie blass Marx war, und schob das Stillhalten auf dessen angeschlagenen Zustand.

Während Joseph die duftende Artischockencremesuppe servierte, festigte sich in Marx die trotzige Absicht, das Essen zu genießen. Gegen ein mehrgängiges Menü, begleitet von allerlei feinen Getränken, hatte er noch nie etwas einzuwenden gehabt. Er liebte Champagner und die aristokratische Herkunft seiner Frau, einer geborenen von Westphalen, die er, so oft es ging, kundtat. Und er hasste die vielen Jahre der Entbehrung, in denen Lenchen das Familiensilber seiner Jenny, dazu Geschirr und Leinen, ja sogar seinen Gehrock, zum Pfandhaus hatte tragen müssen.

Auch Reverend Goodwill blickte mit offenkundigem Vergnügen auf die dampfende Suppe.

Nachdem Marx sich auf seine Weise sortiert hatte, überfiel ihn nun doch eine kleine Lust, Mrs Darwin mit dem Geistlichen an ihrer Seite eins auszuwischen. Er klemmte seinen Zwicker vor das extrem kurzsichtige Auge, hüstelte und sagte etwas zu laut: »Mrs Darwin, Sie wollten meine Meinung zum Œuvre Ihres Mannes hören. Ich schätze seine Einsichten zur Natur als *completely* gottlose Sache! Deus mortuus est. Ganz famos. Ganz famos.« Er wusste aus Andeutungen von Doktor Beckett, dass das Thema Gott im Hause Darwin ein heikles war.

Emma hob die rechte Hand, als wollte sie einen Schüler zurechtweisen, und gebot Einhalt. Sie war keineswegs gewillt, sich an dieser Stelle von ihrem Vorhaben abbringen zu lassen, faltete ihre Hände, wenn auch mit finsterer Miene, blickte zu Thomas Goodwill und gab ihm ein Zeichen, das Tischgebet zu sprechen. Denn nun gab es, angesichts der dampfenden Suppe, Bedeutenderes zu tun, als sich mit gottlosen Sprüchen von zu lauten Deutschen herumzuschlagen. Der Priester senkte den Blick, bekreuzigte sich und sprach mit glockenklarer Stimme, während Emma die Augen schloss und Marx der Mund offen stand:

> »God is great, and God is good,
> And we thank him for our food;
> By his hand we all are fed;
> Give us, Lord, our daily bread.
> Amen.«

Kaum war das Gebet verklungen, breiteten Goodwill und Emma ihre Arme aus und sprachen im Duett: »Gott, dem Herrn sei Lob und Dank!« Da die beiden nebeneinander-saßen, fanden sich ihre Hände sofort. Doch auf Emmas anderer Seite ruderte ihr Arm suchend durch die Luft, da Mr Marx keinerlei Anstalten machte, es ihr gleichzutun. Diese hilflos wirkende Einseitigkeit wiederholte sich an anderen Plätzen des Tisches. Manche Hände fanden sich, andere fischten im Leeren. Doktor Büchner war bestrebt, nicht aus der Rolle zu fallen, tat, was die hiesigen Tischsitten von ihm verlangten, und ergriff Darwins feuchte Hand.

»Guten Appetit«, ließ der Hausherr verlauten. Und alle in der Luft befindlichen Arme senkten sich. Er sei vorhin gefragt worden, woran er gerade arbeite, und das wolle er nun gern beantworten. Niemand konnte sich an diese Frage erinnern. Darwin schaute Marx wohlwollend an und begann unverzüglich über den Regenwurm zu dozieren, während die Löffel aufgenommen wurden und die Tafel-runde zum Zuhören verdonnert war.

Der Vortrag überdauerte die Suppe und hielt an, als Joseph Dorsch in Austernsauce servierte. Marx, der sich wieder hinter seine Mauer des Schweigens zurückgezogen hatte, erfreute sich am fruchtigen Weißwein, der den Fisch begleitete, und hörte nicht hin. Thomas Goodwill lobte leise die Küche und ließ, Joseph zuflüsternd, Grüße dorthin übermitteln. Mr Aveling schaute gereizt. Er war voller Ungeduld, wann endlich die entscheidenden Themen auf den Tisch kämen, ohne dass Mrs Darwin mit brüskierenden Worten die Gesprächsatmosphäre vergiftete. Er bedauerte zutiefst, dass Mr Darwin bei einer derart wichtigen Zusammenkunft nicht in der Lage war, seine Frau zur Ordnung zu rufen. Dieser berichtete gerade vom Ausgang seiner nächtlichen Lichtversuche, als es Mr Aveling zu bunt wurde: »Ich bin erstaunt, dass Sie sich mehr für das Leben unter der Erde interessieren als für das auf der Erde. Besonders heute, da drei Männer am Tisch sitzen, die dem politischen Fortkommen der Menschen zugeneigt sind.«

Was den höflichen Doktor Büchner, der Darwin mehrfach beipflichtend zugenickt hatte, in arge Verlegenheit brachte. Während Marx sich durch diesen Zwischenruf erquicken ließ. Er warf in fürchterlichem Kauderwelsch ein, er solle bitte den Pastor nicht vergessen, der nämlich interessiere sich für das Leben über der Erde.

Emma lief rot an, doch Charles überspielte den Angriff durch Zurschaustellung einer freundlichen Dickfelligkeit. Er wischte bedächtig Mund und Bart mit seiner Serviette, faltete diese so sorgfältig, als handle es sich um eine wertvolle alte Seekarte, und sagte, er habe seit nunmehr vierzig Jahren immer wieder und in den letzten Monaten ausschließlich dieses zarte Lebewesen erforscht und erst vor kurzem sein Buch darüber abgeschlossen. Man dürfe gespannt sein, wie die Öffentlichkeit es in wenigen Tagen aufnehme.

Er trank ein Schlückchen Wein und setzte seine Rede

fort. Was manchem offensichtlich schwerfalle zu erkennen, wolle er gern ausführen. Durch intensive Forschung an einem einzigen Wesen, in diesem Fall dem Wurm, bekomme man, pars pro toto, das heraus, was für das Leben im Allgemeinen gelte. Wie genau stellt es ein Lebewesen an, sich intelligent an seine Umgebung anzupassen? Das Beste für sich herauszuholen? Und dabei auch noch anderen zu nützen? Zum Beispiel dieser unscheinbare Wurm, der den Menschen die Ackerkrume und somit feinste Feldfrüchte schenkt? Außerdem sei die Zerkleinerung von Steinstückchen in den Kaumägen der Regenwürmer vom geologischen Standpunkt aus von größter Bedeutung.

Emma hatte die Wahl zwischen Pest und Cholera: einem hässlichen Streitgespräch über Gott zuzuhören oder einer ermüdenden Vorlesung über *lumbricus*. Denn so, wie die Regenwürmer durch die fleißige Aufnahme von Steinchen in ihrem Innersten feinste Bodenarbeit leisteten, verdaute Charles Unmengen an Fakten und produzierte Sätze länglichen Formates, die, einmal in Gang gesetzt, schwerlich wieder zu stoppen waren. Und die zu ihrem Überdruss mittlerweile den Wortlaut des Wurmbuchs annahmen, das sie vielfach Korrektur gelesen hatte.

Darwin, der mit Freude feststellte, dass sein stolperndes Herz während seiner Darbietung zur Ruhe gekommen war, fuhr umso lieber fort: »Ich möchte meine Ausführungen im Übrigen rein wissenschaftlich verstanden wissen. Die große Frage, die sich jeder Naturforscher vorlegen sollte, ganz gleich, ob er einen Wal seziert oder eine Laus, ob er einen Pilz oder einen Einzeller klassifiziert, ist: ›Welchen Gesetzen folgt das Leben?‹ Mir erscheint es suspekt, wenn Männer mit den Mitteln der Naturforschung Philosophie oder gar Politik betreiben möchten.«

Doktor Büchner fühlte sich ertappt, hatte er doch unlängst der deutschen Sozialdemokratie die perfekte Ar-
beitsorganisation des Ameisenstaates als Vorbild empfohlen. Er wagte einzuwerfen, dass, seiner Erfahrung nach,
Tierstudien für die Menschen sehr lehrreich seien. Gerade
sein Buch *Aus dem Geistesleben der Tiere*, in dem er sich auf das
Volk der Ameisen berufe, und auch sein Aufsatz *Sozialdemokratie und Arbeiterleben in der Tierwelt* hätten in Deutschland
große Resonanz gefunden. Die Menschen hungerten doch
geradezu nach Futter aus der Forschung für ihre eigenen
Belange!

Doktor Büchners Aussprache war dürftig, sein Wort-
schatz hingegen in Ordnung, und wenn er das Gefühl
hatte, nicht recht verstanden worden zu sein, wiederholte
er seine Sätze um einiges lauter. Emma fragte sich, ob alle
Deutschen in dieser Weise herumlärmten, und erinnerte
sich mit Grausen an das Gebrüll von Ernst Haeckel, der
sowohl Marx als auch Büchner noch um einige Dezibel
übertroffen hatte.

Sicher, sagte Darwin, sie hungerten, vielleicht – er hob
lächelnd sein Glas – dürsteten sie auch danach. Aber er
lasse sich von niemandem dazu verführen, diesen Durst
zu löschen. Er könne derlei Vermischungen nicht leiden,
Tiere sollten nicht benützt werden, um die Menschen Mo-
res zu lehren. Er ziehe es vor, sich vom Können der Tiere
beeindrucken zu lassen. Das Ameisenhirn zum Beispiel, an
dieser Stelle fügte er ein »verehrter Doktor Büchner« ein,
sei kleiner als ein Salzkorn.

Mit der Würde des großen alten Mannes zeigte er auf
das silberne Salzfässchen, das neben ihm stand. Alle Augen folgten seiner Geste, und dieser winzige Hinweis war
dazu angetan, jedwede weltanschauliche Spekulation durch

schlichten Größenvergleich auf den Boden der Naturforschung zurückzuholen. Emma zeigte ihr feinstes Lächeln, als Charles den kleinen Löffel aus dem Silberfässchen nahm, ihn mit Salz füllte und die Körnchen langsam auf den Fisch – die anderen hatten ihren längst verzehrt – rieseln ließ.

Im Übrigen teile er Doktor Büchners Begeisterung für Ameisen durchaus, fuhr Darwin fort. Es sei eines jener Wunder der Evolution, dass Insekten in der Lage seien, sich zur gemeinsamen Arbeit oder zum Spielen zu verabreden. Er habe genügend Anhaltspunkte gefunden, dass sich die Mitglieder eines Haufens, selbst nach monatelanger Abwesenheit, wiedererkannten und Sympathien füreinander hegten.

Darwin schaute Emma an, als wollte er sagen: Reg dich nicht auf, mein Täubchen, ich habe diese Eiferer hier im Griff. Er fuhr fort, davon zu schwärmen, wie die Ameisen ihre großen Gebäude rein hielten, am Abend die Türen schlossen und Wachen aufstellten. Und, nicht zu vergessen, Straßen bauten und selbst Tunnel unter Flüssen hindurch. Ja sogar temporäre Brücken über dieselben, indem die Tiere sich aneinanderhängten.

Darwin war in Fahrt, und nachdem er gesagt hatte: »Ameisen sammeln Nahrung für die Genossenschaft«, war es um Doktor Büchner geschehen.

»Ja, eben!«, warf er glücklich ein. »Exakt! Das ist es doch gerade, das Genossenschaftliche! Die Insekten machen es dem Menschen vor. Nicht jeder für sich, sondern einer für alle! Kooperation statt Konkurrenz.«

Unbeirrt von diesen begeisterten Einwürfen fuhr Darwin fort und erklärte unter Zuhilfenahme seiner Finger, was die Tiere anstellten, wenn eine Ameise einen zu großen Gegenstand ans Nest brachte: Sie hielten kurz inne und erweiterten dann zügig die Tür. Doktor Büchner nickte eifrig.

»Auf Mord und Brand! Die Menschen brauchen keine Viecher als Vorbild, Büchner! Es ist Bockmist, den Proletariern die Disziplin von Ameisen aufzuschwatzen. Die Menschen brauchen ökonomischen Sachverstand und keine Abhandlungen über Insekten oder was immer diese Ameisen auch sind, um zur Revolution zu schreiten. Basta!« Marx griff wild um sich, murmelte noch so etwas wie »geistiger Knirps« und sah nicht ein, dass er zu einem Deutschen Englisch sprechen sollte. Dann sagte er noch, ebenfalls auf Deutsch: »Die Menschen haben sich längst von den Tieren fortentwickelt, sie arbeiten, produzieren, treiben Handel. Dieser kapitale Unterschied macht es unmöglich, Gesetze der tierischen Gesellschaften auf menschliche zu übertragen. Oder haben Sie schon einmal gesehen, dass Hunde Knochen tauschen?«

»Adam Smith!«, konterte Doktor Büchner, hocherfreut, das Zitat zu kennen und Marx eins auszuwischen. Dann fuhr er fort: »Wer sagt denn, dass ich zur Revolution schreiten will? Die Arbeiter brauchen soziale und demokratische Reformen. Sie wollen Brot und Frieden, keine Gewaltausbrüche.«

»Hört, hört, der deutsche Philister spricht! Ein bisschen an der kapitalistischen Gesellschaftsordnung herumflicken, damit es so aussieht, als geschieht etwas, aber gleichzeitig bloß die Bourgeoisie nicht erschrecken. Man kann keine Revolution machen, ohne Eier zu zerschlagen. Leute wie Sie haben einfach keinen Mumm in den Knochen. Reförmchen! Gesetze! Und dabei immer schön den Königen und Kaisern huldigen.«

Marx bellte noch den Namen Bismarck hinterher. Und Hundsfott. Er hasste Sozialdemokraten.

Doktor Büchner ließ die verbale Flegelei zu Boden

plumpsen wie einen dreckigen Ball, den er nicht fangen und schon gar nicht zurückspielen wollte.

»Um was geht es denn?«, fragte Emma. »Sie scheinen sich nicht recht einig zu sein.«

Bevor einer der beiden antworten konnte, grätschte Mr Aveling dazwischen. »Ich für meinen Teil würde gerne den Blick von diesem innerdeutschen Scharmützel, das wir anderen am Tisch schon aus sprachlichen Gründen nicht verstehen, auf das eigentliche Thema dieses Abends lenken – die Bedeutung des Atheismus für die Freiheit des Menschen, wenn Sie mich fragen, meine Herren.«

»Sie dürfen mich ruhig mit einbeziehen, Mr Aveling«, sagte Emma.

»Pardon. Selbstverständlich.«

»Ich bitte noch einen Moment um Ihre Aufmerksamkeit, da ich noch nicht zu Ende bin.«

Mr Aveling machte den Mund auf und wieder zu, während Marx sich schnell atmend zurücklehnte, um sich zu erholen. Das eilige Sprechen hatte seine Lungen strapaziert.

»Stellen Sie sich bitte vor, meine Herren, liebe Emma, wie die Ameisen in regelmäßigen Reihen in den Krieg ziehen und ohne Gnade alles bekämpfen und töten, was ihnen fremd ist. Wussten Sie, dass diese klugen Insekten Sklaven fangen? Sie halten sich Blattläuse als Milchkühe. Wollen Sie, verehrter Doktor Büchner, Ihren deutschen Sozialdemokraten etwa auch das Kriegführen und Sklavenfangen empfehlen? Oder möchten Sie nur jeweils jene Aspekte aus dem Leben im Ameisenstaat herausgreifen, die in Ihr Gedankengebäude passen?«

Darwin strich sich durch den Bart. Marx über den Bauch. Er war zufrieden, dass dem deutschen Speichellecker ausgerechnet dessen verehrter Herr und Meister die Nase blutig schlug, und trank in einem Zug sein Glas leer.

Thomas Goodwill ließ verlauten, dass er den vielen Fäden des Gesprächs nicht recht folgen könne. Sein Kopf brumme. Und es mangle an Heiterkeit. Emma äußerte Verständnis, sagte, das tue ihr von Herzen leid. Ihr ergehe es ähnlich.

Marx erlitt einen Hustenanfall.

Emma fragte: »Sind Sie leidend? Sie sehen blass aus, und ich höre Sie häufig husten. «

»*Yes*. Oh, meine Lunge, meine Leber.«

»Ich hoffe, Sie haben einen guten Arzt und keine Tuberkulose?«

»Denselben Doktor wie Ihr Mann.«

»Doktor Beckett? Sie haben … hast du das gewusst, Liebster?«

»Doktor Beckett hat so etwas angedeutet.«

»Davon hast du mir gar nichts erzählt.«

»Es schien mir nicht wichtig.«

Emma wandte sich wieder an Marx: »Konnte Doktor Beckett Ihnen schon helfen? Mein Mann schwört auf ihn, und seit er ihn als Arzt hat, geht es ihm bedeutend besser. Früher …«

»Emma, bitte, das tut nichts zur Sache. Wir wollen nun nicht über Krankheiten sprechen.«

»Ganz recht, ganz recht …«, sagte Mr Aveling und hielt seine Zeit erneut für gekommen. »Ich für meinen Teil darf an unser Thema erinnern. Ich möchte, wie gesagt, über den Kongress berichten und ein Vorhaben besprechen. Ich bin dabei, eine Buchreihe herauszugeben, die …«

Weiter kam er nicht. Emma fragte Marx, ob sie ihm Hustenmedizin bringen lassen dürfe. In ihrer Hausapotheke seien diverse Mittel vorrätig. Sie gab Joseph ein Zeichen.

Doktor Büchner warf ein, als Arzt rate er Marx, einfach zu schweigen. Das lindere jeden Hustenanfall und beruhige den gereizten Rachen.

Darwin schwieg. Goodwill gähnte. Aveling konsultierte verzagt seinen Schnurrbart. Marx spürte seine Galle.

Nach einer Weile kam das Hausmädchen mit drei verschiedenen Fläschchen herein. Emma nahm sie in Augenschein und wählte eines aus.

»Darf ich Ihnen dieses Mittel empfehlen, Mr Marx? Ich glaube, zehn Tröpfchen sollten genügen. Bitte geben Sie mir Ihr Wasserglas.«

Marx reichte es ihr wie ein braves Kind und war doch blankgewetzt vor Wut auf diesen Büchner. Allein, es fehlte ihm die Kraft, sich zu entladen. Seine Stirn war feucht. Emma zählte die Tropfen und reichte Marx das Glas. Der wusste nicht recht, wie ihm geschah, und sagte heiser: »Sie wollen doch keinen Kommunisten vor dem Tod retten?«

»Nein, das nicht. Über Leben und Tod zu entscheiden, das kann nur der Herr. Ich möchte lediglich Ihren Husten lindern.«

»Wie wäre es, statt vom Herrn einfach von Krankheit oder Schicksal zu sprechen?«, stichelte Aveling.

»Da muss ich dem Kollegen beipflichten. Einzig Kraft und Stoff sind die beiden Antreiber des Lebens und der Welt. Kein Geist. Kein Gott. Die Seele ist ein Produkt des Stoffwechsels, ohne Phosphor kein Gedanke! Das Gehirn selbst ist auch nur ein Körperteil«, sagte Büchner.

Goodwill schaute in die Runde, als wollte er zum Ausdruck bringen, dass er noch nie an einer derart miserablen Tischgesellschaft teilgenommen habe.

Büchner hatte sein Werk *Kraft und Stoff*, das mittlerweile in zwei Dutzend Auflagen erschienen war, Darwin schon vor längerer Zeit mit einer überschwänglichen Widmung geschickt. In diesem Buch hielt der Deutsche Fragen nach der Religion und dem Fortschritt der Menschheit für geklärt, und dementsprechend führte er auf dem Kontinent als ausgemachter Popularphilosoph eine laute Rede.

Marx wartete auf die Wirkung der Tropfen, während Joseph Lammkoteletts à la provençale servierte. Doktor Büchner, ganz in seinem Element, lobte Darwin in höchsten Tönen dafür, dass er, nach Jahrhunderten der Irrungen, das Spekulative auf seinen Platz verwiesen und die Menschen vom Schraubstock der Religion befreit habe.

Darwins Kopf brummte. Er fühlte sich weithin missverstanden. Philosophie sei seine Sache nicht. Er habe sein Leben denjenigen Fragen gewidmet, die man beantworten könne. Philosophen hingegen ersetzten jeweils alte Fragen durch neue.

Dem Reverend schlug die Invasion in Down House mittlerweile auf den Magen. Er musste sauer aufstoßen und bat höflich um Verzeihung.

Aveling versuchte einen nächsten Vorstoß: »Mr Darwin, ich hege die Absicht, Ihnen mein Buch zu widmen.«

Darwin schien es nicht zu hören. Jedenfalls reagierte er nicht. Was Aveling nicht lange ertrug. Er füllte die entstandene Lücke mit der Erläuterung, dass sein *Darwin für Studenten* in wenigen Wochen erscheine, und zwar in der neuen atheistischen Buchreihe, die den Namen *Internationale Bibliothek der Wissenschaft und des Freigeistes* tragen solle. Wenn man ihn frage, seien diese Bücher eine erfolgversprechende Sache, weit über England hinaus. Er meine dies weniger finanziell als politisch im Dienste der Aufklärung. Und wenn es Mr Darwin recht sei, dann werde man ihm sogar die komplette Reihe widmen.

Es dauerte eine ganze Weile, bis Darwin antwortete. »Ich tauge nicht zum Pfaffenbeißer«, sagte er ungewohnt scharf, was Goodwill, der schon eine ganze Weile die Muster der Tischdecke um seinen Teller herum studierte, wiederbelebte.

»Gott segne Sie«, entwischte es ihm. Dann widmete er sich erneut dem feinen Damast. Er hatte es sich zur Aufgabe gemacht, sein Weinglas jeweils exakt in die Mitte eines Quadrates, mal in das eine, mal in das andere, zu stellen. Diese eingewobenen Strukturen fest im Blick, trotzte er dem Schwindel, der angesichts der vielen Zungen, mit denen hier am Tisch gesprochen wurde, über ihn gekommen war. Da fiel ihm – bei Gott – der Turmbau zu Babel ein, und er fragte sich, wohin diese Sprachverwirrung noch führen mochte.

»Es liegt mir fern, mich vor Ihren Karren spannen zu lassen, Mr Aveling. Ich bin zwar ein konsequenter Verfechter des freien Denkens. Dennoch glaube ich, dass direkte Angriffe gegen das Christentum kaum Wirkung zeigen. Gedankenfreiheit fördert man am besten, indem man schrittweise Licht in die Köpfe der Menschen trägt. Und zwar durch wissenschaftlichen Fortschritt. Propaganda für den Atheismus zu machen liegt mir fern, weshalb ich Ihre Bitte abschlage.«

Emma blickte hochzufrieden und fragte Marx, ob das Mittel schon Wirkung zeige. Der nickte kurz und schwieg.

»Warum so feige?«, fragte Mr Aveling, »Sie haben doch nichts mehr zu verlieren. Sie sind ein berühmter Mann. Die Welt hört auf Sie.«

»Warum so aggressiv?«, gab Darwin zurück. »Außerdem, wenn Sie meinen, ich sei Atheist, so täuschen Sie sich.«

»Was sind Sie dann?«

»Agnostiker.«

»Das ist doch lediglich der höflichere Ausdruck!«

»Sie sind mir etwas forsch, junger Mann. Vielleicht haben Sie die Sache nicht zu Ende gedacht. Ich selbst sehe mich gezwungen, nach einer ersten Ursache unserer Welt Ausschau zu halten. Und weil ich diese Frage nach dem Anbeginn stelle, würde ich mich sogar einen Theisten nennen.«

Da staunte nicht nur der Priester von Downe. Und Mr Aveling sah seine Felle endgültig davonschwimmen.

Hundsfott, dachte Marx, das sagt er nur, weil er es sich mit seiner Frau nicht verderben will, und krächzte: »Der Mensch erschuf seine Götter!«

»Feuerbach«, knurrte Büchner und erlahmte. Er hatte nun Schlimmeres zu verdauen als seine Plänkelei mit Marx. Sollte er dem deutschen Atheistenbund berichten, dass der große Darwin, der den Schöpferglauben widerlegt hatte, sich gegen Ende seines Lebens und in seiner Gegenwart einen Theisten nannte?

Die Tischgesellschaft war in der Sackgasse.

Da sagte Darwin: »Meine Herren, ich bin es leid, reduziert zu werden auf denjenigen, der die sogenannte Affenfrage gestellt und diese für den Menschen auf beleidigende Art und Weise beantwortet hat. Und es ist mir ebenso zuwider, von kirchlichen Würdenträgern beschuldigt und von Linken dafür gelobt zu werden, den Menschen Gott geraubt zu haben.«

»Aber genau diesen Raub haben Sie doch begangen! Sie wollen nur nicht dafür verantwortlich gemacht werden. Wobei Raub, wenn man mich fragt, nicht das rechte Wort ist«, wünschte Mr Aveling den Naturforscher zu korrigieren: »Sie haben die Menschheit nicht beraubt, sondern befreit! Wenn Sie mich fragen.«

»Ich habe Sie aber nicht gefragt. Außerdem bestätigen Sie gerade, was ich meine. Ich sehe bei Atheisten die gleichen Methoden wie bei Klerikern. Sie verkürzen die Diskussion, lassen Unliebsames beiseite, behaupten Dinge, die keiner wissen kann, und wollen mit missionarischem Eifer andere bekehren. Wie wäre es stattdessen mit ein wenig Demut?«

Marx' Stirn glänzte weiß, er hatte plötzlich sehr kleine Augen und gähnte. Der Husten war zur Ruhe gekommen und er offensichtlich auch. Thomas Goodwills Wangen hingegen leuchteten blutrot. Und die Besenreiser, die seine Nasenflügel fein verästelt durchzogen, schimmerten blauer als sonst.

Emma legte ihr Besteck ab und nahm es wieder auf. Sie wirkte gedankenverloren. Noch nie hatte sie Charles so offen über dieses heikle Thema sprechen hören. Dieses Abendmahl war mehr als das bloße Sitzen um einen Tisch mit ungeliebten Gästen. Die Tafelrunde versinnbildlichte die Lebenssituation ihres in die Jahre gekommenen Mannes. Heimatlos saß er zwischen den Fronten. Der Priester ihres Dörfchens Downe und sie auf der einen, drei aufmüpfige Atheisten auf der anderen Seite. Die christliche Position hatte er längst verlassen, die atheistische wollte er nicht einnehmen.

Hätte Charles seine Stellung kommentiert, hätte er sie nüchterner beschrieben. Und durchaus nicht unzufrieden, denn er hatte nach zähem, jahrzehntelangem Ringen seinen Platz gefunden: im ideologischen Niemandsland. Und, wie er fand, mit ihm die moderne Naturwissenschaft, die keiner Religion mehr verpflichtet sein wollte.

»Mir wird dunkel«, stammelte Goodwill. Dann tat es einen mächtigen Schlag. Der Pastor war vom Stuhl gefallen. Mit einem Schrei sprang Emma auf.

Ohnmächtig lag der Geistliche am Boden. Soeben hatte er noch die köstliche Schokoladencreme probiert, die Joseph samt feinsten Butterkeksen als Nachtisch serviert hatte. Sie hinunterzuschlucken war Goodwill keine Zeit mehr geblieben.

Doktor Büchner waltete seines ärztlichen Amtes, er suchte nach dem Puls, öffnete ihm die Augen, leuchtete ihm mit einer Kerze, die er aus dem Leuchter nahm, hinein und tätschelte ihm die Wangen. Dann drehte er den Priester auf die Seite, öffnete seinen Kragen, und Emma tat, was nötig war, damit ihr Freund nicht erstickte. Büchner gab Entwarnung und sagte, es handle sich um eine vorübergehende Kreislaufkrisis, vermutlich habe der Reverend etwas viel getrunken. Worauf Darwin aufatmete.

Er schätzte Thomas Goodwill, obwohl Hochwürden auf alle Fragen des Lebens eine andere Antwort gab als er. Umgekehrt gestand der Priester, dass ihn die Atmosphäre in Down House, trotz aller Differenzen, seit Jahren zu seinen Sonntagspredigten inspirierte. Auch wenn er die Dinge jedes Mal in ihr glattes Gegenteil verkehrte. So trug der Reverend ein beim Essen aufgeschnapptes Kuriosum, beispielsweise die erstaunliche Schnabelform eines Finken oder eine hübsche Spezialität aus dem Reich der Orchideen, in seine Kirche und ließ die Gemeinde wissen, dass jedes dieser Details, das die moderne Wissenschaft erforsche, den hinter allem stehenden göttlichen Plan aufs Wundervollste offenbare. Er pries den Schöpfer und ergoss sich im Ausschmücken formaler Aspekte eines Insektenrüssels in Bezug auf den passenden Blumenkelch. Wer sollte die bunte Vielfalt auf dieser Erde, die akkuraten Anpassungen, verbunden mit Schönheit und gegenseitigem Dienen, ersonnen haben, wenn nicht der Allergrößte Herr?

Ja, die Freundschaft zwischen den beiden war, wie könnte es anders sein, seit dreißig Jahren eine Herausforderung. Was den Pastor zugegebenermaßen grämte, war die Tatsache, dass Darwins ketzerisches Werk ausgerechnet in seiner Pfarre entstanden war. Und obendrein geschrieben unter den Augen der gottesfürchtigen Mrs Darwin, eines der eifrigsten Mitglieder seiner Kirchengemeinde. Eigentlich blieb es ihm lebenslang ein Rätsel, warum die beiden trotz tiefer Gräben in Glaubensdingen so liebevoll miteinander umgingen. Und zehn Kinder bekommen hatten. Die der Geistliche wiederum mit Vergnügen taufte und, sofern sie die ersten Jahre überlebt hatten, in Bibelkunde unterrichtete.

»Lassen Sie uns hinaustreten und ein wenig frische Luft schnappen, bevor einer von uns ein Riechfläschchen benötigt«, sagte Darwin. Besorgt, dass ein Krümelchen der feinen Butterkekse sich verfangen haben könnte, putzte er vor dem Aufstehen noch ausgiebig seinen Bart.

Marx nickte, sichtlich erleichtert, diesem Ungemach, das sich vor seinen Augen auf dem Perserteppich abspielte, zu entkommen.

Die beiden Männer betraten den Kiesweg, der vom Haus in den Garten führte, und gingen nur wenige Meter. Marx schlich mit gesenktem Kopf, auf den Boden starrend und mit ungeschickten Tritten, denn in der Nacht sah er noch schlechter als am Tag.

Schwere Tropfen fielen aus den Bäumen, und vom nassen Rasen stiegen Nebelschwaden auf. Während des Dinners musste es geregnet haben. Ein kühler Wind kam auf, verjagte die letzten Sommergefühle und trieb die Wolken vor sich her Richtung Osten.

Schweigend schauten sie, nebeneinanderstehend, in den

Himmel. Auf der Suche nach Sternen kniff Marx seine fehlsichtigen Augen zusammen. Er dachte an Jenny, die Sternbilder liebte und früher oft zu ihm gesagt hatte: »Mein
Schwarzwildchen, komm, lass uns am Himmel spazieren
gehen.« Dann suchten sie sich am Ufer der Mosel ein
Plätzchen und freuten sich.

Marx legte beide Hände auf seine Brust, als wollte er
überprüfen, ob sich seine engen Bronchien tatsächlich ein
wenig weiteten in dieser frisch gewaschenen Landluft. Er
sog sie vorsichtig ein. Noch am Vormittag auf dem Weg
zum Kongress hatte es über London Rußflocken geregnet.

Wenige Meter entfernt raschelte es.

»Igel?«, fragte Marx.

»Eine ganze Familie wohnt unter unserer Hecke. Sie
geht allabendlich um diese Zeit zum Dinner«, antwortete
Darwin.

Dann schwiegen sie wieder. Nach einer ganzen Weile
sagte Darwin: »Mir scheint, Sie sind ein Idealist, obwohl
ich natürlich weiß, dass Sie größten Wert darauf legen,
die Welt auf materialistische Weise zu betrachten. Wer für
eine bessere Welt kämpft, der braucht doch zunächst eine
Idee von der Sache, nicht wahr?«

Im Schutz der Dunkelheit nuschelte Marx schwer Verständliches – dem Klang nach war es ein leiser Protest –,
um gleich wieder zu verstummen.

In der Ferne bellte ein Hund. Ein anderer antwortete,
und sogleich begannen sie ein munteres Gespräch. Darwin
war froh, dass Polly sich nicht einmischte, wahrscheinlich
schlief sie in seinem Arbeitszimmer.

Marx stand grau und regungslos da, als hätte er sich
in eine Statue verwandelt. Ihm war kalt. Üblicherweise
hätte längst sein Krakeel eingesetzt, denn alles, was mit

Idealismus zu tun hatte, musste heruntergeputzt werden. Er konnte Idealisten nicht leiden. Mit harten Bandagen kämpfte er gegen diese Spezies, besonders wenn er sie unter Sozialisten antraf. Wie oft hatte er gepredigt, dass man keinen Flohsprung weiterkomme mit irgendwelchen Idealen. Nicht umsonst hatte er die Sache vom Kopf auf die Füße gestellt und die verdammte Hegelei in die Rumpelkammer der Geschichte geworfen. Sein Credo lautete, dass das Bewusstsein der Menschen nur aus ihrem Sein erklärt werden kann, nicht ihr Sein aus dem Bewusstsein. Erst unlängst hatte er einem jungen Sozialisten eingehämmert, dass bei Hegel und Konsorten der Sohn die Mutter gebäre.

Hierin lag auch der Grund, warum Marx es sich verbot, sich vom kommunistischen Leben ein Bild zu machen. Jeden Neugierigen, der danach fragte, kanzelte er ab. So etwas fragten nur Idioten, die seinen wissenschaftlichen Sozialismus nicht im Ansatz kapiert hätten. Man könne doch keine Freiheit im Vorhinein konzipieren. Erst müssten die Verhältnisse gewandelt werden, alle Ketten abgeworfen, und die Bedingungen für ein gutes Leben hergestellt, dann ergebe sich alles Weitere von selbst.

Doch Marx stand still in Darwins Garten. Weder polterte er in dieser Weise, noch ließ er sonst ein Wort verlauten.

Er fragte sich, ob Altersmilde ihn befiel. Oder Mrs Darwin sich bei den sedierenden Hustentropfen verzählt hatte. Jedenfalls war er zu müde für Disdute.

»Ich habe eine Ahnung davon, dass Ihr Leben nicht einfach ist«, sagte Darwin nach einer ganzen Weile. »Aber ich glaube, dass Ihre große Zeit noch kommen wird.«

Da entschlüpfte Marx ein Seufzer.

Der Mond war aufgegangen. Er schickte sein fahles Licht auf ein abgeerntetes Feld am Horizont. Die Pappeln auf dem Nachbargrundstück ragten in die Dunkelheit wie große Besen und warfen lange Schatten.

Während die beiden so nebeneinanderstanden, nahm der Wind an Stärke zu, er schüttelte die Bäume, von denen immer mehr Tropfen herabfielen und beim Aufschlagen trommelten. Ohne dieses Getrommel hätte man vielleicht das Rauschen der Bärte hören können.

Herzschmerzen

Sein Buch über die Würmer kam am 10. Oktober 1881 mit der Postkutsche. Charles hatte eigentlich am übernächsten Tag damit gerechnet, ein erstes Exemplar in Händen zu halten, und war nun, mangels innerer Vorbereitung, über die Maßen erregt.

Wie immer war er um halb zehn vom Arbeitszimmer ins Wohnzimmer gegangen, um den Eingang der Post zu begutachten und sich, gemütlich auf dem Sofa liegend, von Emma die privaten Briefe vorlesen zu lassen. Wie immer hatte er davor exakt eineinhalb Stunden gearbeitet, hatte durchs Mikroskop geschaut, bis seine Augen tränten, während der Salmiak, in dem eine neue Generation Saubohnenwurzeln eingelegt war, sein Odeur verströmte und Polly auf Abstand hielt. Sie hasste Salmiak.

Nun ließ er sich etwas blass um die Nase auf dem Sofa nieder und sagte kein einziges Wort. Gleich beim Eintreten hatte er das Buch *Die Bildung von Ackererde durch die Tätigkeit der Würmer mit Beobachtung über deren Lebensweise* gesehen und war von der Gewissheit überwältigt worden, dass es sein letztes war.

Zwanzigmal hatte Emma nun schon Erstausgaben aus dem Postsack gefischt, die sie liebevoll auf dem Mahagoni-Beistelltischchen präsentierte. Das elfenbeinerne Papiermesser, das eher einem kleinen Spaten ähnelte als einem Messer, weil es keine Spitze hatte, aber nichtsdestoweniger so meisterlich geschliffen war, dass es jede Art von Papier säuberlich trennte, legte sie gleich obenauf.

Emma erahnte das Gefühl, ein über Jahre unter Qualen verfasstes Buch eigenhändig aufzuschneiden. Angefangen von seinen Bänden über die Reise mit der *Beagle*, die er als junger Mann geschrieben hatte, bis zum *Bewegungsvermögen der Pflanzen* im Jahr zuvor. Hätte sie die Neuausgaben älterer Werke, die er mit der gleichen Liebe und Mühe verbesserte und ergänzte, mitgezählt, wären es weit mehr gewesen.

Jedes Mal hatte Charles, kaum waren ein paar Seiten aufgeschnitten, mit Herzklopfen und Magenstechen kämpfen müssen. Manchmal hatte er vor Glück geweint. Was Polly, so die Hündin schon in der Darwin'schen Familie weilte, dazu ansporne, Charles' Hände derart intensiv zu lecken, dass es selbst ihm zu viel wurde. Mit nassen Augen und nassen Händen hatte er sich gezwungen gesehen, den Liebesrausch der Hündin abzuwehren, um seiner eigenen Gefühle Herr zu werden.

An diesem 10. Oktober aber hinderte Charles eine bis dato unbekannte Kopflosigkeit daran, sein Papiermesser in die Hand zu nehmen. Der Buchblock blieb auf dem Tischchen liegen, während die Morgensonne sich ihren Weg durch jagende Wolken ins Wohnzimmer bahnte. Ihr Licht war flüchtig, erhellte blitzartig den Raum, um ihn schon im nächsten Moment wieder zu verlassen.

Emma, die seine Unentschlossenheit mit Sorge betrachtete, fing an, ein paar Briefe vorzulesen. Das übliche Zeremoniell. Ihre warme, weiche Stimme würde ihm guttun, und in der Tat erhob er keine Einwände. Emma hatte gleich zu Beginn ihrer Ehe verstanden, dass das Aufrechterhalten des ordnungstiftenden Tagesablaufs Charles' Unruhe mildern konnte.

Auch jedes der Kinder und natürlich das Hauspersonal konnten minutengenau seinen Tagesrhythmus herunterbeten, und alle strengten sich an, ihn niemals zu stören. Das ging so weit, dass die präzise Abfolge seiner Lebensäußerungen den Mitgliedern des Darwin'schen Haushaltes manchen Blick auf die Uhr ersparte. Schnäuzte Charles sich nachmittags auf der Treppe, wusste jeder, dass es vier Uhr war und er nach einem Ruhestündchen aus seinem Schlafzimmer wieder herunterkam.

An diesem Oktobertag gelang es Charles trotz der vielen zur Verfügung stehenden Kissen nicht, eine Position auf dem Sofa zu finden, die ihm behagte. Mal blendete ihn die Sonne, mal drückte der Hosenbund, und die Hüfte tat ihm weh. Er nestelte herum und hörte Emma nicht recht zu. Schließlich sagte er, er wolle seinen Tagesablauf ein wenig umstellen, ihm sei nach einem Spaziergang. Bei diesem Wort sprang Polly auf.

Hastig warf Charles sich das Cape über, nahm seinen Stock und eilte gebeugt in den Garten. Joseph, von diesem unvermittelten Aufbruch überrascht, hatte Mühe, hinterherzukommen. Er reichte ihm den Hut mit dem Hinweis, gerade im Oktober erkälte man sich leicht. Dann schaute er dem Fliehenden noch eine Weile hinterher. Mit seinem schwarzen Umhang, der nachlässig über den gekrümmten Schultern hing und flatterte, ging Darwin der tiefstehenden Herbstsonne entgegen. Wie eine große Fledermaus am Stock.

Er nahm die Abkürzung Richtung Sandweg und würdigte die Gewächshäuser keines Blickes. Beim Sandweg angekommen, drosselte er sein Tempo und blieb stehen. Ein Eichhörnchen sprang gerade noch rechtzeitig mit einer geernteten Haselnuss im Mund zum nächsten Baumstamm und hastete hinauf. Halbherzig kläffte Polly hinterher.

Charles stützte sich auf seinen Stock und atmete schwer. Er starrte auf eine Stelle am Boden, auf die er normalerweise eine abgezählte Menge Steine legte. Nach jeder Runde auf dem Sandweg schubste er einen davon wieder weg. Ein Verfahren, vor langer Zeit ersonnen, um sich, was die Gesundheitsspaziergänge betraf, zu disziplinieren. Über Jahre hatte er die Zahl in eine Liste eingetragen, mit dem Ziel, Korrelationen, ja möglicherweise Kausalitäten zwischen den abgeleisteten Meilen und seinem Schlafvermögen einerseits oder den Übelkeiten andererseits festzustellen.

Charles fixierte das Fleckchen Erde und gestand sich ein, dass ihm diese Statistik nie recht gelungen war. Plötzlich riss er sich den Hut vom Kopf. Wohltuend strich der kühle Wind um seinen nass geschwitzten Schädel. Statt Steine hinzulegen, scharrte er mit der Stockspitze im Boden herum, während ihm der Schweiß die Schläfen hinunterlief. Polly schaute nervös, knurrte die Stockspitze an, tippelte konfus ein paar Meter vor und kam wieder zurück.

Es hatte Zeiten gegeben, da bestand Doktor Beckett auf zehn Sandwegrunden täglich. Und es hatte Zeiten gegeben, in denen die Anzahl der Steine keineswegs die Wirklichkeit abbildete. Als die Erinnerung in ihm aufstieg, lächelte er. Er hatte erst viel später von diesem Spiel der Kinder erfahren. Es war darum gegangen, kaum dass der zerstreute Vater um die nächste Kurve verschwunden war, wieder einen Stein dazuzulegen. Um sich dann, versteckt hinterm Busch, diebisch zu freuen, wenn dieser sich wunderte, den Kopf schüttelte und widerwillig eine weitere Runde anhängte. Vor allem die kleine Annie war es gewesen, die an diesem Verwirrspiel einen Heidenspaß hatte.

Der Gedanke an die Tochter versetzte ihm einen Stich. Von allen Kindern hatte er Annie am zärtlichsten geliebt. Sie verfügte über die Gabe, ihn auch in dunkelsten Stimmungen zu erheitern. Steckte er mit seiner Arbeit im Morast und zweifelte, aus diesem je wieder herauszufinden, gelang es ihr im Handumdrehen, ihn mit ihrem glucksenden Lachen anzustecken. Mit beiden Zeigefingern drehte sie dabei ihre goldblonden Löckchen. Kaum war es ihr gelungen, ihn zum Lächeln zu bringen, schmiegte sie den Kopf an seinen Hals und drehte ein paar seiner Haare um ihre Finger.

Ihren frühen Tod hatte er nie verwunden. Tag und Nacht hatte er am Krankenbett verbracht, ihren Bauch massiert und zum allerletzten Mal gebetet.

Das Grab besuchte er nie. Noch immer fürchtete er, den Halt zu verlieren und Gesicht voraus auf die Grabplatte zu stürzen. Es verging kein Tag, an dem er nicht an sie dachte.

Die beiden Spaziergänger setzten sich wieder in Gang, und das Eichhörnchen sprang von Zweig zu Zweig. Gereizt schaute Polly ihm hinterher, bis es, in der Baumkrone angekommen, auf einem dünnen Ast herumturnte, der sich gefährlich bog.

Das Aufsetzen des Stocks hatte seinen Takt verloren. Die Hündin, ein paar Meter voraus, spitzte die Ohren. Dann wich das helle Ticken einem dumpfen Zermalmen von Sandkörnern, da Charles sich bei jedem Schritt ein Weilchen aufstützte. Polly drehte unschlüssig den Kopf und machte schließlich kehrt.

Er blieb stehen, lockerte den Schal, zupfte an seinem Hemdkragen und riss ihn auf. Ihm war heiß. Doch schon im nächsten Moment fröstelte er. Er setzte den Hut wieder auf, zog den Schal fester um seine Schultern und atmete durch den geöffneten Mund.

Von oben schaute das Eichhörnchen auf ihn herab. Charles schaute zurück. Dann verlor sich sein Blick in den herbstlichen Farben der Buchenblätter. Und mit ihnen verlor sich die Zeit. Er war wieder jung, seine Kinder tauchten auf und spielten zwischen den Eichen, Birken und Haselnusssträuchern.

Polly begann, unruhig zu tippeln. Vor und zurück, während Charles zusah, wie die Kinder als kleine Horde zwischen den Bäumen hervorrannten und nacheinander mit der Hand an sein Knie schlugen, als ob sie Fangen spielten, und eines nach dem anderen wieder abdrehten.

Er hatte es durchaus gemocht, seine Kinder herumtollen zu sehen. Am meisten allerdings, das musste er zugeben, wenn sie, tobenderweise, ein wenig auf Distanz geblieben waren und ihn, grübelnderweise, in Ruhe gelassen hatten. Denn der Sandweg war, weit mehr noch als für die Gesundheit, zum Sinnieren da. Hier hatte er über unzählige Probleme nachgedacht und manche Lösung gefunden.

Als Charles diesen Pfad vor Jahrzehnten anlegen und mit Bäumen und Büschen hatte säumen lassen, war ihm die richtige Distanz zum Haus eine Herzensangelegenheit gewesen. Der Sandweg musste genau so weit weg sein, dass er in Ruhe gehen konnte, doch nah genug, um keinen der gefürchteten Ausflüge machen zu müssen. Mit der Zeit hatte er ein geradezu ängstliches Verhalten gegenüber jeder Entfernung von zu Hause entwickelt.

Es hatte Tage gegeben, da wirkte sich bereits ein gewisser Abstand zu seinem Bett in einer Weise aus, die hinderlich war. Reisen, auch die kleinsten, brachten ihn aus der Fassung und wurden so gut es ging vermieden. Außerdem war Charles der Meinung, dass die fünfjährige Weltumsegelung genug Unruhe in sein Leben geschwemmt hatte.

Mit einem Sack voller Fragen war er danach von Bord gegangen. Fragen, auf die er zu Beginn seiner Reise Antworten gehabt hatte. Doch diese waren von Ozean zu Ozean zerbröselt wie alter Schiffszwieback.

Hektisch kreiste Polly um seine Beine und stupste ihn mit der Schnauze ans Schienbein. Charles lachte auf, was Polly zu einer Vollbremsung veranlasste. Das Cape baumelte schlaff über seinen Armen herab. In der Luft lag der Geruch von feuchter Erde. Er keuchte. Dann schüttelte er den Kopf und lachte erneut.

Über den Stock gebeugt, ging er ein paar Schritte weiter, blieb an einem alten Pfosten stehen und stützte seine Hand darauf. Die Oberfläche war nass vom Morgentau, und das morsche Holz gab nach. Eine Spinne hatte zwischen Pfahl und Haselnussstrauch ihr Netz gewebt, das, soeben noch in der Sonne glitzernd, nun das Matte und Graue der Wolken annahm, die sich über Downe versammelten und Regen ankündigten.

»Ich habe mein ganzes Leben gearbeitet wie ein Pferd. Oder, wenn dir das lieber ist, wie ein Esel.« Polly war ratlos und setzte sich hin, das Gesicht nach oben gerichtet, die Augen weit auf. »Nie war ich glücklich. Außer bei der Arbeit.« Polly wusste nicht recht, ob sie wieder aufstehen sollte oder doch lieber warten. Dann sagte er plötzlich: »Hättest du etwa geglaubt, dass sie mich doch noch ehren?« Polly legte den Kopf schief.

Charles meinte die Universität Cambridge, die ihn, mindestens zwanzig Jahre zu spät, zum Ehrendoktor machte. »Ach, Polly, wie konnte ich dich an diesem wichtigen Tag nur zu Hause lassen? Stell dir vor, du hättest mich begleitet! Mit stolz erhobenem Schwanz wärst du neben mir her getippelt. Ich hätte dir natürlich zuvor eine goldene

Schleife ans Halsband gebunden. Und am anderen Tag hätte die *Times* gemeldet: ›Darwin erschien zur Zeremonie mit Hund.‹«

Es ging ihm etwas besser, und die Feier begann wie ein Bilderreigen an ihm vorbeizuziehen. Dieser Tag war, wenn er es sich recht überlegte, der siegreichste seines Lebens gewesen. Da seine Knie zitterten, beschloss er, noch ein wenig bei dem Pfosten stehen zu bleiben.

Panische Freude hatte ihn befallen, als die Nachricht aus Cambridge eingetroffen war. Kaum hatte sein ältester Sohn das Telegramm gelesen, fing er an, auf seinen Vater einzureden. Man werde alles tun, um ihn in die Lage zu versetzen, dass er diese Ehrung persönlich entgegennehmen könne. Denn viel zu viele Auszeichnungen seien ihm bereits in Abwesenheit zuteilgeworden: der Orden Pour le Mérite des preußischen Königs; die Aufnahme in den erlauchten Kreis der Akademie der Wissenschaften in Sankt Petersburg; der Ehrendoktor in Bonn. Aber Cambridge? Da müsse er hin, egal wie. Das waren Williams Worte gewesen. Wie recht er doch hatte!

Und so kam es, dass er noch einmal in einen Zug stieg, um dorthin zu fahren, wo er ein halbes Jahrhundert zuvor seinen Bachelor absolviert hatte. In der Absicht, Pfarrer zu werden. Landpfarrer, um genauer zu sein. Denn ihm schwebte schon damals ein riesiger Garten vor.

Aufgestützt auf Pfosten und Stock, fragte er sich, ob er seinem Sohn gedankt hatte. Er würde es so bald wie möglich nachholen. Nicht nur seine Idee mit der Lokomotive war ausgezeichnet gewesen. Die ganze Reise klappte wie am Schnürchen. Sosehr er sich auch zur Wehr gesetzt hatte. Und der Rest, oh ja, der Rest war einfach großartig gewesen.

Er drückte mit der Faust auf die Herzseite seiner Brust, als könnte er so im tiefen Innern etwas auflösen, was ihn verstopfte. Die fauchende Lok stand ihm klar vor Augen. Auch der Waggon, der für die Familie bereitgestellt worden war. Sein Herz pochte wild und unregelmäßig.

Zehn Meilen von Downe entfernt war man eingestiegen, und erst in Cambridge stieg man wieder aus. Was nur dadurch möglich war, dass eine eigens für diesen Zweck gemietete Lok den Waggon von ihrer Bahnlinie abholte, ihn quer durch London verschob, um ihn nach dieser Verschiebung wieder an einen Zug, dieses Mal einen in Richtung Cambridge, anzuhängen. Das Ganze am Abend wieder retour. Charles lächelte, und Polly wedelte mit dem Schwanz.

Es hatte ein Vermögen gekostet. Aber er hatte von Fremden unbeobachtet im Waggon auf und ab gehen können, um seiner Anspannung Herr zu werden. Ohne die Beruhigungsmittel allerdings, die ihm Doktor Beckett mit auf die Reise gegeben hatte, hätte er diese Tortur nicht überstanden. Polly drehte eine Runde um seine Füße und setzte sich wieder hin.

Charles rümpfte die Nase. Noch immer hatte er den üblen Geruch dieser Kräutermischung in der Nase, die vom mitreisenden Hausmädchen abgemessen, nach exakt sieben Minuten abgegossen und ihm portionsweise in einem kleinen silbernen Becher gereicht wurde. Zweimal pro Stunde hatte er die stinkende Brühe schlückchenweise hinuntergewürgt. Die Hand auf dem Stock zitterte. Er schwitzte. Ja, die Mischung hatte gewirkt. Mit jeder Meile war er ein wenig ruhiger geworden.

Polly winselte, ihr war das Verharren an diesem morschen Pfosten nicht geheuer. Doch sie fand kein Gehör.

Stattdessen lauschte Charles den Glocken, die läuteten, nachdem er pünktlich in Begleitung seiner Familie auf dem Campus seiner alten Universität eingetroffen war. Das Senatsgebäude war festlich beflaggt. Und er schritt, flankiert von Kanzler und Vizekanzler, Richtung Festsaal. Gehüllt in einen scharlachroten Talar und auf dem kahlen Haupt die schwarze Samtmütze mit goldener Kordel und Quaste. Er nahm den Hut ab, die Haare klebten am Kopf. Er bekam zu wenig Luft, und sein Puls war unregelmäßig. Polly rückte näher an ihn heran und legte die Schnauze auf seinen Fuß.

Noch einmal erlebte er, wie er mit klopfendem Herzen durch die Tür des Saales trat. Eine Trompetenfanfare begrüßte ihn, samt begeisterter Schreie und Pfiffe, die alles in den Schatten stellten, was diese ehrwürdige Aula jemals erlebt hatte. Es wurde geklatscht, gerufen, geschrien, getrampelt, gewunken. Der Saal war überfüllt, die Studenten saßen überall, auf Geländern, Treppenstufen, sogar auf Statuen und allen Fensterbänken. Charles liefen die Tränen herunter. Polly rückte noch näher an ihn heran.

Der tumultartige Empfang hing, das gab er gern zu, nicht nur mit seiner Person zusammen, sondern auch mit einem Affen, der an Schnüren von der Decke baumelte. Was für ein Anblick! Die Schmerzen in seiner Brust wurden heftiger. Er beugte sich über den Pfosten. Und hatte das Bild vor sich, wie der Assistent des Kanzlers mit hochrotem Kopf auf eine eilends herbeigeschaffte Leiter stieg und die Puppe herunterangelte. Charles meinte sich zu erinnern, dass die anwesenden Professoren der theologischen Fakultät währenddessen die Münder spitzten. Nach wie vor war ihnen diese pelzige Verwandtschaft zuwider.

Charles fror am Kopf, er setzte den Hut wieder auf, was

Polly als Signal zum Aufbruch deutete. Sie sprang auf, doch er blieb stehen. Sie setzte sich wieder hin.

Der Kanzler ergriff das Wort, um seine Leistungen zu rühmen. Trotz der engen Brust konnte es nichts Schöneres geben, als dieser ehrenden Bilanzierung von höchster Stelle noch einmal zuzuhören.

Erneut legte Polly ihre Schnauze auf Charles' Fuß, zunächst auf den linken, und bettete sie unschlüssig auf den rechten um. Nicht ohne dazwischen nach oben zu schauen. Doch Charles beachtete die Hündin nicht. Schwitzend repetierte er sein Leben. Gerade ließ er den Kanzler am Katheder noch einmal seine Werke zitieren, in denen all seine Lieblinge auftauchten: bohrende Rankenfüßer, indische Buckelochsen, Insekten vertilgender Sonnentau, rankende Leguminosen, riffbauende Korallen und grabende Regenwürmer.

Der Kanzler ließ nicht unerwähnt, dass der Gepriesene für seine Forschungen sogar bereit gewesen war, ordentliches Mitglied eines Taubenzüchtervereins zu werden. Charles dachte an die Sache mit dem Morgenmantel. Arme Emma! Es drückte in seinem Herzen. Die ehrenden Worte verebbten. Da fingen die Studenten an zu johlen und sprangen von den Sitzen. Charles schlug sich mit der Faust gegen die Brust, er hatte stechende Schmerzen. Polly sprang an ihm hoch und bellte.

Die Nationalhymne erklang, gesungen vom Chor der Universität. Der ganze Saal stimmte ein. Charles hörte das Bellen nicht und weinte. Hatte er nicht unlängst geklagt, dass ihn Musik, anders als früher, nicht mehr erreichte? Dass seine Seele vertrocknet war? Emma, meine Liebe, hatte er geflüstert, ich bin, außer in der Wissenschaft, längst ein welkes Blatt.

Charles nahm seine Hand vom Pfosten, wischte sich die Tränen aus den Augen und entschied, keine Runde auf dem Sandweg zu drehen. Er kehrte um. Der Druck auf der Brust hatte nachgelassen. Noch etwas wackelig auf den Beinen, setzte er Schritt vor Schritt. Polly ging bei Fuß.

Kaum waren sie beim Rasen vor dem Haus angekommen, verließ Polly, einer alten Gewohnheit folgend, den Weg und umkreiste einen Stein, ohne ihm zu nahe zu kommen. Sie zeigte darin eine jahrelang geübte Meisterschaft. Denn was den Mühlstein betraf, war Charles unerbittlich. Es handelte sich um eine akkurat behauene und trotz ihres Alters noch kreisrunde Granitscheibe, die im Gras lag wie ein verlorenes Rad. Der Stein war tabu gewesen für die spielenden Kinder, später für seine Enkel und leider auch für Polly, die nicht einmal daran schnuppern durfte.

Charles schaute Polly hinterher. Und folgte ihr nicht. Die Arbeit war erledigt. Die Resultate der 40-jährigen Forschung lagen auf dem Mahagonitisch. Damals hatte er diesen Mühlstein von zwei Männern des Dorfes aus einer alten Getreidemühle bringen und dorthin legen lassen, um nach allen Regeln der Vermessungskunst zu registrieren, wie dieser allmählich in den Boden sank. Bewerkstelligt durch die unermüdliche und sehr langsame Tätigkeit der Regenwürmer.

Wenn die Kinder beim Toben im Garten den angeordneten Bogen um den Stein machten, taten sie es in dem Bewusstsein, die Würmer nicht zu stören, die, wie ihnen erklärt worden war, dort zu Hause waren und ihr Tagwerk verrichteten. William war untröstlich, als er, zwölfjährig, vom Gärtner erfuhr, dass unter der gesamten Rasenfläche Regenwürmer lebten und er somit feststellen musste, dass er seit Jahren unzähligen Würmern auf dem Kopf herumgetrampelt war. Hatte er doch geglaubt, ihre Wohn- und Wirkstätte sei lediglich unter dem Wurmstein, und hatte diese deshalb aufs Liebevollste geschont.

Nun also hatte Charles die Geschwindigkeit, mit der der Wurmstein sank, der Öffentlichkeit endlich preisgegeben: Sie betrug 2,2 Millimeter pro Jahr, wobei die Tiefe des Versinkens im direkten Verhältnis zum Fleiß der Würmer stand und rein gar nichts mit dem Gewicht des jeweiligen Steines zu tun hatte. All das war in dem Buch festgehalten, das im Wohnzimmer auf ihn wartete.

Plötzlich sprang Polly auf. Setzte zu einem verbotenen Sprung über den Wurmstein an, streifte mit den Hinterpfoten den Rand des Granits, jaulte kurz auf, ließ sich aber nicht ablenken von ihrem Ziel, schoss auf Charles zu, der ins Wanken geraten war und umzukippen drohte. Mit weißen Knöcheln umklammerte er den Knauf seines Stocks, strauchelte erneut, schaffte es jedoch hin zur Eiche, die in der Nähe stand. Er lehnte sich an und japste nach Luft. Sein Gesicht vom Schmerz verzerrt, die Augen unter den buschigen Brauen weit aufgerissen. Fahrig nestelte Charles mit der linken Hand am Gehrock herum. Er versuchte die Knöpfe zu öffnen. Zumindest schaffte er es, seinen Schal mit zittrigen Fingern zu lösen, der auf den Rasen hinabsegelte.

Mit einem Sprung war Polly bei ihm, stupste ihn am Knie, hob den Schal auf und rannte, mit der flatternden blauen Seide auf beiden Seiten ihres Mauls, Richtung Haus.

Charles taumelte von der Eiche zur Buche, lehnte sich erneut an und nahm den Weg über den Rasen von Baum zu Baum im Zickzack wie ein Segelboot, das bei Sturm in Seenot geraten war, ein überforderter Skipper am Ruder, der, gleichzeitig mit Wassereinbruch und Wellen kämpfend, durch ungeschickte Wenden und katastrophale Halsen die Lage noch verschlimmerte, aber alles daransetzte, den rettenden Hafen zu erreichen.

Er schaffte es zitternd wie Espenlaub bis zum Hauseingang, aus dem Emma in Begleitung von Polly hastete, und brach in ihren Armen zusammen.

Es wurde nach Doktor Beckett geschickt, der eine halbe Ewigkeit nicht kam. In Wahrheit war er so schnell gekommen, wie es ihm möglich gewesen war und so lange das Rumpeln mit der Kutsche über die Landstraße nach Downe eben dauerte. Doktor Beckett eilte zum Patienten, den man mittlerweile auf das Sofa des ebenerdig liegenden Arbeitszimmers gebettet hatte.

Zwei Mädchen des Hauspersonals standen aufgeregt an der Tür, um auf Anweisungen zu warten, dieses und jenes herbei- oder fortzuschaffen. Charles war außer sich vor Angst, klammerte sich an Emmas Arm, die, den eigenen Schrecken zurückdrängend, ihre beruhigende Stimme einsetzte und wie eine Gebetsmühle den immer gleichen Satz wiederholte: »Alles wird wieder gut. Alles wird wieder gut.« Sie sprach mit ihm wie mit einem kranken Kind, wischte seine Stirn und strich ihm durchs weiße Haar.

Doktor Beckett zog den Korken aus einem Glas mit Kapseln und versicherte, das darin enthaltene Amylnitrit werde schnell helfen. Es sei das Mittel der Wahl, das heutzutage gegen Angina Pectoris angewendet werde.

Die Diagnose erläuternd, ergänzte er, Darwins Herzkranzgefäße seien verengt, einige schienen ihm verschlossen, was man aus den Symptomen schließen müsse. Sie würden nun dank der Kraft des Nitrits schnell wieder erweitert.

Seine Ausführungen, dass das Resultat aufgrund eines leichten Sprengeffektes erzielt werde, versetzte nun Emma ihrerseits in helle Aufregung. Während Charles' Forschergeist zum Leben erwachte. Wobei ihm lieber gewesen wäre, er hätte die Sprengkraft dieser Verbindung im Reagenzglas beobachten können, statt ihr seine Adern auszusetzen.

Doch kaum war sein Interesse an der chemischen Formel erwacht, plagte ihn eine neue Angst. War nicht auch der Sprengstoff, den Alfred Nobel erfunden hatte, eine Stickstoffverbindung? Er erinnerte sich an den erst kürzlich gefeierten Alpendurchstich durch das Schweizer Gotthardmassiv mittels dieses explosiven Stoffes, dessen Name ihm gerade entfallen war. Ihm wurde schwarz vor Augen.

Doktor Beckett schlug ihm mehrfach auf die blassen Wangen. Darwin murmelte etwas nur halb Verständliches über den Bruder von Alfred Nobel, der bei einer Explosion des Sprengstoffs einen tragischen Tod erlitten habe. Beim Wort »zerfetzt« schloss er die Augen, was ihm Doktor Beckett nicht durchgehen ließ. Streng gab er Anweisung, die Augen offen zu halten. Was sie jetzt nicht brauchen könnten, sei eine Ohnmacht aufgrund seiner angstgetriebenen Vorstellungskraft, um nicht zu sagen: aufgrund von Hirngespinsten. Er werde ihm die Substanz schließlich nicht kiloweise verabreichen.

Der Patient hoffte, mit einem inständig geflüsterten »bitte« auf angemessene Dosierung, so dass seine alten Adern, die ihm wie brüchige Schläuche vorkamen, die angekündigte Sprengkraft aushielten.

Emma schickte ein lautes Gebet zum Himmel, gegen das sich Charles nicht zur Wehr setzte. Er biss auf die Kapsel, schmeckte die süßliche Flüssigkeit und sank ins verschwitzte Kissen zurück.

Plötzlich rötete sich Charles' Gesicht, was Doktor Beckett hoch erfreute. Mit einem gewissen Stolz in der Stimme gab er bekannt, dass das Medikament die Gefäße bereits erweitert habe, was man am Blutzufluss im Gesicht sehen könne, und er sei sicher, dass der Anfall vorüber sei.

Dann machte sich Doktor Beckett an einer Holzkiste zu schaffen, die er von Joseph hatte aus der Kutsche holen lassen. Darin stand ein Gerät, in samtene dunkelgrüne Tücher gewickelt. Zunächst musste es ausgepackt und in Position gebracht werden.

Es handelte sich um eine gegen Stöße empfindlich reagierende Maschine mit diversen von Messingschräubchen zusammengehaltenen Holzschienen samt einem zarten Hebelarm mit länglicher Spitze und einem kompliziert einzuspannenden Papierstreifen, kurz: den modernsten Pulsschreiber in ganz England, den Doktor Beckett vor wenigen Wochen aus Frankreich hatte einführen lassen.

Es war nicht einfach, dieses Gerät am Unterarm des Patienten zu befestigen, so dass ein sensibles Plättchen direkt auf der pulsierenden Stelle der Arterie zu sitzen kam. Es entging Emma nicht, dass Charles' wissenschaftliches Interesse an der Apparatur seinen Zustand weiter verbesserte.

Nachdem Doktor Beckett unter Aufbietung allen Fingerspitzengefühls die Lederriemchen festgezurrt hatte, befreite er das Hebelärmchen aus seiner metallenen Verankerung, und das Kunstwerk fing auf der Stelle an, leise quietschend seine Aufgabe zu erfüllen.

Die Arterie, die sich naturgemäß abwechselnd ausdehnte und kontrahierte, versetzte das kleine Plättchen in Schwingung, was wiederum den Hebelarm in Bewegung brachte und so die Arbeit der Arterienwand in eine wellenförmige Linie auf den Papierstreifen übersetzte.

Die zittrigen Berg- und Talfahrten verhießen schon rein optisch nichts Gutes. Um die Herzfrequenz des Patienten und dessen Blutdruck war es schlecht bestellt. Den Blick auf die von seinem Körper produzierten Wellenlinien geheftet, ging es Charles wieder schlechter. Seine Stirn begann, erneut Schweißperlen zu produzieren, die Emma geduldig mit einem Taschentuch abtupfte.

Doktor Beckett ordnete Senfwickel an. Die Hausmädchen kannten die Rezeptur, denn der Doktor war ein Freund des Senfmehls und auch bei anderen Erkrankungen von dessen Wirkung überzeugt, weshalb es im Hause Darwin meist vorrätig war.

Als sie mit dem warmen Wickel in einer Schüssel aus der Küche zurückkehrten, legte der Arzt gerade eigenhändig drei Kügelchen *Nux vomica* auf Darwins Zunge, nicht ohne laut festzustellen, dass deren Farbe ihm gar nicht gefiel.

Die beiden Mädchen stellten die Schüssel neben das Sofa und verließen sodann den Raum, wozu Emma sie aufgefordert hatte. Sie wollte nun selbst Hand anlegen, um Charles' Schamgefühl nicht zu verletzen. Emma cremte seine Brust und Achselhöhlen mit Vaseline ein, damit das scharfe Senfmehl seine Haut nicht reizte.

Während dieser Prozedur verabschiedete sich Doktor Beckett und kündigte an, am Abend noch einmal vorbeizuschauen. Er stellte den Pulsapparat mit großer Sorgfalt in die Holzkiste zurück, ließ das Schloss zuschnappen und versprach, das Gerät wieder mitzubringen und seine Messungen zu wiederholen.

Als er am Abend wiederkam, lag Darwin friedlich da. Kein neuer Anfall hatte ihn geplagt. Im Gegenteil, er hatte ein wenig geschlafen. Doktor Beckett setzte sich zu ihm und erklärte, dass er diese Herzkapseln ab sofort immer nehmen solle, sobald ihn eine Enge-Attacke überfalle. Er holte gerade die Tabletten aus seiner Jackentasche, als Darwin sagte: »Marx war hier.«

Doktor Beckett war derart verblüfft, dass ihm der Mund offen stand.

»Ja, stellen Sie sich vor. Er war hier.«

»Sie halten mich zum Narren. Das kann ich nicht glauben.«

»Doch, es stimmt. Sein Schwiegersohn, ein gewisser Aveling, mit dem ich wegen eines Buchs in Kontakt stand, hat ihn zum Dinner mitgebracht. Ich wusste nichts von dieser familiären Verbindung.«

»Ich verstehe nicht ganz. Wenn ich nachfragen darf, aus welchem Anlass haben Sie zum Dinner geladen?« Beckett klang verschnupft.

»Die Herren kamen vom Kongress der Freidenker in London, über den alle Welt berichtet hat. Dessen Präsident, ein in Deutschland recht bekannter Büchner, legte offenbar Wert darauf, mich kennenzulernen. Glauben Sie mir, ich wusste nicht, welcher Schwiegervater da mitkommen würde. Ich war mindestens so überrascht, wie Sie es jetzt sind.«

»Bei dem Dinner wäre ich gern dabei gewesen.«

»Ich lieber nicht. Glauben Sie mir, Sie haben nichts verpasst. Der Abend war grotesk.«

»Inwiefern?«

»Nun ja. Die einen konnten schlecht Englisch. Die anderen schlecht Deutsch. Schließlich ist unser Priester vom Stuhl gekippt.«

»Sie scherzen.«

»Leider nicht.«

»Dann sagte ich Marx noch, er sei kein Materialist, sondern ein Idealist.«

»Sie werden doch nicht etwa …?«

»Nein, keine Sorge. Ich habe ihm nicht vorgehalten, dass er in Wahrheit ein maskierter Moses ist. Dem armen Mann ging es gesundheitlich viel zu schlecht.«

Darwin wurde weiß. Er würgte. Beckett sprang auf, rief nach Joseph und legte beruhigend seine warmen Hände auf Darwins Rücken.

»Könnten Sie bitte das Fenster aufmachen? Ich brauche Luft.«

»Haben Sie wieder den Druck auf der Brust?«

Charles schnaufte schwer und nickte.

»Versuchen Sie, regelmäßig zu atmen. Ich gebe Ihnen gleich eine Kapsel. Doch Ihr Magen muss zunächst zur Ruhe kommen.«

Emma stürzte zur Tür herein, gefolgt von Joseph, der zielstrebig zum Vorhang ging und hinter diesem verschwand. Es handelte sich um ein Separee mit Spucknapf, Handtüchern, Servietten und einer großen Karaffe, die immer mit frischem Wasser und ein paar Minzblättchen gefüllt war. Dem Butler oblag es seit Jahr und Tag, darauf zu achten, dass sich dieses Separee im Arbeitszimmer seinem Herrn im gepflegten Zustand präsentierte. Denn nichts war dem zu Stille und Unauffälligkeit neigenden Charles peinlicher als sein jämmerlicher Magen.

Emma schaute mit sorgenvollem Blick zu Doktor Beckett. Der zuckte mit den Schultern.

»Wann hört das endlich auf? Ich kann diesen Magenzustand nicht mehr ertragen. Lieber will ich sterben.« Der übliche Schluckauf setzte ein, weshalb Doktor Beckett ihm die Hand aufs Zwerchfell legte.

Wenig später zerbiss Darwin, ohne im Geringsten zu opponieren, die Kapsel, lehnte sich zurück und schwieg. Nach einigen Minuten kam etwas Farbe in seine Wangen. Doktor Beckett wünschte ihm eine gute Nacht. Sie drückten sich lange die Hand.

Der Tod und die Wette

Der Winter war lang. Und die Alten von Downe rieben ihre Gelenke. Noch immer fiel nasser Schnee. So auch am frühen Morgen des 18. April 1882, als ein Splittern und Krachen Emma aus dem Schlaf riss. Sie stürzte ans Fenster und sah die klaffende Wunde im Stamm der Eiche. Ein weitverzweigter Ast war unter seiner Last gebrochen. Braune Blätter, Zeugen eines längst vergangenen Sommers, die sich noch immer an den Zweigen festgehalten hatten, lagen nun, zerrupft vom zunächst rutschenden, dann stürzenden Schnee, im grauen Sulz.

Seit Wochen hoffte Emma auf besseres Wetter, denn vielleicht könnte eine Natur, die sich wieder aufrappelte, auch Charles ein wenig beleben. Doch das Gras, das hie und da in Gestalt triefend nasser Büschel aus dem Frühlingsschnee ragte, war schlaff und schwer.

Die Nase an der Scheibe, die vom bettwarmen Atem beschlug, schickte Emma ein Gebet zum Himmel. Sie wusste nicht, dass Charles ein Stockwerk tiefer ebenfalls am Fenster stand.

Als sie wenig später die Treppe hinunterging, hinkte Polly gerade aus dem Arbeitszimmer Richtung Salon. Sie begrüßten sich und traten gemeinsam durch die Tür. Charles löste seinen Blick von der Eiche und sagte: »Guten Morgen, meine Damen.«

»Bist du schon lange wach?«

»Ich habe die ganze Nacht kein Auge zugetan.«

»Mein Ärmster. Sicherlich irrst du dich. Du bist bestimmt zwischendurch eingenickt.«

»Nein. Ich habe wach gelegen. Und ich musste immer wieder aufstehen, weil ich im Liegen keine Luft bekommen habe.«

»Hast du Herzschmerzen?« Emma nahm ihn in die Arme. Er war dünn geworden.

»Seit Stunden geistere ich schon durchs Haus, ich kann nicht ruhig sitzen, obwohl ich sterbensmüde bin. Die Schmerzen kommen in Wellen.«

Mit kalten Fingern kraulte er ihren Nacken. »Kannst du mir verraten, warum die Uhren heute so quälend langsam gehen? Ich bin nämlich nur hereingekommen, um nachzuschauen, ob die hier schneller über die Stunden hinwegkommt als die in meinem Arbeitszimmer.«

Emma lächelte. Mit dieser Art, leise und gleichsam traurig zu scherzen, hatte er sich als junger Mann in ihr Herz geschlichen.

»Hast du gesehen, was im Garten passiert ist? Jetzt ist sogar die Eiche ein Invalide. Dieser elende Schnee. Weißt du noch, wie viel kleiner sie da mitten in der Wiese stand, als wir vor vierzig Jahren – oder sind es schon einundvierzig? – hier eingezogen sind?«

Die geisterhafte Blässe wurde durch das milchig kalte Licht, das durch das Fenster seitlich auf sein Gesicht fiel, noch gesteigert. Emma legte ihm die Hände auf die Schultern und lehnte den Kopf an seine Brust. So standen sie still, während Polly sich zu ihrer beider Füße setzte und ein wenig jammerte. Nur durch die Scheibe vom fallenden Schnee getrennt, frösteltén sie gemeinsam.

»Lass uns Tee trinken. Ich bitte Joseph, uns welchen zu

bringen. Mit ein wenig Toast. Ich nehme an, er ist schon auf. Außerdem soll er dafür sorgen, dass eins der Mädchen im Kamin Feuer macht.«

Als habe er ihre Worte gar nicht gehört, sagte Charles: »Emma, mein Täubchen, ich fürchte, ich habe keine Kraft mehr, weiterzuforschen. Aber ohne Arbeit bin ich nicht glücklich. Heute Nacht wurde mir klar, dass ich mich auf den Friedhof von Downe freue. Er schien mir der süßeste Ort auf Erden.«

Diese Sätze schlugen Emma nieder. Obwohl sie längst bemerkt hatte, dass die Saubohnen herrenlos vor sich hin wucherten. Seine letzte kleine Arbeit hatte vor ein paar Wochen einem Wasserkäfer gegolten. Sie wusste nicht mehr darüber, als dass das Tierchen mit der Post gekommen war und Charles sich über diesen Fund eines jungen Mannes herzlich gefreut, ja sogar eine kleine Korrespondenz mit ihm begonnen hatte.

Am Nachmittag schlug der eiserne Klopfer gegen die Haustür. Mit großer Wucht. Viermal. Ein untrügliches Zeichen, dass Francis Galton Einlass begehrte. Was er einmal angefangen hatte, und sei es in jungen Jahren, das trieb er ein Leben lang. Galton pflegte die Meinung, ein Mann zeichne sich durch Marotten aus.

Kaum hatte er seinen Mantel ungestüm wie immer auf Josephs Arm abgelegt, rief er noch im Flur seinem Vetter, der mit einem Deckchen auf den Knien im Wohnzimmersessel saß, die Füße auf dem gepolsterten Hocker, Worte der Begrüßung zu. Galton eilte mit großen Schritten herein, ließ die Tür ins Schloss fallen, beschwerte sich über diesen kalten April und bat Charles, doch sitzen zu bleiben, obwohl dieser gar keine Anstalten gemacht hatte, aufzustehen und gerade hatte sagen wollen, dass er ein wenig schwach sei. Galton zog den zweiten Sessel heran und ließ sich mit einem Seufzer hineinfallen.

»Du hast dich nicht verändert, du polternder Esel«, sagte Charles.

»Du schon, du armer Esel. Bist etwas blass um die Nase. Man hat mir gesagt, deine Gesundheit sei angegriffen, und da wollte ich doch einmal nach dir schauen. Außerdem vermisse ich deine Briefe.«

Francis griff beherzt nach Charles' Hand. Dann reichte er ihm ein kleines Päckchen und bestellte Grüße von Thomas Huxley. Mit kraftlosen Fingern versuchte Charles, das dick gewickelte Packpapier samt festgezurrter Kordel zu entfernen, und befreite endlich, nach einigem Rupfen und Reißen, die neueste Ausgabe von *Nature*. Ein stolzes Lächeln huschte über sein Gesicht, als er seinen Namen las.

»Das ist durchaus eine reizende kleine Geschichte, die du da geschrieben hast. Wobei es ein wenig übertrieben ist, dich für eine launige Notiz groß vorne anzukündigen«, sagte Francis, dem es weder mit seinen Studien zur Erforschung des Fingerabdrucks im Dienste der Kriminalistik noch mit seiner Statistik zur Wirksamkeit von Gebeten gelungen war, in *Nature* veröffentlicht zu werden. »Ich soll dir von deinem Freund Huxley bestellen, dass dein Berichtchen bei ihm und den anderen Herausgebern heiteren Anklang gefunden hat und sie erfreut waren, wieder einmal etwas von dir zu drucken.«

Joseph brachte Tee und Gebäck, die Vettern bedankten sich, und Charles blätterte durch das Heft und machte bei seinem Artikel halt. »Hast du gewusst, dass sich diese zweischalige Muschel am Bein eines Wasserkäfers festhält, um sich huckepack zum nächsten Teich fliegen zu lassen? Das ist keine Kleinigkeit.«

»Nein, keine Kleinigkeit«, nuschelte Francis, der sich gerade die Zunge am heißen Tee verbrannt und einen spitzen Fluch ausgestoßen hatte.

»Solche blinden Passagiere gibt es übrigens nicht nur in Mittelengland. Erinnerst du dich an meine Untersuchungen zur Verbreitung der Arten rund um den Erdball?«

»Rund um den Erdball? Nein.«

»Du wirst vergesslich, mein Lieber. Ich hatte doch damals mein ganzes Arbeitszimmer vollgestellt mit Gläsern und Schalen, um herauszufinden, ob Samen in Salzwasser überleben können. Und wenn ja, wie lange. Die entscheidende Frage war, reisen Samen über die Meere und kolonisieren Inseln?«

»Kolonisieren Inseln?«

»Natürlich tun sie das. Pflanzen und Tiere reisen. Sie reisen allein. Sie reisen in Gruppen. Sie lassen sich befördern.«

»Das bringt Bewegung in die Sache.«

»Du sagst es.«

Sie schwiegen, Charles musste atmen, Francis schlürfte seinen Tee.

»Du glaubst nicht, wie es hier gestunken hat. Überall fauliges Brackwasser. Und weißt du was? Pfeffer konnte noch nach fünfmonatiger Marinierung keimen wie am ersten Tag.«

Francis rümpfte die Nase. »Wie am ersten Tag. Erstaunlich. Charles, du siehst wirklich blass aus. Wie geht es dir?«

»Lassen wir das, Francis. Ich bin dem Tod heute näher als gestern.«

Sie schwiegen eine längere Weile, während das Feuer

im Kamin knisterte und knackte. Dann ergriff Galton das Wort. »Charles, ich möchte etwas mit dir besprechen. Du hast mir vor einigen Jahren von deiner Angst geschrieben, als ›Kaplan des Teufels‹ in die Geschichte einzugehen. Kürzlich fiel mir dieser Satz wieder ein. Du fühltest dich damals von der Kirche denunziert und hast gelitten wie ein Hund. Es war die Zeit, als die Bischöfe Hasspredigten gegen dich hielten. Weißt du noch, was ich dir geantwortet habe?«

»Nein. Aber du wirst es mir gleich sagen.«

»Ich habe dir empfohlen, die Pascal'sche Wette abzuschließen, damit Ruhe in deine Seele einkehrt. Und die möchte ich dir heute noch einmal ans Herz legen. Du hast meinen Ratschlag damals etwas hochmütig von dir gewiesen. Mit den Worten, du seist schließlich kein Politiker im Unterhaus, der es nötig hat, faule Kompromisse einzugehen, nur um wiedergewählt zu werden. Ja, so hast du geschrieben.«

»Das habe ich geschrieben?«

»Hast du.«

»Und wie geht diese Wette genau?«

»Du wirst vergesslich, mein Lieber. Der alte Pascal wendet sich an die Menschen, die sich nicht von Gottesbeweisen überzeugen lassen. Also an zweifelnde Esel wie dich. Statt mit Beweisen herumzuhantieren, die alle ihre Schwächen haben, wettet man auf Gott.«

»Das verstehe ich nicht.«

»Ganz einfach. Wenn du an Gott glaubst, und es stellt sich heraus, dass es einen gibt, hast du gewonnen und du fährst gen Himmel. Wenn du hingegen nicht an Gott glaubst und es doch einen gibt, dann verlierst du die Wette und fährst zur Hölle. Und wenn du an Gott glaubst, und es stellt sich heraus, dass es keinen gibt, hast du zwar verloren, aber eigentlich nicht viel. Also wette, dass es ihn gibt! Das ist in jedem Fall die bessere Wahl. Denn du setzt mit wenig Einsatz auf einen satten Gewinn – die ewige Seligkeit.«

»Ich bin kein Spieler. Wenigstens nicht auf diesem Gebiet.«

»Das ist unvernünftig. Du bist und bleibst ein sturer Esel. Arme Emma.«

»Hat Emma dich geschickt?«

»Emma? Nein. Sie hat mich nicht geschickt. Aber sie hat mich informiert. Und als dein Vetter sorge ich mich natürlich um dich und habe mir gleich eine Droschke genommen.«

»Aha. Und was ist, wenn der allwissende Gott, so es ihn gibt, nicht auf diese Spielchen hereinfällt?« Charles atmete schwer. »Wenn er ehrliche Zweifler lieber mag als Leute, die auf Wettgewinne spekulieren?« Wieder machte er eine Verschnaufpause. »Das könnte nämlich bedeuten, dass Gott opportunistische Esel wie dich in die Hölle schickt.«

»In die Hölle schickt? Ach was! Ich wollte dir eine Brücke bauen. Denn ich sehe, dass Emma verzweifelt, je näher der Abschied kommt. Außerdem ist mir mit der Zeit klargeworden, dass man nicht immer auf der Suche nach der ganzen, großen, einzigen Wahrheit sein muss. Man fährt besser damit, wenn man kleinere Brötchen bäckt.«

Charles wollte noch etwas Zucker in seinen Tee geben, dabei verschüttete er ihn und ärgerte sich über die feinen Kristalle, die sich vom silbernen Löffel in die Ritzen und Rillen des Beistelltisches verteilten. Ungeduldig versuchte er zu blasen, doch seine Luft reichte nicht aus. Er griff sich ans Herz. »Francis, ich muss dich bitten zu gehen.

Ich brauche Ruhe. Würdest du beim Hinausgehen Joseph sagen, er soll mir eine Kapsel bringen? Er weiß, was ich meine.«

Francis sprang auf. »Es tut mir leid. Ich wollte dich nicht aufregen.« Spontan verneigte sich der lange Galton vor seinem Vetter, der nach Luft rang. Etwas Besseres fiel ihm auf die Schnelle nicht ein. Am liebsten hätte er ihn umarmt. Die Vorstellung, dass ihr Briefwechsel, den sie seit über vierzig Jahren pflegten, enden würde, brachte ihn aus der Fassung. Er richtete sich auf und salutierte, wie sie es als Kinder bei ihren Kriegsspielen oft getan hatten. Mit feuchten Augen und stürmischen Schritten flüchtete er hinaus.

Als Galton etwas später vom Hof fuhr und Emma winkend in der Tür stand, galoppierte Doktor Beckett mit wehenden Rockschößen heran. Manchmal wählte er statt der Kutsche sein Pferd und ritt, teils aus Gründen des sportlichen Eifers, teils aus Gründen der Geschwindigkeit, allein los. Er war ein sehr guter Reiter.

Drei Tage zuvor hatte er beschlossen, sein Pulsmessgerät in Down House stehen zu lassen, denn kein Patient brauchte es derzeit so dringend wie Darwin. Außerdem würde er, das hatten die beiden besprochen, Messreihen anlegen, um sie für die Wissenschaft auszuwerten. Darwin hatte angemerkt, er habe sein Leben lang Versuchstiere benützt. Warum also sollte er nun nicht selbst hilfreiche Daten für die Forschung liefern?

Der Herzanfall war dank der Medizin schnell vorübergegangen, und Charles war eingenickt.

So saß er da, mit leicht geöffnetem Mund, sein Ausdruck friedlich, als Doktor Beckett hereinkam und sich in den

Sessel setzte, den Galton verlassen hatte. Die kleine Pause war ihm ganz recht, um selbst ein wenig zur Ruhe zu kommen. Seit Wochen hetzte er durch die nasse Kälte von Patient zu Patient, der lange Winter forderte seinen Tribut.

Als Darwin zu sich kam, räusperte er sich verlegen und fragte: »Sitzen Sie schon lange hier?«

»Nein, ich bin eben erst gekommen. Wie geht es Ihnen?«

»Nun ja, was soll ich sagen. Ich habe vorhin von Ihrem Dynamit geschluckt, jetzt geht es mir wieder besser. Die letzte Nacht war lang, meine Luft wird immer weniger, besonders im Liegen. Und die Eiche ist zusammengebrochen.«

»Welche Eiche?«

»Schauen Sie hinaus, dort im Garten. Auch sie hat den langen Winter nicht mehr ertragen.«

Doktor Beckett ging zum Fenster, sah das traurige Ensemble und kehrte wortlos zurück. Dann machte er sich an der Holzkiste zu schaffen, während Darwin bereitwillig seinen Arm hinhielt. Für ein kurzes Weilchen verschwand das Gebrechliche, das die beiden Männer trennte. Nun agierten sie, das ratternde Gerät zwischen sich, als Kollegen im Dienst der Wissenschaft.

Die Messwerte waren derart miserabel, dass Doktor Beckett einen technischen Fehler in Erwägung zog.

Plötzlich sagte Darwin in die Stille hinein: »Ohne Tod keine Evolution.«

Doktor Beckett nickte, stand auf und legte Holz auf die Glut. Ihm war aufgefallen, dass Darwins Arm kalt war.

»Nehmen Sie dieses Herz zum Beispiel.« Darwin deutete mit sichtlichem Respekt auf seine stechende linke Seite, ohne ihr zu nahe zu kommen. »Dieser anfällige Muskel des *Homo sapiens* muss verbessert werden. Enge Leitungen, die verstopfen und schmerzen, halte ich für einen Konstruktionsfehler.« Er versuchte ein Lächeln.

»Gegen diese Schmerzen habe ich Ihnen ein neues Fläschchen Morphium mitgebracht. In Kombination mit den Kapseln wird es Ihnen guttun.«

Sie wiederholten die Messung. Das Ergebnis blieb miserabel. Doktor Beckett kritzelte die Werte ins Notizbuch, verstaute es in seiner Brusttasche, und während er den Apparat zur Seite trug, sagte Darwin: »Es geht dem Ende zu, nicht wahr? Zu meiner Überraschung habe ich jedoch keine Angst vor dem Sterben.«

»Das freut mich zu hören. An nichts zu glauben kann ein echter Trost sein. Während die armen Christen sich vor Hölle oder Fegefeuer fürchten müssen.« Er stellte den Apparat in die Kiste zurück. »Früher habe ich oft versucht, meine Patienten davon zu überzeugen, dass sie nach dem Tod lediglich in ihre einzelnen Atome zerfallen, also in den Zustand zurückkehren, aus dem sie geboren wurden. Aber Ihnen muss ich so etwas ja nicht erläutern.«

»So?«

Vielleicht ging dieses Wörtchen unter, da Doktor Beckett in dem Moment die quietschende Kiste schloss. Als er sich wieder aufrichtete, sagte er: »Meine Absicht war, den Patienten die Angst vor dem Tod zu nehmen. Wissen Sie eigentlich, dass ich mir damit einen unehrenhaften Abgang aus der Klinik eingehandelt habe? Der leitende Arzt war ein bedeutender Mann der anglikanischen Kirche, er hat mich wegen atheistischen Treibens im hohen Bogen hinausgeworfen.«

»Das haben Sie mir ja noch nie erzählt. Es hat doch alles sein Gutes. Wären Sie nicht entlassen worden, säßen Sie nun nicht als Hausarzt an meiner Seite. Übrigens bin

ich kein Atheist. Das musste ich bereits Ihrem Marx erläutern.«

Doktor Beckett rümpfte die Nase und schob auf diese
Weise wie immer seine rutschende Brille nach oben. Während er mit zwei steilen Stirnfalten ins Feuer schaute, fragte er: »Wenn es keinen Schöpfer mehr braucht, braucht es
dann noch einen Gott?«

»Lassen Sie mich die Frage umformulieren. Gesetzt den
Fall, es gibt einen Gott, welche Rolle spielt er dann bei
der Evolution? Könnte es nicht sein, dass sich Gott statt in
Wundern in Naturgesetzen äußert?«

Das Gespräch versiegte. Auch weil Darwin immer wieder die Augen zufielen. Einmal meldete sich Polly mit einem kurzen Brummen zu Wort. Darwin brummte zurück.
Nach einer längeren Weile sagte er: »Ich bin gespannt, ob
ich beim Sterben noch verstehen darf.«

Doktor Beckett blieb sitzen, bis die Dunkelheit kam.
Dann ritt er davon. Am Ende der Straße, schon fast bei
der Kirche, ließ er das Pferd langsam schreiten. Er blickte
zurück und sinnierte über die Frage, die Darwin ihm beim
Abschied mit auf den Weg gegeben hatte: Er gehöre doch
nicht zu denen, die meinten, auf alles eine Antwort zu
haben?

Gegen acht trug Joseph das Geschirr ab, nachdem, in be-
drückender Stille, wenig gegessen worden war. Ein banges
Gefühl vor der Nacht hatte Emma den Appetit geraubt,
und Charles hatte sich geweigert, ins Esszimmer zu gehen,
mit der Begründung, er könne die Tyrannei seiner Flatulenzen nicht mehr ertragen. Bereits kurz nach dem Verzehr
drücke das Essen von unten wühlend gegen sein Herz.
Emma hatte darauf verzichtet, diesen anatomischen Ana-

lysen zu widersprechen, sie sah, wie schwach er war, und wollte jegliche Diskussion vermeiden.

So war Charles im Schein des Feuers im Wohnzimmer sitzen geblieben, Polly zu seinen Füßen und bei offener Tür. Er hatte sich gewünscht, das Geplapper und Geklapper in der Küche hören zu können.

Emma beschloss, Joseph beim Abdecken zu helfen – das wäre ihr früher nicht in den Sinn gekommen –, und trug einen Teller mit unberührten Lammfilets in die Küche zurück, was den Butler aufgrund ihrer nicht zu übersehenden Kopflosigkeit bekümmerte. Zwischen Herd und Küchentisch brachte sie die Abläufe durcheinander und ließ Milch überkochen, die sie für Charles wärmen wollte. Die Köchin war froh, als sie sich aus ihren Gefilden wieder entfernte.

Emma jonglierte den randvollen, viel zu heißen Becher durch den langen Flur. Sie hatte das Tablett vergessen, was sie beinahe scheitern ließ. Mit verbrannten Fingern kam sie bei Charles an, der, zu ihrer Beruhigung, die Milch mit dem kräftigen Schuss Brandy trank. Als sie sich anschickte, ihn, wie die letzten Tage auch, nach oben zu begleiten, verneinte er trotzig wie ein Kind und wollte bleiben. Auf ihre Frage, ob der Grund das anstrengende Treppensteigen sei, blieb er stumm.

Emma ließ Kissen und Decken herunterholen, während Charles in sein Arbeitszimmer hinüberschlurfte, die geliebte Kaschmirdecke um die Schultern und in Begleitung von Polly, die mehrfach seinen rechten Knöchel berührte, so dicht ging sie neben ihm. Sie streckte sich längs des Sofas aus und würdigte ihr Körbchen am Kamin keines Blickes. Nachdem Emma ihm seine Medizin gegeben hatte, legte sie, auf Doktor Becketts Wunsch, Charles noch drei Kügelchen auf die Zunge. Er ließ sie zergehen und murmelte vor sich hin, er schätze Doktor Beckett wirklich sehr, aber diese Kügelchen nehme er ohne ein Atom von Glauben und eigentlich nur ihm zuliebe.

Mehrmals in der Nacht schlich Emma herein und legte Holz nach. Ob er schlief oder nur nicht reden wollte, konnte sie nicht erkennen. Wohl aber, dass Polly wachte. Der Widerschein des Feuers flackerte in ihren Augen, die Schnauze hielt sie wie immer etwas schief auf den Pfoten. Manchmal schnaufte sie auf.

Als Emma am frühen Morgen wieder nach ihm sah, war er in heller Aufregung. »Mein Herz springt! Vorhin galoppierte es noch. Dann wurde es schlagartig langsam, jetzt kann ich es gar nicht mehr spüren.« Mit zittrigen Fingern suchte er seinen Puls. Emma gab dem Atemlosen einen flüchtigen Kuss und drückte sogleich ihren Daumen auf seine Halsschlagader, wie sie es schon einige Male bei Doktor Beckett gesehen hatte.

Sie ließ das Tischchen, auf dem sie üblicherweise Backgammon spielten, aus dem Wohnzimmer holen und neben sein Sofa stellen und veranlasste, das Frühstück zu servieren. Joseph fiel es schwer, die richtigen Worte zu finden. Abwechselnd sprach er vom langen Winter oder vom kommenden Frühling, während Emma den Toast mehr zerbröselte, als dass sie ihn aß.

Die Stunden krochen dahin. Charles sprach wenig. Emma zählte Tröpfchen und Kügelchen, bestand darauf, dass er genügend trank, strich ihm, mit jener Mischung aus Zärtlichkeit und Temperaturüberprüfung, die ihr durch die unzähligen Nachtwachen an den Betten ihrer Kinder so vertraut war, immer wieder über die Stirn. Sie rieb ihm vorsichtig die Finger, wenn sie ihr allzu blutleer erschienen.

Und es kam vor, dass er bei einer Berührung hochschreckte, wenn das Morphium ihn hatte eindösen lassen oder wenn ihn das Gefühl übermannte, die Luft sei knapp. Und ein-, zweimal schnurrte er wie ein alter Kater, als Emma seinen Bauch massierte.

Um die Mittagszeit ging es ihm plötzlich besser, seine Wangen hatten etwas Farbe, und er scherzte, er sei dem Tod wohl noch einmal von der Schippe gesprungen. Vielleicht könne man am Nachmittag ein paar Schritte in den Garten wagen. Er sehne sich so sehr nach frischer Luft. Emma eilte ans Fenster, riss es auf und hielt ihre Zeit für gekommen. »Charley, stell dir vor, was ich vorgestern erfahren habe. Es geht um Mr Hammond.« Ihre Stimme wurde hoch wie die eines aufgeregten Mädchens. »Mr Hammond, du weißt schon, der Schmied mit den sechs Kindern, also Mr Hammond war schon tot, oder sagen wir, er war beinahe tot.«

Charles schaute sie fragend an.

»Er hatte nach einer Grippe eine schwere Lungenentzündung bekommen und musste ins Krankenhaus. Kaum war er dort, verlor er das Bewusstsein, und nach einigen Stunden blieb sein Herz stehen und er hörte auf zu atmen. Man legte ihn ins Totenzimmer, um ihn später aufzubahren.«

Charles fragte sich, warum sie ihm in seiner jetzigen Lage eine Totengeschichte erzählte.

»Dort in der Kammer öffnete er die Augen, man weiß nicht genau, wann, denn es war ja niemand bei ihm, jedenfalls fand er ins Leben zurück.«

Emma sprach immer schneller. Sie wusste, dass sie nur noch diese eine Chance hatte. »Stell dir die Aufregung der armen Mrs Hammond vor! Erst erhält sie die Nachricht, ihr Mann sei verstorben, worauf sie ins Hospital eilt, und dann nimmt er ihre Hand und berichtet von einem Wunder.«

Charles atmete hörbar aus und schloss die Augen.

»Sein Geist, so erzählte er, hat nicht mehr im Körper gewohnt, sondern schwebte mit größter Leichtigkeit an einen Ort, den er zuvor noch nie gesehen hatte. Dort bewegten sich vollkommen lautlos sanfte Wesen, die beinahe durchsichtig waren.«

Emma machte eine kleine Pause, wagte aber kaum, Charles anzuschauen. »Und stell dir vor, überall standen Blumen, die immer genau dann ihre Blütenkelche öffneten, wenn er an ihnen vorbeikam. Glänzende Vögel sangen himmlische Melodien, und überall flatterten Schmetterlinge herum. Und das Schönste: Sein Herz floss über von Liebe und Wärme.« Emma kämpfte mit den Tränen. »Charley, ich habe immer gewusst, dass das Paradies auf uns wartet. Aber jetzt war jemand, den wir persönlich kennen, dort, und er ist zurückgekommen, um uns allen davon zu berichten. Noch hast du Zeit umzukehren. Auch um meinetwillen. Und um unserer Kinder willen.«

Charles sah die roten Flecken, die sich von Emmas Hals aufwärts bis zu den Wangen verbreitet hatten.

»Möchtest du, dass ich Thomas Goodwill rufen lasse? Er würde dich segnen. Und Gott würde dir deine Sünden vergeben.«

Da nickte er.

»Ich habe die Kinder benachrichtigen lassen«, sagte Emma erleichtert. »Wir werden die nächsten Tage alle hier zusammen sein.«

»Wie früher«, sagte Charles.

Leise betrat der Priester gegen zwei Uhr das Arbeitszimmer, bat Emma darum, ihn mit seinem Freund allein zu lassen, setzte sich auf einen Hocker neben das Sofa und wartete, da Darwin schlief.

Emma verließ das Haus. Sie stapfte in Charles' Gartenstiefeln, die immer an der Tür bereitstanden und ihr viel zu groß waren, über die schneenasse Wiese. Bei der gebrochenen Eiche blieb sie kurz stehen, ging weiter, stolperte über den Wurmstein und verlor dabei einen Stiefel. Beinahe hätte sie sich auf den Stein gesetzt, doch sie raffte sich auf, zog, auf einem Bein balancierend, den Stiefel wieder an und drehte eine Runde auf dem Sandweg, was sie seit Jahren nicht mehr getan hatte.

Wieder zurück im Haus, sah sie, dass die Tür zum Arbeitszimmer noch immer geschlossen war. Sie wartete im Salon. Mit feuchten Haaren und einem nassen Fuß starrte sie ins Kaminfeuer und hoffte.

Endlich wachte Charles auf. »Thomas, schön, dass Sie gekommen sind.« Er streckte dem Priester die Hand entgegen, der die Geste aufrichtig erwiderte.

»Sie wissen ja, wir sind in einigen Dingen verschiedener Meinung, und das wird wohl auch so bleiben. Außer Sie ändern die Ihre.« Spitzbübisch schaute Darwin aus seinen Kissen und freute sich, als er das Lächeln in Goodwills Augen sah. »Ich möchte mich lediglich von Ihnen als Freund verabschieden. Bitte verstehen Sie mich recht.«

»Gegen den Segen eines Freundes werden Sie wohl nichts einzuwenden haben.«

»Nein. Das nicht. Ich würde Sie noch gerne etwas fragen, lieber Thomas. Ich verspreche, es bleibt unter uns. Fällt es Ihnen nicht ein wenig schwer, Ungläubige wie mich in der

Hölle braten zu sehen? Sich vorzustellen, dass Menschen wie ich die ewige Strafe verbüßen müssen? Ich selbst kann einfach nicht begreifen, wie irgendjemand, der nicht bösartig ist, wünschen kann, die christliche Lehre möge wahr sein. Sie ist abscheulich!«

»Aber Sie haben sich doch vor kurzem bei diesem unsäglichen Dinner selbst als Theist bezeichnet, mein Lieber. Vergessen Sie das nicht.«

»Oh nein, das habe ich nicht vergessen. Es war mir ernst.« Darwin musste atmen, bevor er weitersprechen konnte. »Wenn ich mein Leben daraufhin betrachte, dann merke ich, dass ich tatsächlich wieder etwas andächtiger wurde, je besser ich einige von den Naturgesetzen verstanden habe.«

Er schlug die Decke zurück und öffnete den obersten Knopf seines Hemds. »Naturforschung kann also nicht nur religiöse Gefühle im biblischen Sinn zerstören, sie kann auch neue wecken.«

Das Feuer drohte auszugehen. Goodwill stand auf, stocherte in der glühenden Asche herum und legte ein paar Scheite nach. Als er wieder auf dem Hocker Platz genommen hatte, sagte er: »Dann beschreiben Sie mir, wie Ihr jetziger Gott aussieht.«

»Er sieht nicht aus. Er spricht nicht. Er hört nicht. Wenn überhaupt, dann ist er unvergleichlich.«

Goodwill nickte stumm. In diesem Moment kam Emma herein, fast eine Dreiviertelstunde hatte sie gewartet. Sie brachte zwei brennende Kerzen mit und wunderte sich, dass der Reverend offensichtlich keine Anstalten machte, seinen priesterlichen Aufgaben nachzukommen. Stattdessen schaute Goodwill auf den Boden und Charles an die Decke. Emma wagte in diese Stille hinein nichts zu fragen.

Auf einmal schreckte Charles hoch und bat mit weit aufgerissenen Augen, Emma solle sofort die Kerzen ausblasen, sie stünden zu dicht neben seinem Kopf und nähmen ihm allen Sauerstoff. Im selben Moment wälzte er sich, drückte mit der Faust auf sein Herz und hechelte nach Luft. Emma versuchte ihn zu beruhigen. Er wollte aufgesetzt werden. Goodwill und Emma zogen ihn mit vereinten Kräften hoch.

Urplötzlich begann er zu würgen, musste sich erbrechen und drohte zu ersticken. Er hatte nicht die Kraft, seinen Körper aufrecht zu halten, und bat um Kissen in den Rücken. Emma polsterte und stützte, so gut sie konnte. Dann fiel sein Kopf schlagartig vornüber, er schnappte nach Luft, und erbrach sich erneut. Der Reverend betete.

Als der Anfall vorüber war, sah Charles aus wie ein Gespenst. Alles Fleisch schien ihm aus dem Gesicht gefallen, die Wangenknochen traten spitz unter der ledernen Haut hervor, und die Augen lagen so tief wie nie zuvor. Sie hatten ihr Leuchten verloren.

Emma gab ihm Morphium, hielt seine Hand und ließ von Joseph heißes Wasser bringen. Sie füllte es in einen Becher mit Brandy. Voller Dankbarkeit trank Charles ein paar Schlucke. Nichts war schöner auf der Welt als das Zurückweichen eines solch martialischen Angriffs. Voller Scham war Goodwill hinausgeschlichen, damit Emma die Wäsche wechseln konnte.

Nachdem sie Charles ein frisches Hemd angezogen hatte, ging sie zu Goodwill hinaus, der mittlerweile im Salon saß, die Ellbogen auf den Knien, das Gesicht in den Händen vergraben.

»Hochwürden, ich möchte Sie bitten, ihm jetzt endlich die Sterbesakramente zu geben. Es wäre ein günstiger Moment, da es ihm bessergeht. Und er ist friedlicher Stimmung.«

»Ach, Mrs Darwin, das würde ich herzlich gerne tun. Aber gegen seinen Willen werde ich nichts unternehmen.«

»Aber ich habe ihm heute Vormittag von Mr Hammond erzählt. Daraufhin war er bereit, Sie als Priester zu empfangen. Was haben Sie denn mit ihm besprochen, als ich draußen war?«

In dem Moment tat es einen Schlag. Polly bellte. Emma stürzte Richtung Arbeitszimmer, Goodwill hinterher. Auch Joseph hatte es gehört und folgte, so schnell er konnte. Charles lag auf dem Boden. Zu dritt hievten sie ihn wieder hoch. Er schien verwirrt und wollte wissen, was passiert war.

»Liebster, du bist gefallen.«

»Ach ja, ich habe versucht, die Kerzen auszublasen. Ich brauche mehr Luft!«

Emma löschte die Kerzen. Die Schmerzen kehrten zurück, seine Finger krallten sich in die Decke.

»Macht endlich die Kerzen aus! Ich ersticke.«

»Es brennen keine Kerzen mehr, und das Fenster ist offen, schau hin.« Emma fächelte ihm Luft zu.

Dann stürzte er ins Dunkle. Emma klatschte mit einem Lappen kaltes Wasser auf seine Stirn und versuchte es mit Riechsalz, das sie ihm unter die Nase hielt. Tatsächlich erwachte er und flüsterte ihren Namen. Halblaut wunderte er sich, dass sein Gehirn sich breiartig anfühle, und bemerkte im gleichen Moment, dass seine Zunge gelähmt war und er nicht mehr schlucken konnte.

Emma war glücklich, ihn, wenn auch undeutlich, sprechen zu hören, und streichelte sein Gesicht.

Er schaute sie an und versuchte etwas zu sagen. Er brauchte mehrere Anläufe und war kaum zu verstehen: »Emma, mein Täubchen, spielst du für mich?«

Sie taumelte hinaus, setzte sich bei offenen Türen ans Klavier und spielte Bachs Kantate »Schafe können sicher weiden«, die er so liebte. Nach ein paar Takten wusste sie nicht mehr weiter, verspielte sich, brach ab und hastete zurück.

Noch in der Tür sah sie seine Hand. Niemals hatte er die Hand auf diese Weise gehalten. Sie fiel ihm um den Hals. Er erwiderte die Umarmung nicht. Emma flehte: »Wach auf, wach auf ...« Doch Charles konnte menschliche Worte nicht mehr hören.

Sie drückte ihr Gesicht in seine Decke. So verharrte sie lange. Sie nahm nicht einmal wahr, dass Goodwill betete, seinen Freund segnete und nach einer Weile ging.

Als sie sich endlich erhob, brach bereits die Dämmerung herein. Sie ging zu seinem Schreibtisch und hielt die Uhr an.

Im Laufe des Abends kamen die Kinder. Es hatte in Strömen zu regnen begonnen, der Kamin zog schlecht und Rauch drückte in die Zimmer. William, Henrietta und Francis hatten sich zusammengetan und kamen in derselben Kutsche. Wenig später folgten Horace und Leonard. Elizabeth und George kamen als Letzte.

Henrietta und Elizabeth beteten. Die Söhne schwiegen. Der Jüngste, Horace, legte den Kopf auf den Bauch seines Vaters und konnte nicht aufhören zu weinen. Er verzweifelte an der Tatsache, dass er zu spät gekommen war.

Am Tag danach brachte die Postkutsche einen Sack so groß und schwer wie lange nicht. Darwins Verleger hatte

Hunderte von Briefen gesammelt, bevor er sie nach Downe schicken ließ. Es waren Zuschriften, die entzückte Leser nach ihrer Lektüre des Regenwurmbuches geschrieben hatten.

Tausende von Büchern waren bereits verkauft, Übersetzungen ins Deutsche, Französische und Russische liefen auf Hochtouren. *Die Bildung der Ackererde durch die Tätigkeit der Würmer* regte manchen Gartenliebhaber an, sogar bei festlichen Abendgesellschaften von den Großtaten dieser Tiere zu schwärmen.

William nahm den Postsack entgegen, schaute hinein, überflog den Begleitbrief des dankbaren Verlegers, trug den Sack ins Arbeitszimmer, stellte ihn neben den Schreibtisch, nahm ihn wieder auf, ging damit ins Wohnzimmer, fand keinen rechten Platz, trug ihn wieder hinaus, um ihn schließlich mit konfuser Geste Joseph zu übergeben. Der Butler, der Williams Murmeln nicht recht verstanden hatte, trug den Sack ins Arbeitszimmer und stellte ihn in einer Ecke ab. Dann blickte er zum aufgebahrten Darwin und ging mit eingezogenem Kopf so schnell er konnte wieder hinaus. Nicht ohne sich zu bekreuzigen.

Ein paar Tage später schrieb Emma in ihr Tagebuch:
»19.4.1882, 4 Uhr nachmittags, Charley tot«
und:
»20.4.1882, 7 Uhr morgens, Polly tot«.

In den Klauen der Kirche

Niemand konnte sich erinnern, dass es schon einmal so still gewesen war in Downe. Die Dorfbewohner hatten an diesem Vormittag ihre Arbeiten unterbrochen. Sie waren von den Feldern zurückgekommen, wo sie, später als in anderen Jahren, pflügten und säten; sie hatten ihre Werkstätten und Ställe verlassen, manche hielten noch einen Hammer in der Hand oder stützten sich auf eine Schaufel; Mütter standen mit kleinen Kindern am Gartentürchen, strichen ihre Schürzen glatt und wischten über klebrige Münder.

Eine ganze Weile schon ging Downes Bürgermeister mit der Amtskette um den Hals und steif wie ein Stock vor dem Rathaus auf und ab; nun warf er prüfende Blicke zu den Schülern hinüber, die sich in Reih und Glied aufstellten.

Als die Kirchturmuhr elfmal schlug, säumten über vierhundert Menschen die gewundene Hauptstraße von Downe. In letzter Minute trat, unter den misstrauischen Blicken der Nachbarn, die bigotte und gekrümmte Frau des Messners, die seit Jahrzehnten den Kirchenboden schrubbte und, aufgrund ihres andauernden Kampfes gegen das Sündige, schon für viel böses Blut im Dorf gesorgt hatte, vor die Tür. Sogar sie wollte diesen Augenblick nicht verpassen. Man schwieg. Nur hie und da gackerte ein Huhn.

Dann kam er. Sechs Rappen zogen den Sarg, langsam und feierlich. Gehüllt in schwarzes Tuch. Charles Darwin hatte seinen letzten Weg angetreten und verließ Downe an diesem grauen Dienstagmorgen für immer. Dicht gefolgt von der Kutsche der Familie.

Die Männer nahmen ihre Mützen vom Kopf. Die Frauen bekreuzigten sich. Darwins Gärtner lehnte mit nach vorne gefallenen Schultern an der Friedhofsmauer. Er hielt weiße Orchideen in den schwieligen Händen und war sicher, dass es Mr Darwin besser gefallen hätte, hier im Dorf neben seinem Bruder und seinen früh verstorbenen Kindern zu liegen. Er selbst hätte das Grab bepflanzt, hätte bei seinen Besuchen ein wenig an den Rosenstöckchen herumgezupft und Mr Darwin das Neueste aus der Welt der Büsche und Stauden berichtet.

Auch der Schmied stand mit seiner Familie am Straßenrand. Als der Sarg an ihnen vorbeifuhr, fiel er auf die Knie. Hammond hatte erfahren, wie sehr sein Bericht vom Paradies Mrs Darwin berührt hatte.

Reverend Thomas Goodwill, der an diesem Morgen länger als gewöhnlich gebetet hatte, stand reglos in der Kirchentür. Erst als die beiden Fuhrwerke an ihm vorbeigezogen waren und die Hufschläge leiser wurden, schien er aufzuwachen und schickte ihnen mit fahriger Geste seinen Segen hinterher.

Auch die Taubenzüchter Downes hatten sich versammelt und verabschiedeten ihren Freund, indem sie feierlich eine ihrer schönsten Haustauben fliegen ließen. Sie stieg unter den Blicken der Dorfbewohner mit einem gerollten Abschiedsbrief, festgezurrt am rechten Bein, zum verhangenen Himmel auf. Keiner der Männer konnte sich erinnern, auf welche Sätze sie sich am Abend zuvor im George & Dragon Inn, wo sie wieder und wieder auf Darwin anstießen, verständigt hatten. Sicher war nur, dass sie ihm ewigen Frieden wünschten. Auf den genauen Ort der Seligkeit hatte man sich nicht recht einigen können, denn die Sache mit dem Himmel war ihnen im Laufe des Abends über den Kopf gewachsen. Die Meinungen darüber, ob ihr liebenswertes Mitglied, immerhin ein enger Freund des Pastors, wenigstens noch an Gott, wenn schon nicht an den Himmel glaubte, gingen auseinander.

Einige Bauern, die an der Straße standen, schauten so betreten, als hätten sie einen der Ihren verloren. Oft hatte Darwin ihnen in der Stalltür Fragen gestellt, über die sie noch nach Tagen lachten. Zum Beispiel, ob ihr Pferd, wenn es schnaubt und sich wohl fühlt, die Ohren aufrichtet? Ob ihre Ziege lächelt und wenn ja, mit welchen Muskeln? Ob sie schon einmal bemerkt hätten, dass eine Kuh weinte, wenn sie ihr das Kälbchen nahmen? Trotz der Spötteleien, die hinterher im Dorf die Runde machten, kam es vor, dass der Gefragte tags darauf seiner Kuh etwas genauer in die Augen schaute oder auf der Koppel einen kurzen Moment innehielt, um den Stand von Pferdeohren zu ergründen.

Der behutsam gelenkte Leichenwagen brauchte für die 16 Meilen durch das hügelige Kent fast den ganzen Tag. Bei seiner Ankunft in der Westminster Abbey abends um halb acht läutete die Totenglocke. Durchgefroren von der langen Fahrt, auf der sich Graupelschauer mit Nieselregen abgewechselt hatte, trugen die Söhne den Sarg in eine Seitenkapelle. Es fiel ihnen schwer, den Vater unter dem feuchtkalten Gewölbe abzustellen. Gemeinsam mit einem Kaplan zündeten sie Kerzen an, die in der zugigen Kapelle flackerten, und machten sich, ohne ein Wort zu reden, auf den Weg zum Hotel.

Am anderen Morgen, es war der 26. April 1882, waberten Nebelschwaden von der Themse herauf und vermengten sich mit nach Kohle stinkendem Rauch. Die Londoner schlugen, wie so oft in diesem Frühjahr, die Mantelkragen hoch und atmeten flach. Auch jener Herr, der sich in der Abingdon Street vorwärtskämpfte und dessen Gestalt, je näher die Kutsche kam, die Konturen eines älteren, gedrungenen Mannes offenbarte. Als die Kutsche bis auf wenige Meter herangekommen war, stach die leuchtend weiße Mähne über dem schwarzen Mantel hervor und zu beiden Seiten des Kragens ein ausladender Bart, der seine krausen Spitzen wie altes Moos in den rußigen Nebel streckte. Der Mantel hatte schon bessere Zeiten gesehen.

Doktor Beckett ließ seine Kutsche anhalten. »Mr Marx, guten Morgen! Wohin des Weges?«

»Ich nehme an zur selben *comedy*, zu der auch Sie unterwegs sind, wenn ich Ihre schwarze Schleife richtig deute.«

»Steigen Sie ein. Ich weiß doch, wie gern Sie durch den Londoner Nebel spazieren. Wie geht es Ihnen? Sie haben mich schon länger nicht mehr rufen lassen. Ich nehme an, das ist ein gutes Zeichen?« Doktor Beckett öffnete den Schlag.

»So weit würde ich nicht gehen. Ich bin *sleepless*, huste viel und nehme Abschied.«

»Abschied?«

»Ich fahre heute Nachmittag ab nach Algier. *For long time.* Die Sonne und das Mittelmeer werden mir guttun.«

Er stieg aufs Trittbrett, blieb drauf stehen, um zu schnaufen, und ließ sich ächzend auf der Sitzbank nieder. »Ein Doktor meines Vertrauens hat mir das schon vor einigen Monaten empfohlen.«

Beckett lächelte. »Das freut mich. Es wird Ihrer Lunge

guttun. Und Ihrer Haut auch. Legen Sie sich ab und zu mit bloßem Oberkörper in die Sonne.«

Zusammengesunken saß Marx auf seinem Kissen und roch nach kaltem Zigarrenrauch. »Meine Frau ist seit vier Monaten tot, aber ich bringe es nicht übers Herz, *her things* und *letters* wegräumen zu lassen, also räume ich lieber mich weg. *For a while.*«

Doktor Beckett sprach sein Beileid aus. Und dachte an Lenchen. In dem Moment sagte Marx: »Auch unser sonst so robustes Lenchen ist malad.«

Die Männer schwiegen. Erst nach einer ganzen Weile wagte Doktor Beckett, das Thema zu wechseln. »Darf ich fragen, warum Sie zur Beisetzung von Mr Darwin gehen?«

»Ein Theater wie dieses sieht man nicht alle Tage.« Marx wurde lebendig. »Hätten Sie jemals gedacht, Doktor, dass die Anglikaner einen Ketzer in ihren Westminster-Boden versenken? Das sind die *reasons*, warum es im Geburtsland des Kapitalismus nicht zur Revolution kommt. Die Bourgeoisie bandelt mit dem Adel an, die Arbeiter springen mit der Bourgeoisie in die Kiste und die Wissenschaftler mit den Anglikanern. Oder die Anglikaner mit der Wissenschaft. Wir erleben eine Schulstunde in *british politics*!«

Marx zwirbelte den feuchten Bart, und seine Bronchien pfiffen die übliche Melodie. »Darwin selbst hat auf dieser Bühne mitgespielt. Jahrzehntelang hat er sich vor der *church* und vor seiner Emma geduckt.«

»Vielleicht sollten Sie in Erwägung ziehen, dass Mr Darwin sein Leben lang ein Suchender war.«

»Ach was. Er war Opportunist, und Opportunisten bringen es zu etwas.«

»Bitte mäßigen Sie sich. Mr Darwin mochte keinen Streit. Ist das ein Fehler? Es bringt nicht jeder dieselbe seelische Grundausstattung ins Leben mit. Wie kommen Sie eigentlich zu Ihrer Meinung?«

»Ich habe es mit eigenen Ohren gehört.«

»Ach so?«

»Wissen Sie denn gar nicht, dass ich dort war?«

»Nein.« Doktor Beckett zog es vor zu schummeln. Der derb gestimmte Marx war ihm an diesem Vormittag zuwider. Außerdem war er neugierig auf dessen Schilderung der Geschichte.

»Ich war im Herbst zum Dinner in Down House. Mein Schwiegersohn war eingeladen und hat mich eingeschleust. Ich dachte, *why not?* Aber Darwin ging allen auf die Nerven mit seinen *worms* und nannte sich einen Agnostiker.« Angewidert verzog Marx das Gesicht und hustete. »Er wusste immer, was er zu sagen und zu lassen hatte. Sonst wären wir *today* nicht auf dem Weg zur Abbey.«

Doktor Beckett war froh, als die Kutsche anhielt. Kaum waren sie ausgestiegen, verloren sie sich ohne ein weiteres Wort und mit mürrischen Gesichtern, weil Beckett seine Schritte mitten ins Durcheinander auf dem Vorplatz der Kirche lenkte und in der Menge verschwand. Hier stauten sich herrschaftliche sechssitzige Kutschen, gemietete Einspänner und Fußgänger. So manches Pferd wurde im Gedränge unruhig, wieherte und ließ einen Apfel fallen.

Immer mehr Trauergäste stiegen aus ihren Droschken und gingen die letzten Meter lieber zu Fuß. Sie schlängelten sich zwischen den Fuhrwerken hindurch, den Blick gesenkt, die Röcke gehoben, um sich keinesfalls zu beschmutzen. Der Geruch dampfend nasser Rosse, die von weit her gekommen waren, mischte sich mit den Parfums der Damen, weshalb Doktor Beckett seine Schritte weiter beschleunigte. An diesem Vormittag war sein Magen empfindlich.

Als die Tore der Westminster Abbey pünktlich um elf Uhr geöffnet wurden, strömten zweitausend Menschen hinein. Feierlich schritt der Bürgermeister von London zu seinem Platz, begleitet von den Botschaftern Russlands, des Deutschen Reichs, der USA, Italiens und Frankreichs. Lords aus dem Oberhaus nickten sich zu. Bischöfe und Dekane gaben sich die Ehre, nachdem sie in den vergangenen Tagen versöhnliche Worte in der Presse hatten streuen lassen. Aus dem Unterhaus eilten Abgeordnete herbei. Geologen, Botaniker und Paläontologen schritten zu den Bänken, die für Wissenschaftler aus Oxford, Cambridge, Edinburgh und einigen anderen Universitäten reserviert waren. Richter hasteten durch das Längsschiff, nachdem sie dringende Sitzungen vertagt hatten. Mitglieder der Royal Society grüßten Minister, die ebenfalls in großer Zahl erschienen. Nur die Königin und der Premierminister blieben fern. Was den russischen Botschafter dazu verleitete, dem preußischen zuzuflüstern, hier zeige sich der wahre Kleingeist der britischen Monarchie. Victoria, die Darwin die Ehre erweist – das wäre ein Zeichen gewesen!

Auch Emma war zu Hause geblieben. Sie wusste, dass sie diesen Rummel nicht ertragen hätte. Erst nach längerem Zaudern war sie bereit gewesen, ihr Einverständnis zu diesem Staatsbegräbnis zu geben. Die Stille des Friedhofs von Downe, die Charles kurz vor seinem Tod herbeigesehnt hatte, abzuwägen gegen die größte Anerkennung, die England posthum zu vergeben hatte, war ihr nicht leichtgefallen.

Emma wusste um den tiefsitzenden Stachel, dass Queen Victoria Charles nicht geadelt hatte. Vor allem, wenn sie bedachte, wie viele mittelmäßige Briten sich Sir nennen durften. Schließlich waren die Kinder übereingekommen, die Aufnahme ihres Vaters in die Ruhmeshalle der bedeutendsten Toten der Nation höher zu bewerten als alles andere. Zumal der Dekan der Abbey in Aussicht gestellt hatte, ihm eine Grabstätte neben Sir Isaac Newton zuzuweisen. Darwins Kinder erhielten tatkräftige Unterstützung von Francis Galton, der zuerst Emma mit Argumenten überhäufte und dann den Priester von Downe.

Und doch blieb Emma im Zwiespalt. Die Vorstellung, dass in der Abbey schon bald Tausende und Abertausende auf Charles' Kopf herumtrampeln sollten, verfolgte sie bis in ihre Träume.

Schlag zwölf läuteten die Glocken, und die emsig flüsternden Menschen verstummten. Westminster Abbey war bis auf den letzten Platz gefüllt. Die Familie hatte sich mit den engsten Freunden beim Sarg in der Seitenkapelle versammelt, und als der Chor zu singen anfing – »Ich bin die Auferstehung und das Licht« –, setzte sich der Leichenzug mit dem Bischof an der Spitze in Bewegung. Hinter ihm William als ältester Sohn, der die Darwins und Wedgwoods anführte. Dann kam Joseph, der einen Meter Abstand hielt.

Der Weg führte vorbei an den Grüften von Königen, Herzögen und Dichtern, durch den kerzenerleuchteten Chor bis vor den Altar.

Während die Familie und die Sargträger in den vorderen Reihen Platz nahmen, kniete der Bischof feierlich vor dem Sarg nieder. Ein feines Lächeln huschte über Williams Gesicht.

Auch Doktor Beckett ließ dieser Kniefall nicht ungerührt. Wie gern hätte er daran geglaubt, dass die Seele des Verstorbenen noch ein paar Tage über dem toten Leib schwebt und Darwin dieses mit ansehen durfte.

William fror. Draußen schneite und regnete es im schnellen Wechsel, und ihm war, als hauchten die alten Mauern ihren eiskalten Atem ausgerechnet an seinen Kopf. Er hasste Zugluft. Besonders in Situationen, in denen er dem Drang, seinen Kopf zu bedecken, nicht ohne weiteres nachgeben konnte. Während seine Mutter zu Hause die Bachkantate »Jesus bleibet meine Freude« spielte, zog er mit sparsamen Bewegungen seine schwarzen Handschuhe aus und legte sie sorgfältig nebeneinander auf den kahlen Schädel, denn eine Erkältung fürchtete er mehr als Spott.

Endlich erhob sich der Bischof, wandte sich der Trauergemeinde zu, und noch bevor er die Ansprache begann, verfingen sich seine Augen in Williams Kopfbedeckung und blieben haften, so dass immer mehr Trauergäste verstohlene Blicke warfen. Auch Doktor Beckett versuchte unauffällig den Augen des Bischofs zu folgen und musste sich, als er fündig wurde, zusammenreißen, um nicht laut aufzulachen. Auch Hypochondrie war also vererbbar.

Da hörte er den Bischof Darwin als »nationalen Heiligen« bezeichnen. Und ihn sagen: »Diese Beisetzung geschieht, weil die weisesten seiner Landsleute es so wünschten. Es wäre ein Fehler gewesen, jenen Stimmen nachzugeben, die den Konflikt schüren. Ich meine den Konflikt zwischen der Erkenntnis der Natur und dem Glauben an Gott. Mr Darwin war für diesen Streit nicht verantwortlich.«

Der Bischof hatte einen weihevollen Ton gefunden, der ihm selbst gefiel, und ließ sich von seinen eigenen Worten forttragen. »Diese Beisetzung im Schoße unserer anglikanischen Kirche ist die glücklichste Strophe der Versöhnung, die der gemeinsame Chor des Glaubens und der Wissenschaft hier und heute singt.«

Er ließ seinen Blick durchs Kirchenschiff schweifen, um sogleich wieder zu Williams Schädel zurückzukehren. »Im Übrigen möchte ich anmerken, dass das Geschrei, das die Atheisten regelmäßig anzetteln, sobald ein neues physikalisches, astronomisches oder biologisches Gesetz beschrieben ist, nichts weiter ist als Rauch, der sich schnell wieder verzieht. In Wahrheit sind die emporgehobenen Wahrheiten der Biologie und der Physik«, der Bischof machte eine theatralische Pause, »harmlos.«

Seine Hand wies in Richtung Newton. »Jeder gebildete Mensch erkennt in den Naturgesetzen die Handschrift unseres christlichen Gottes. In dieser Weise mehrte auch Charles Robert Darwin das Ansehen Englands in der Welt. Genau wie Sir Isaac Newton. Beide dienten unserem Schöpfer, indem sie den Menschen die Schönheit der Naturgesetze aufgezeigt haben.«

Der Bischof machte gerade eine kleine Verbeugung zum Sarg hin, als eine laute Stimme ertönte. »Lüge! Alles Lüge! Darwin hat nicht an einen Schöpfer geglaubt! Er glaubte an den blinden Zufall! Ich protestiere …« Weiter kam er nicht. Man hörte noch Worte wie »scheinheilig« und »Skandal«.

Zwei Kirchendiener stürmten mit fliegenden Röcken nach hinten und versuchten den jungen Mann, der aus seiner Bank gesprungen war, am Reden zu hindern und nach draußen zu befördern. Sie rissen ihn an seinen Armen und Kleidern. Der junge Mann schlug um sich, konnte sich befreien und rannte schließlich durch das Längsschiff. Am Westtor hielt er noch einmal an und schrie: »Gott ist tot! Hoch lebe Darwin!«

»Bravo«, rief eine donnernde Stimme hinter einer Säule hervor. Die Leute drehten sich um und sahen, wie ein Mann mit weißem Bart seine Bank verließ und ebenfalls auf das Tor zustrebte. Joseph und Doktor Beckett waren wahrscheinlich die Einzigen, die wussten, um wen es sich handelte.

Mehrere Damen hatten ihre Riechfläschchen zur Hand genommen. In der Bank hinter Doktor Beckett sank eine Frau ohnmächtig in die Arme ihres Mannes, eines angesehenen Richters.

Die beiden erhitzten Kirchendiener gaben sich alle Mühe, gemessenen Schrittes in den Altarraum zurückzukehren. Der Bischof wedelte zunächst nervös mit den Händen herum, bevor er sie zur Beruhigung einsetzte und sprach: »Quod erat demonstrandum. Grölende Atheisten. Gott möge ihnen verzeihen.« Dann gab er dem Organisten ein Zeichen und faltete, ein Gebet murmelnd, die Hände.

Während die Orgel ausklang und sich die Lage zumindest äußerlich wieder beruhigt hatte, trat Francis Galton mit hochrotem Kopf aus seiner Bank, ging zum Sarg, verneigte sich würdevoll und las aus dem Korintherbrief, 13. Kapitel: »Wenn ich mit Menschen-, und mit Engelszungen redete und hätte der Liebe nicht, so wäre ich ein tönend Erz oder eine klingende Schelle.« Der alte Haudegen war sichtlich gerührt.

Anschließend sangen zwei Dutzend Chorknaben in schwarzweißen Gewändern »Glücklich der Mensch, der Weisheit gefunden und Einsicht erlangt ...«, Verse aus dem Buch der Sprüche, die der Organist der Abbey zu Ehren Darwins vertont hatte.

Der Gesang riss William fort. Mit einem Mal war er im sonnigen und warmen Garten von Down House und stellte Hummelmännchen nach, um dem Vater bei seiner Erforschung von *Bombus hortorum*, der Gartenhummel, behilflich zu sein. Fast hätte er seinen Bruder Francis, der neben ihm in der Bank saß, am Ärmel gezupft, um ihn zu fragen, ob er sich noch erinnern könne, wie sie gemeinsam mit den Geschwistern entlang der Hummelfluglinien Wache schoben – jeweils einige Meter Abstand zwischen ihnen – und jedes Kind im entscheidenden Moment Meldung machen musste: »Hier ist eine Hummel!« William sah seinen Vater unter einer Kastanie sitzen, wie er lauerte und die Wegmarken in seine Hummelliste eintrug. Mitunter hatte es zwischen zwei Kindern eine Verzögerung gegeben, weil die Tierchen Rast machten und an Blumen saugten. Gemeinsam hatten sie herausgefunden, dass die Hummelmännchen Jahr für Jahr die gleichen Routen flogen und immer an denselben Stellen einige Sekunden lang innehielten und brummten.

Zum ersten Mal, seit der Vater tot war, stiegen William Tränen in die Augen. In der zugigen Kirchenbank fragte er sich mit stillem Entsetzen, wer denn nun all die angefangenen Experimente weiterführen sollte.

Nach dem Lied der Sängerknaben erhob sich die Trauergemeinde zu einer Schweigeminute, für die William die Handschuhe vom Kopf nahm.

Auf ein Zeichen des Bischofs trugen die Sargträger Darwin aus dem Altarraum dorthin, wo die Steinplatten entfernt worden waren und ein schwarzes Tuch bauchig über einer Grube hing.

Kaum war der Sarg mit weißen Lilien hinabgesenkt, begann das endlose Defilee der Trauergäste, während der Chor Händels Trauerhymne sang: »Sein Leib wird in Frieden begraben, doch sein Name lebt ewiglich.«

Draußen vor dem Tor schüttelte Francis Galton Doktor Beckett die Hand. Er wisse, wie gut er dem kranken Cousin getan habe und wolle sich herzlich bedanken. Bei diesen Worten legte er seine Linke tätschelnd obenauf. In dem Moment bahnte sich der Bischof, in alle Richtungen nickend, den Weg zur Familie. Galton trat hervor und verbeugte sich. »Ehrwürden, Ihre Predigt hat den Nagel auf den Kopf getroffen. Jetzt ist wieder zusammen, was zusammengehört.«

Bevor der Bischof antworten konnte, sagte Doktor Beckett: »Entschuldigen Sie, dass ich mich einmische, aber die Eingemeindung Darwins ins Christliche wäre nicht nötig gewesen. Sie hätten es dabei belassen können, in Ehren die Fehde zu beenden. Mr Darwin gehört zweifelsohne in diese Ruhmeshalle der größten aller Briten. Doch sollte man einem Mann, der sich nicht mehr wehren kann, nichts andichten.«

Galton verzog das Gesicht ins Säuerliche, während der Bischof zuckersüß lächelte. Doktor Beckett grüßte und entschied, mit Blick zum aufklarenden Himmel, zu Fuß nach Hause zu gehen.

Während sich die letzten Nebelschwaden auflösten, schlenderte er an der Themse entlang. Er blinzelte in die Sonne, rümpfte die Nase, merkte, dass er seine Brille gar nicht aufhatte, und beschloss, die Silhouette Londons im Unscharfen zu belassen.

In den Hügeln von Kent

Er gab seinem Pferd die Sporen. Endlich war es wärmer geworden. Es war Sonntag, und Doktor Beckett wollte den Frühling riechen. Er verließ den steinigen Feldweg und ritt querfeldein. Denn hier, ein paar Meilen südöstlich von London, begann das Zweierlei, das er so mochte. Nichts als Hügel und Täler. Vor Jahren schon hatte er sich angewöhnt, diesem Zweierlei mit zwei Gangarten zu begegnen. Im Trab ritt er die Bottoms entlang, jene Täler mit flachen Sohlen, vor Jahrmillionen entstanden, weil das Gebirge aus Kreidekalk erodierte; im Galopp stürmte er die Hügel hinauf und hinunter, um das nächste Tal wieder zu durchtraben. Natürlich war es Darwin gewesen, der Beckett von der folgenschweren Erosion berichtet hatte, Bergumbauten hatten ihn bis dahin nicht ein Jota interessiert. Und doch war unlängst ein Lächeln über sein Gesicht gehuscht, als ihm beim Anblick der bröckelnden Kreidefelsen von Dover ein Licht aufging.

Ihn schauderte bei der Vorstellung, dass Darwin in seiner feuchten Gruft keinen Sonnenstrahl mehr spürte. Seine Beisetzung lag nun über eine Woche zurück. Und Marx war vielleicht schon in Algier?

Auf die zarten Zeichen Becketts hin – er neigte den Oberkörper nur um Nuancen zurück – drosselte Alba das Tempo. Die Anhöhe bot eine herrliche Aussicht. Brrrr. Doktor Beckett hielt das Pferd an, klopfte ihm den Hals, strich über seine Mähne und stieg ab. Der Schimmel dampfte.

Es war nicht das erste Mal, dass Beckett auf dieser Bank unter dem windschiefen Nussbaum eine Pause einlegte. Seine Oberlippe schmeckte salzig, was ihn wunderte, denn so stark hatte er doch gar nicht geschwitzt. Da fiel ihm Polly ein. Er schaute, wo die Sonne stand, und drehte den Kopf Richtung Südwesten. Nun blies ihm der Wind von vorne ins Gesicht. Genau wie Darwin gesagt hatte. Polly hatte damals eine Fensterscheibe geleckt, und Darwin hatte Beckett erklärt, dass sie das immer mache, wenn ein Südwestwind an den Scheiben Meersalz ablege. Er hatte dabei Richtung Cornwall gezeigt, denn von dort zögen die Atlantikstürme über den Kanal direkt nach Downe.

Beckett legte den Kopf in den Nacken und sog die Luft ein. Seine Augen wanderten über die Wiesen und gaukelten ihm vor, dass das Grün mit jeder Minute kräftiger wurde. Er hatte diesen Winter gehasst, der mehr als fünf Monate lang das Land mit feuchter Kälte überzogen und einige seiner Patienten ums Leben gebracht hatte. Gedankenverloren folgte er den Schatten der Wolken, die über die Hügelketten wanderten wie riesige Schafe.

Er gab seinem Schimmel eine Möhre und ein rundes Stück Pferdebrot, das Sarah gebacken hatte. Bei seinem letzten Besuch hatte sie ihm ein Leinensäckchen voll mit diesen Haferkeksen überreicht. Aus Dankbarkeit, dass er ihrer Großmutter nun schon seit Monaten beistand. So hatte sie sich ausgedrückt und war dabei ein wenig rot geworden. Alba knabberte zufrieden.

Der Wind wurde schneidend. Beckett zog die Reiterkappe tiefer in die Stirn und beschloss, aufzubrechen. Sie kehrten auf den Feldweg zurück, der zu einem Weiler mit

Backsteinhäusern führte. Auf dem Dorfteich schwamm ein Entenpaar. Ein kleines Mädchen schaute neugierig herüber. Beckett winkte ihm zu. Es winkte scheu zurück.

Er ritt an einem Küchengarten vorbei, mit liebevoll angelegten Beeten. Ein Rechen lehnte am Zaun, vor dem schiefen Eingangstürchen standen zwei Paar Gartenstiefel, und Beckett wurde von Sehnsucht befallen.

Gegenüber der Kirche entdeckte er ein Pub und lenkte Alba kurz entschlossen hin. Der Wirt, ein rothaariger Wuschelkopf, schüttelte ihm so kräftig die Hand, als hätte er seit Stunden auf ihn gewartet. Beckett bestellte ein Pint, ließ die Geste des Wirts, am Tresen Platz zu nehmen, ohne nennenswerte Antwort und ging zu dem dunkelroten Ledersessel, der ein wenig abseits in einer finsteren Ecke stand.

»Ich möchte Sie nicht weiter stören, Sir. Doch vielleicht hätten Sie Spaß daran, mit uns im Nebenzimmer Cribbage zu spielen?« Der Wirt stellte ihm das Bier auf sein Beistelltischchen und wies zur angelehnten Tür. Beckett verneinte dankend und nahm einen Schluck.

Sollte er Sarah einen Antrag machen? Er trank das halbe Glas leer. Und nahm sich vor, das Lokal nicht eher zu verlassen, als bis er die Antwort wusste. Sarah saß oft am Bett ihrer Grandma, um ihr etwas von Jane Austen oder Charles Dickens vorzulesen. Beckett grinste, als ihm auffiel, dass er die Welt der Schönen in zwei Hälften teilte. Es gab Frauen, die, besonders wenn sie schwiegen, hübsch anzusehen waren, und solche, die erst hübsch wurden, wenn sie redeten und gestikulierten. Zweifellos gehörte Sarah zu Letzteren. Sie redete mit Händen und Füßen und hatte die zierlichsten Handgelenke, die er je gesehen hatte.

Beckett nahm einen kräftigen Schluck. Was sprach gegen den Antrag? Nun ja, das lag auf der Hand. Aber gab es nicht genügend Gründe, auf seine Freiheit zu verzichten? Er nahm noch einen Schluck. Aus dem Nebenraum drang das Gelächter der Spieler. Dann trank er das Glas in einem Zug leer. Nach einigen Minuten schlurfte der Wirt aus dem Nebenzimmer herbei und fragte, ob es noch ein Pint sein dürfe? Beckett nickte und bat um eine Kleinigkeit zu essen.

Es war ihm nicht verborgen geblieben, dass Sarah sich jedes Mal ein wenig erregte, wenn er kam, zumindest schienen ihre Wangen ihm das mitzuteilen. Während der Großmutter nicht verborgen geblieben war, dass er es mochte, wenn Sarah aufstand und er ihr hinterherschauen konnte, wie sie aus dem Zimmer schwebte. Ja, sie schwebte. Beckett attestierte Sarah Anmut und sich eine gewisse Vorliebe für dieses Zarte und Feine. Als ihm das Wort Vorliebe eingefallen war, lächelte er zufrieden. Es klang wie das Gefühl, das vor der Liebe kam. Er war beschwipst.

Während er mit einem Bierdeckel spielte, ihn hin und her drehte, fragte er sich, ob er die Vor- und Nachteile, die eine Heirat mit sich brachte, auflisten sollte. Es würde nicht schaden, ein wenig Logik in die Sache zu bringen. Der Wirt stellte einen bemerkenswert ramponierten Teller mit einem Sandwich und einem frischem Pint auf das Tischchen. Beckett nickte ein zerstreutes Dankeschön und dachte, dass er wahrscheinlich den Mut gehabt hätte, Darwin um Rat zu fragen. Der hatte doch offenbar mit Emma eine gute Wahl getroffen. Er hob das Glas auf ihn. Und wurde traurig.

Was Beckett nicht wissen konnte, war, dass Darwin in ähnlicher Lage tatsächlich eine Heiratsliste angefertigt hatte. Er, der ohnehin zum Listenschreiben neigte, war der gallertartigen Verschwommenheit von Liebesdingen mit säuberlich getrenntem Pro und Contra begegnet. Darwin hatte sich den weiblichen Reizen weniger ausgeliefert gefühlt und einer Entscheidung besser gewachsen, sobald er seine Gründe in Reih und Glied betrachten konnte. Deshalb hatte er im Juli 1838 auf einem blauen Blatt Papier all seine Argumente versammelt:

Heiraten

Kinder (so Gott will).

Ständige Gefährtin und Freundin im Alter, die sich für einen interessiert.

Jedenfalls besser als ein Hund. Eigenes Heim und jemand, der den Haushalt führt.

Charme von Musik und weiblichem Geplauder.

Diese Dinge gut für die Gesundheit – aber schreckliche Zeitverschwendung!

Mein Gott, es ist unerträglich, sich vorzustellen, dass man sein ganzes Leben lang wie eine geschlechtslose Arbeitsbiene nur schuftet und sonst nichts hat. Nein, nein, das geht nicht. Stell dir vor, den ganzen Tag allein in einem verrauchten, schmutzigen Londoner Haus zu verbringen. Halte das Bild einer lieben, sanften Frau auf einem Sofa am Kaminfeuer mit Büchern und Musik dagegen.

Heiraten – heiraten – heiraten.

q. e. d.

Nicht heiraten

Freiheit hinzugehen, wohin man will.

Gespräche mit klugen Männern in Clubs.

Nicht gezwungen, Verwandte zu besuchen und sich in jeder Kleinigkeit zu unterwerfen.

Kosten für Kinder, Sorgen um sie. Vielleicht Streitereien.

Zeitverlust.

Keine Lektüre an den Abenden.

Man wird fett und faul.

Angst und Verantwortung.

Weniger Geld für Bücher usw.

Wenn viele Kinder, Notwendigkeit eines Brotberufs (dabei ist es sehr schlecht für die Gesundheit, zu viel zu arbeiten).

Vielleicht mag meine Frau London nicht; dann lautet das Urteil Verbannung.

Doch Kopf hoch, mein Junge! Es gibt viele glückliche Sklaven.

Beckett nagte am Sandwich. Er zog das Notizbuch aus der Innentasche seines Reitrocks und ließ die oberen Knöpfe offen, da ihn die stickige Luft mit ihrer Mischung aus kaltem Rauch, der im Gastraum hing, und frischem Rauch, der aus dem Nebenzimmer herüberwaberte, beengte. Das Roastbeef war zäh und das Brot trocken. Kurzerhand verwarf er die Idee mit der Liste, steckte sein Notizbuch wieder ein, sprang auf, leerte sein Glas im Stehen, ging zum Tresen, nahm die kleine Glocke und bimmelte, denn der Wirt war bei seinen Spielkumpanen. Nachdem er gezahlt hatte, legte er ein ordentliches Trinkgeld hin und stürmte Richtung Tür.

Mit Blick auf das nur halb verzehrte Sandwich schüttelte der Wirt seine roten Locken und verzichtete darauf, den rastlosen Gast ein zweites Mal zum Cribbage einzuladen, obwohl er fand, dass diesem verwirrten Gentleman ein wenig Geselligkeit nicht übel zu Gesicht gestanden hätte. Schließlich war der in die Jahre gekommene Wirt nicht gerade unerfahren im Umgang mit Männern in derlei Zuständen. Meist, so war nach einigen Pints offengelegt, hatte es etwas mit ihren Frauen zu tun oder mit Frauen, die noch nicht die ihren waren.

Alba freute sich, dass ihr Festgebundensein vor dem Pub ein Ende hatte, und schnaubte einen Gruß. Kaum atmete Beckett die frische Luft, wurde sein Kopf etwas klarer und er dachte an Sarah, die mit heißem Tee auf ihn wartete. Er bereute das zweite Bier, und während er den Sattelgurt nachzog, bekam er Schluckauf. Kurz erwog er, eine Runde spazieren zu gehen, doch dann entschied er sich zu reiten. Auf Albas Rücken hatte er schon viele Gedankensplitter so lange gerüttelt und geschüttelt, bis sie sich zu einem Bild zusammengefunden hatten. Mit dem linken Fuß zielte er in den Steigbügel, schwang mit einiger Mühe das rechte Bein über die Kruppe und musste sich beim Einsitzen mehr als sonst festhalten. Konnte Sarah reiten? Warum war er noch nie mit ihr ausgeritten? Es kam ihm seltsam vor, dass er sie noch nie danach gefragt hatte.

Um des Alkohols im Kopf Herr zu werden, fixierte Beckett einzelne Steine der Friedhofsmauer, an der sie langsam entlangritten, vorbei am schmiedeeisernen, mit Engeln verzierten Eingangstor. Es kam ihm vor, als schwanke und schaukle sein Pferd wie ein Kamel. Da fiel ihm Marx ein, der nun wohl in Algier hustete. Ob der vom Schicksal Geplagte sich traute, durch die Wüste zu reiten? Beckett fühlte Mitleid, trotz der ruppigen Begegnung in der Kutsche. Denn nun hatte sich zu all den Unbilden seines Lebens auch noch der Tod der Ehefrau gesellt, und Beckett wollte nicht in Abrede stellen, dass Marx darüber sehr traurig war. Obwohl es ihm nicht leichtfiel, diesem Schwerenöter die Sache mit Lenchen zu verzeihen. Eigentlich war er, was Marx' Verhältnis zu den Frauen betraf, nie recht schlau aus ihm geworden.

Während Alba mit ihm auf dem Rücken an der Mauer entlangtrottete, stellte Beckett sich vor, wie Marx seinen Oberkörper in die Sonne hielt, so wie er es ihm empfohlen hatte. Und vielleicht würde die Wärme des Mittelmeers nicht nur den Bronchien guttun, sondern sein Denken und Schreiben heiterer gestalten. Beckett lachte. Er musste die Schraube nur ein wenig weiterdrehen, dann steuerte das Marx-Sein das Marx-Bewusstsein, und das *Kommunistische Manifest* war das Resultat gepeinigter Organe. Ganz zu schweigen von Band I des *Kapitals*, der wieder einmal wie altes Schwarzbrot auf seinem Schreibtisch lag. Beckett fand, Marx müsste sich gefallen lassen, dass man seinen Materialismus auch auf ihn selbst anwendete, und war begeistert von seinen eigenen Schlussfolgerungen. Bis ihm dämmerte, dass diese Logik einer nüchternen Prüfung vermutlich nicht standhalten würde. Oder doch?

Eine halbe Meile trotteten Pferd und Reiter dahin, bis sie an einem herrschaftlichen Gutshaus vorüberkamen, das, von großen strohgedeckten Scheunen flankiert, am Rand des Weilers stand. Beim Anblick des Gartens fragte er sich, ob Sarah wohl lieber auf dem Land oder in London wohnen wollte? Nicht einmal das wusste er. Doch schwärmte sie für Blumengärten. Das hatte er sich gemerkt.

Als der Verwalter aus der Tür trat und mit geschäftigen Schritten zur Stallung ging, besann sich Beckett auf seine schlechte Haltung, atmete durch und wechselte in den Trab. An der Weggabelung kurz hinter dem Gutshaus steuerte er ein in Sichtweite liegendes Buchenwäldchen an.

Wie sähe der Alltag mit Sarah aus? Würde sie ihm in der Praxis helfen? Hätten sie Kinder? »Unbedingt!«, entfuhr es ihm laut. Seinen Sohn würde er Charles nennen – falls Sarah damit einverstanden wäre, aber was sollte sie gegen Charles haben? Seine Tochter wahrscheinlich Julia. Oder Mary? Auf keinen Fall Edith oder Victoria.

Beckett kraulte Alba hinterm Ohr und fing an zu rechnen. Wie alt wären seine Kinder, wenn das neue Jahrhundert begann? In nicht einmal 18 Jahren war es so weit. Für sein Leben gern hätte er die Fähigkeit besessen, in die Zukunft zu schauen. Ob Marx recht bekam? Würde es im 20. Jahrhundert kommunistische Länder geben? Er glaubte nicht. Nein, der Revolutionsgedanke würde verpuffen. »Peng!«, platzte es aus Beckett heraus, und Alba spitzte die Ohren.

Der Weg zwischen den Buchen war feucht, und Beckett freute sich, dass der Wind draußen blieb. Auf dem weichen Waldboden wurde Albas Hufschlag leiser, und unter den erst zart belaubten Baumkronen, die die Sonne noch passieren ließen, blühten Buschwindröschen zu Tausenden. Inseln mit Schlüsselblumen, Lungenkraut und den ersten Veilchen sprenkelten den Boden gelb, weiß und blau. Es war jene kurze Zeit des Frühlings, in der das untere Stockwerk des Waldes in üppiger Blüte stand und die Wiesen draußen bei weitem übertrumpfte.

Beckett, in dessen Kopf die Gedanken umherjagten wie wild gewordene Hummeln, stieg ab. Über weiches Moos ging er zu einer Lichtung, blieb mittendrin stehen, hielt das Gesicht in die Sonne und schwankte mit dem Oberkörper leicht vor und zurück, wie so oft, wenn er unschlüssig war. Dann bückte er sich und pflückte Veilchen. Als er seinen langen Körper wieder aufrichtete, war ihm schwindlig. Er schloss die Augen, sammelte sich und ging zu Alba zurück.

Der Weg wand sich aus dem Buchenwäldchen hinaus und führte sanft bergauf ins offene Land. Am liebsten hätte er noch das helle Blau vom Himmel gepflückt, doch dazu hatte er jetzt keine Zeit. Er gab seinem Schimmel die Sporen.

Der untote Tote

17. März 1883. Ein prächtiger Fuchs lugte zwischen dem frisch aufgeworfenen Erdhügel, in dem noch die Schaufel des Totengräbers steckte, und dem benachbarten schiefergrauen Grabstein hervor, als Friedrich Engels mit elf Trauergästen – vier davon trugen den Sarg – um die Ecke bog. Der Fuchs rannte ein paar Meter, blieb stehen und schaute mit funkelnden Augen zurück. Dann verschwand er. Nur sein buschiger Schwanz, feuerrot und mit heller Spitze, tauchte noch hie und da und munter wedelnd im Meer der Gräber auf.

Es war ein stürmischer Samstag, als Karl Marx auf dem Londoner Friedhof zu Highgate in jenes Grab gelegt werden sollte, in dem fünfzehn Monate zuvor seine verstorbene Frau Jenny beerdigt worden war.

Wilhelm Liebknecht und Marx' Schwiegersohn Aveling trugen je einen Kranz mit roten Schleifen, die im Wind flatterten und deren Botschaften daher nur mit Mühe und unter Verrenken der Köpfe zu entziffern waren. »Einen letzten Scheidegruß: dem treuen Freund des Proletariats!« und »Dem großen Sozialisten, unser aller Meister«.

Engels nahm den Hut vom Kopf, trat vor den Sarg und hob an zu sprechen, während seine Hände die Hutkrempe kneteten.

»Liebe Trauernde.« Engels machte eine Pause, als hätte er seine Rede vergessen, und sah dabei erbärmlich aus. Er räusperte sich mehrere Male. Mit rauer Stimme hob er ein zweites Mal an: »Die Menschheit ist um einen Kopf kürzer gemacht worden. Und zwar um den bedeutendsten, den sie heutzutage hatte. Am 14. März, nachmittags ein Viertel vor drei, hat der größte lebende Denker aufgehört zu denken. Kaum zwei Minuten allein gelassen, fanden wir ihn in seinem Sessel ruhig entschlummert – für immer.«

Wieder pausierte Engels. Seine Unterlippe zitterte. Er vermied es, Marx' Tochter Eleanor anzuschauen, die sich am Arm ihres kühl dreinblickenden Mannes Aveling festhielt und weinte.

»Marx war vor allem Revolutionär. Mitzuwirken am Sturz der kapitalistischen Gesellschaft, mitzuwirken an der Befreiung des Proletariats, das war sein wirklicher Lebensberuf. Der Kampf war sein Element! Und er hat gekämpft mit einer Leidenschaft, einer Zähigkeit, einem Erfolg wie wenige.«

Ein Ruck ging durch seinen Körper, als siegte schlagartig auch bei ihm das Kämpferische über die Trauer. »Deswegen war der Verstorbene der meistgehasste und meistgeliebte Mann seiner Zeit. Meistgehasst von den Unterdrückern und Ausbeutern, meistgeliebt von den Unterdrückten und Ausgebeuteten, soweit sie sich ihrer Lage bewusst sind.« Er verlor den Faden und starrte auf den Sarg.

Erst nach einer ganzen Weile fuhr er fort. Und fiel im Ton ins Traurige zurück. »Wie oft ist Karl wohl in seinem Arbeitskabinett an der Maitland Park Road auf und ab geschritten? Ich weiß es nicht. Ungezählte Male! Besonders in der Nacht. Unser geliebtes Lenchen«, er suchte ihren Blick, »Lenchen Demuth, der an dieser Stelle gedankt sein muss für ihre aufopferungsvolle Tätigkeit, ja, Lenchen hatte, was diese körperliche Seite seines Arbeitens betraf, das Nachsehen. Denn die Küche und ihre Kammer liegen unter seinem Arbeitszimmer, und unser schwerer, athletischer Mohr brachte die Deckenbalken so recht ins Schwingen.« Er lächelte.

Eleanor nickte und schaute zu ihrer Schwester Laura hinüber, die mit versteinerter Miene verharrte, den Blick auf den Sarg geheftet. Eleanor dachte daran, wie sehr sie und Laura dieses Schwanken des Bodens mochten, das sich auch auf ihre Betten übertragen hatte. Die kleinen Mädchen liebten die Vorstellung, ihr Vater, der im Zimmer nebenan dabei war, die Welt vor dem Bösen zu retten, schaukle sie in den Schlaf.

»Lenchen, ohne dich hätte Mohr mit seiner Familie schon vor Jahrzehnten nicht überleben können. Du brachtest jeden Tag ein bisschen Glück und Wärme ins Haus.«

Lenchen nickte ergriffen. Sie war nicht davon ausgegangen, dass sie hier Erwähnung fände.

»Ich hatte die Ehre, des Öfteren mitzumarschieren. Wir gossen uns einen Cognac ein und schritten von der Tür bis zum Fenster und wieder zurück. Die Marschroute beschränkte sich notabene auf die Fläche des roten Teppichs, der viele Umzüge hat erdulden müssen.« Liebknecht schaute irritiert und hoffte inständig, dass Engels zum Wesentlichen der kommunistischen Lehre käme, statt sich in einem alten Teppich zu verfransen.

»Beim Marschieren referierte ich so gut ich konnte die aktuellen Zahlen der Börse, und wir zogen unsere Schlüsse. Liebe Trauernde, wer von euch hätte nicht die Löcher gesehen, die an beiden Enden in den Teppich hineingebohrt waren? Weil wir Marschierende, jeweils am äußersten Rand angekommen, auf dem Absatz kehrtmachten?«

Ein Lächeln huschte über Becketts Gesicht. Er hatte

nach dieser Rennstrecke nie zu fragen gewagt. Aufmerksam hörte er Engels zu, da er von Marx' Kompagnon noch keine rechte Vorstellung hatte. Das Einzige, was er wusste, war, dass seine ärztlichen Honorarnoten von diesem beglichen wurden. Und dass Engels mit Marx den Handel um Lenchens Sohn abgeschlossen hatte.

»Es ist nicht übertrieben, diese Märsche in Karls Denkerstube als Sinnbild zu betrachten. Denn bald schon werden die Kommunisten auf den Straßen marschieren.« Er machte eine kleine Verschnaufpause. »Wenn Mohr einen Besucher neben sich herrennen ließ, war das die höchste Auszeichnung, die er zu vergeben hatte, und die derart Geadelten erfüllte das Marschieren mit Stolz.«

An dieser Stelle nickte Liebknecht und fand wieder mehr Gefallen an der Rede.

»Wenn er zu zweit marschierte, war Mohr weniger allein. Nicht nur, was seine gewaltige historische Aufgabe betraf. Nein. Ich meine auch die Melancholie, mit der viele Exilanten zu kämpfen haben. Der Heimat entrissen, der Sprache entfremdet, von preußischen Spionen verfolgt. Und nicht zu vergessen, dem elenden Londoner Wetter ausgesetzt, das der an der Mosel Geborene einfach nicht vertrug.«

Nun konnte Tochter Laura ihre Tränen nicht mehr zurückhalten. »Liebe Trauernde, ich freue mich, dass wir an seinem letzten Tag noch eine schöne Kiste mit feinsten kubanischen Zigarren geöffnet haben. Denn der Rabenschwärze, die ihn regelmäßig anfiel wie ein hinterhältiges Tier, begegnete Karl vorzugsweise mit Zigarren. Den Tabakduft in der Nase, wurde Mohr wenige Stunden vor seinem Tod ein letztes Mal heiter.«

Engels blickte entschuldigend zu Doktor Beckett hinüber. »Aber es waren nicht nur Krankheit und Vertreibung, die ihn leiden ließen. Durch Jennys Tod war das Wichtigste und Liebste aus ihm herausgerissen. Keine Sekunde mehr war er der Alte.«

Engels schaute auf seinen Zettel, längst war er von seiner Rede abgewichen. Vielleicht hätte er den Cognac nicht trinken sollen.

Seine Stimme wurde lauter, als er, zum ursprünglichen Text zurückkehrend, verkündete: »Wie Darwin das Entwicklungsgesetz der organischen Natur, so entdeckte Marx das Entwicklungsgesetz der menschlichen Geschichte. Das heißt, er deckte die Tatsache auf, dass die Menschen vor allen Dingen zuerst essen, trinken, wohnen und sich kleiden müssen, ehe sie Politik, Wissenschaft und Kunst betreiben können. Dass also die ökonomische Entwicklungsstufe eines Volkes die Grundlage bildet, aus der sich Staat, Recht, Kunst und selbst die religiösen Vorstellungen entwickelt haben. Und aus dieser materiellen Grundlage heraus müssen sie erklärt werden – nicht, wie bisher geschehen, umgekehrt.«

Aveling nickte und beschloss, Engels um das Manuskript dieser Rede zu bitten. Sie enthielt Sätze, die er für sein Buch *Marx für Studenten*, das er noch immer nicht fertig geschrieben hatte, brauchen konnte. Auch Liebknechts Augen signalisierten sein kämpferisches Einverständnis.

»Darwins Naturwissenschaft hat Gott getötet. Marx' Gesellschaftswissenschaft hat den Kapitalismus getötet. Darwin erklärt, wie Tier- und Pflanzenarten im Kampf ums Dasein entstehen. Marx erklärt, wie unterschiedliche Arten von Gesellschaften im Kampf der Menschen ums Dasein entstehen. Die Handmühle ergibt eine Gesellschaft mit Feudalherren, die Dampfmühle eine Gesellschaft mit industriellen Kapitalisten.« Seine Stimme donnerte.

Lenchen fürchtete, dass die Ansprache sich noch weiter ins Theoretische verirren könnte, und schweifte mit ihren Gedanken ab. Sie nahm sich vor, ihrem Sohn die Wahrheit zu sagen.

»Es ist keine Kleinigkeit, dass die Theorie der Evolution endgültig bewiesen hat, dass alle Menschen gleich sind, da sie, egal ob schwarz, gelb oder weiß, dieselben Vorfahren teilen. So fügen sich Evolution und Kommunismus zur standfesten Basis für eine Gesellschaft ohne Sklaven und ohne Unterdrückung.«

Eleanor schaute trotzig und war überzeugter denn je, dass die Revolution bald kommen würde.

»Nein, wir trauern nicht. Der Tote ist nicht tot. Er lebt im Herzen, er lebt im Kopf des Proletariats. Unser lieber Karl durfte den Erfolg seines Kampfes nicht mehr erleben. Aber dieser Erfolg wird kommen! Die Nachwelt wird mit der großen Aufgabe konfrontiert, seine Schätze zu heben.«

Engels wusste, welche Mammutaufgabe in den nächsten Jahren auf ihn wartete. Wer sonst sollte die Bände II und III des *Kapitals* fertig schreiben?

»Toter lebender Freund! Wir werden den Weg, den du uns gezeigt hast, wandeln bis zum Ziel. Das geloben wir hier an deinem Grab.«

Engels reckte die Faust nach oben. Liebknecht, Aveling und Eleanor taten es ihm gleich. An dieser Stelle schaute der Fuchs hinter einem benachbarten Grabstein hervor. Laura hatte ihn entdeckt und derart erschrocken geschaut, dass die Trauergemeinde ihren Blicken folgte. Liebknecht ärgerte sich, dass das Tier vom Sozialismus ablenkte, stampfte auf und machte Zischlaute, um den neugierigen Fuchs zu vertreiben. Doch der scherte sich nicht darum.

»Zum Abschluss möchte ich ein Gedicht vortragen, das

ich mit Mitte zwanzig über meinen jungen Freund Karl
verfasst habe:

> Wer jaget hintendrein mit wildem Ungestüm?
> Ein schwarzer Kerl aus Trier, ein markhaft Ungetüm;
> Er gehet, hüpfet nicht, er springet auf den Hacken
> Und raset voller Wut und gleich, als wollt' er packen
> Das weite Himmelszelt, und zu der Erde ziehn,
> Streckt er die Arme sein weit in die Lüfte hin.
> Geballt die böse Faust, so tobt er sonder Rasten,
> Als wenn ihn bei dem Schopf zehntausend Teufel
> fassten.«

Engels trat von der Grube zurück und wollte sich gerade
wieder neben Liebknecht einreihen, als Doktor Beckett,
der neben Lenchen stand, ihn abrupt am Ärmel zur Seite
riss – was Engels beinahe straucheln ließ. Doktor Beckett
deutete, sich leise entschuldigend, auf den Boden. Da
wand sich ein rosaroter Regenwurm, der sich aus der frisch
aufgeworfenen Erde aufgemacht hatte, die Umgebung zu
erkunden.

Während die vier Sargträger Marx hinunterließen, begann das bis dahin tapfere Lenchen zu weinen. Doktor
Beckett legte den Arm um ihre Schultern. Dann murmelte
sie, als würde es ihr eben erst bewusst: »Nun ist auch noch
unser heimatloser Mohr mit dem Tode abgegangen.« Als
Beckett ihr sein Taschentuch gab, sah sie den goldenen
Ring an seinem Finger und lächelte.

Anhang

Karl Marx (1818 – 1883), Philosoph, Revolutionär und Streiter für die Arbeiterklasse,

wird am 5. Mai 1818 in Trier in eine jüdische Familie hineingeboren, die wenige Jahre später zum protestantischen Glauben konvertiert. Er studiert auf Wunsch des Vaters ab 1835 zunächst Rechtswissenschaften in Bonn, bald darauf in Berlin; dort wechselt er zu Philosophie und Geschichte. 1841 wird er an der Universität Jena im Fach Philosophie promoviert. 1842 lernt er in seiner Kölner Zeit als Chefredakteur der liberalen *Rheinischen Zeitung* Friedrich Engels kennen, mit dem er ab 1844 eng zusammenarbeitet und bis zu seinem Tod befreundet ist. 1843 heiratet er die Baronesse Jenny von Westphalen. Aus der Ehe gehen sieben Kinder hervor, vier sterben vor Vollendung des zehnten Lebensjahres. 1848 erscheint das *Manifest der kommunistischen Partei*, das mit dem weltbekannten Zitat »Proletarier aller Länder vereinigt Euch!« endet. Sein Hauptwerk *Das Kapital*, Band I., erscheint 1867, die Bände II. und III. folgen erst nach seinem Tod – aus Notizen, Exzerpten und Manuskripten von Engels zusammengetragen. Marx stirbt als staatenloser Exilant 1883 in London, wo er, nach Stationen in Paris und Brüssel, seit 1849 gelebt hat. Er wird auf dem Highgate Cemetery in dem Grab beerdigt, in dem schon seine Frau Jenny liegt, die 1881 an Krebs gestorben ist.

Charles Robert Darwin (1809 – 1882), Naturforscher und Begründer der modernen Evolutionstheorie,

wird am 12. Februar 1809 in Shrewsbury als Sohn des angesehenen Arztes Robert Darwin geboren. Seine Mutter Susannah Wedgwood stirbt früh. Charles beginnt 1825 zunächst ein Medizinstudium in Edinburgh, bricht es nach zwei Jahren ab und wechselt 1828 nach Cambridge, um Theologie zu studieren. In dieser Zeit gilt sein Hauptinteresse längst der Natur: So sammelt er systematisch Käfer und macht geologische Exkursionen. 1831 bis 1836 fährt er an Bord des Vermessungsschiffes *Beagle* um die Welt und sammelt Tausende Tiere, Pflanzen, Fossilien und Steine – der Grundstock seines Werks. Schon während seiner Weltreise reift in ihm die Erkenntnis, dass Arten wandelbar sind. Gleich nach der Rückkehr beginnt sein unaufhaltsamer Aufstieg als Naturforscher und Autor zahlreicher Bücher. 1839 heiratet er seine Cousine Emma Wedgwood, sie bekommen zehn Kinder, zwei sterben bald nach der Geburt, seine Lieblingstochter Annie mit zehn Jahren. 1842 ziehen die Darwins in das Dörfchen Downe südöstlich von London. 1859 erscheint sein Hauptwerk *Über die Entstehung der Arten*, mit dem er die moderne Evolutionstheorie begründet. Darwin stirbt 1882 und wird in der Westminster Abbey beigesetzt.

Fakten und Fiktion

Ein Roman über zwei bedeutende Männer des 19. Jahrhunderts mit großen Bärten und bei schlechter Gesundheit – was stimmt an der Geschichte? Was ist erfunden? Die kurze Version meiner Antwort lautet: Mir ging es darum, die historische Wahrheit nicht zu verfälschen und Quellen heranzuziehen, wann immer es möglich und sinnvoll war. Ich habe versucht, einen Roman darüber zu schreiben, wie es hätte sein können.

Die etwas längere Version geht so: Ich war schon eine ganze Weile – man kann sie in Jahren messen – damit beschäftigt, über Darwin zu lesen und zu schreiben, da ich fasziniert war von dem Gedanken, dass ein Mann, der ursprünglich Pfarrer werden wollte, später den Schöpfer abschaffte – sozusagen als Kollateralschaden seiner Naturbeobachtung. Diese schuldhafte Verstrickung schien mir ein spannendes Thema zu sein. Ich hatte also weniger einen Roman über die Theorie der Evolution im Sinn, als dass ich einen Blick in Darwins Innenleben werfen wollte.

Um ihm so nah wie möglich zu kommen, begann ich, seine Briefe und Notizen zu lesen. Wie war seine Sprache? Wie entfaltete er seine Gedanken? War er mutig oder ängstlich? Wem teilte er seine Sorgen mit? In seiner Korrespondenz – rund 15.000 Briefe sind bekannt – und in den berühmten Notizbüchern öffnet sich sein ganzer Kosmos. Besonders die Briefe halfen mir dabei, ihn erzählerisch zum Leben zu erwecken.

Zufällig stieß ich in einer Darwin-Biografie auf die beiläufig erwähnte Tatsache, dass Karl Marx 1873 *Das Kapital* mit einer sehr wertschätzenden Widmung an Darwin geschickt hatte. Erst in diesem Moment dämmerte mir, dass die beiden zeitgleich gelebt hatten. Diese Erkenntnis elektrisierte mich regelrecht. Schnell war Darwins Brief gefunden, in dem er sich bei Marx bedankt hatte. Kaum hatte ich diese Zeilen gelesen, begann sich Marx in meinen Roman hinein zu schleichen. Ebenso schnell war recherchiert, dass die beiden nur rund zwanzig Meilen voneinander entfernt gewohnt hatten. Dank Google Earth ließ ich meinen Blick von der Maitland Park Road in London bis Downe wandern und stellte mir vor, wie lange damals eine Kutsche, ein Pferd oder der Zug (bis ins nahe Beckenham) für diese Wegstrecke wohl gebraucht haben mochten.

Die eigentliche Frage jedoch, die mich nicht mehr losließ, lautete: Was hatten diese beiden Helden der Weltgeschichte, die zur selben Zeit, quasi als Nachbarn, bahnbrechende Werke schrieben, miteinander zu verhandeln? Haben sie sich vielleicht sogar persönlich gekannt? Falls ja, was hätten sie sich zu sagen gehabt?

Bald war klar, dass sie sich trotz der räumlichen Nähe nie getroffen haben. Doch Marx hat Darwins Buch *Über die Entstehung der Arten* mit großem Interesse gelesen und sofort verstanden, dass das, was er da las, den Blick auf die Welt, auf den Menschen, für immer verändern würde. Darwin hingegen hat *Das Kapital* nicht gelesen und mit großer Sicherheit auch keinen anderen Text von Marx.

Er war als recht konservativer, wohlhabender Gentleman und Naturforscher wenig an kommunistischen Umtrieben interessiert. Im Gegenteil, er vermehrte sein Kapital durch kluge Investitionen, zum Beispiel im Eisenbahnbau. Und doch gab er dem *Kapital* einen Platz in seinem Arbeitszimmer, wo das Buch bis heute steht. Noch immer sind nur die ersten 104 Seiten aufgeschnitten.

Auch an Karl Marx interessierte mich für die Geschichte, die ich erzählen wollte, weniger das Theoriegebäude als seine Person und sein Leben als staatenloser Exilant. Deshalb las ich mit großem Gewinn den Briefwechsel zwischen Marx und Engels, um dem Menschen Marx näher zu kommen. Wie verbrachte er seine Tage? Was fürchtete und was hoffte er? Was sagt seine Sprache über ihn aus? Was bedeutete das ewige Pleitesein, seine unentwegten Krankheiten und das Bespitzeltwerden durch preußische Spione? Es hat mich überrascht, wie grob er oft war, was für ein fluchender, schimpfender, aufbrausender Mann in seinen Briefen zum Ausdruck kommt. Bald flossen diese Ausdrücke in die Dialoge des Romans ein. Überhaupt habe ich die Diktion beider Helden an die Sprache ihrer Briefe oder Notizen angelehnt und Worte gewählt, die sie gerne verwendeten. Marx zum Beispiel liebte »famos« oder »Hundling«.

Je mehr ich recherchierte, desto verblüffter war ich darüber, dass zwei derart unterschiedliche Charaktere, repräsentiert durch das Begriffspaar Evolution und Revolution, derart viele Gemeinsamkeiten hatten. Als mir das auffiel, begann ich eine Liste zu führen, die immer länger wurde. Darauf steht zum Beispiel, dass sowohl Darwin als auch Marx mehrere Kinder verloren und den Tod ihres jeweiligen Lieblingskindes (Darwins Tochter Annie starb

1851; Marx' Sohn Edgar, genannt Musch, starb 1855) kaum verkraften konnten; dass beide unter Übelkeiten, Hypochondrie, Migräne, Schlaflosigkeit und massiven Hautproblemen litten. Dass beide Opium bekamen. Beide ihre »Rennstrecken« zum Nachdenken hatten. Nicht zu vergessen: ihre ikonenhaften Köpfe mit den rauschenden weißen Bärten. Vor allem aber, dass beide Werke schrieben, die die Menschen nie wieder loslassen sollten. Auch hatten sie große Schlachten mit ihrer Religion zu schlagen und schienen sich in ähnlicher Weise schuldig zu fühlen. Darwin hatte Theologie studiert und war als gläubiger junger Mann mit der Bibel im Gepäck an Bord der *Beagle* gegangen; Marx stammte aus einer Rabbinerfamilie und wäre durchaus als Rabbi von Trier infrage gekommen. Doch Karls Familie konvertierte aufgrund des Antisemitismus zum protestantischen Glauben. Hauptsächlich, weil der Vater als Jude keine Anwaltskanzlei hätte führen dürfen.

Der Glaubenskonflikt zwischen Emma Darwin (1808-1896) und ihrem Mann bestand tatsächlich. Unverbrüchlich glaubte sie an ein Leben im Jenseits und stellte Charles nicht nur einmal die Gretchenfrage. Mehrfach hat sie gemeinsam mit Tochter Henrietta riskante religiöse Stellen in Darwins Büchern zensiert. Emma, ein Spross der berühmten und wohlhabenden Porzellan-Dynastie Wedgwood, war eine gebildete Frau, sie spielte ausgezeichnet Klavier und erhielt während eines Paris-Aufenthaltes Unterricht von Chopin.

Francis Galton (1822 – 1911), dem ich einige kleinere Auftritte gebe, war ein Cousin Darwins. 1859, als *Die Entstehung der Arten* erschien, beschäftigte er sich gerade mit der Suche nach einer mathematischen Formel für die perfekte Tasse Tee. Die statistische Untersuchung über die Wirkung von Gebeten, die ich zitiere, hat er wirklich vorgenommen. Auch scheute er sich nicht, einen Essay zu verfassen über *Das Schneiden eines runden Kuchens nach wissenschaftlichen Erkenntnissen.* Messen, was messbar ist, lautete seine Devise, er war durch und durch ein Kind des 19. Jahrhunderts, in dem die Naturwissenschaften ihren Siegeszug antraten. Außerdem war er hochbegabt. Allerdings gilt Galton auch als Vater der Eugenik. Er zog eigene Schlüsse aus der Theorie seines Vetters und übertrug das sprichwörtliche »Überleben des Stärkeren« auf die menschliche Gesellschaft, was Darwin selbst so nie tat und das Überleben des »besser an die Umwelt Angepassten« meinte. Galton hingegen gehörte zu denjenigen Rassentheoretikern, die den Nazis den Boden bereiteten.

Sehr wohl aber gibt es einen Brief Darwins vom 26. Juli 1872 an den Züricher Juraprofessor Heinrich Fick, in dem er das Prinzip der Konkurrenz unter Menschen verteidigt. Er schreibt, es sei kritisch einzuschätzen, dass »alle Arbeiter – die guten und die schlechten, die starken und die schwachen – dass alle die gleiche Anzahl an Stunden arbeiten und dafür den gleichen Lohn erhalten sollen«. Obwohl sich die meisten Darwin-Interpreten einig sind, dass er sich immer wieder dagegen wehrte, seine Theorie auf soziale und ökonomische Themen anzuwenden, tut er es hier ausdrücklich. Wenn Gewerkschaften oder »kooperative Gesellschaften, auf die viele ihre Hoffnung setzen«, das Prinzip des Wettbewerbs aushebelten, so Darwin, sei das schädlich für den »Fortschritt der Menschheit«. In diesem Brief erteilt der Naturforscher den Gewerkschaften und jeder Art von sozialistischer Gesellschaft eine deutliche Abfuhr.

Auch Aveling, der im Roman beim Dinner im Hause Darwins große Reden führt, ist eine historische Figur. Edward Bibbins Aveling (1849–1898) war tatsächlich der Lebensgefährte von Marx' Tochter Eleanor, allerdings erst nach dem Tod von Marx. Ich habe deren Verbindung vordatiert, damit alle gemeinsam am Dinner teilnehmen können. Aveling hat wirklich *The Student's Darwin* und *The Students' Marx* geschrieben, er war engagierter Atheist und umtriebiger Sozialist. Privat galt er als gewissenlos, als Charmeur und Betrüger. Und ganz offensichtlich hat er Eleanor Marx zugrunde gerichtet, indem er während ihres Zusammenlebens heimlich eine 22jährige Schauspielerin heiratete. Die Meinungen gehen auseinander, wie es genau zum Suizid von Eleanor kam. Angeblich schlug Aveling einen Doppelselbstmord vor, verließ jedoch, als Eleanor die von ihm beschaffte Blausäure geschluckt hatte, das Haus. Der Marx-Biograf Francis Wheen schreibt: »Zwar ist er nie des Mordes angeklagt worden, aber ohne jeden Zweifel hat er sie getötet.«

Ludwig Büchner (1824 – 1899), der Bruder des Dichters Georg Büchner war ein engagierter Freidenker, Arzt, enthusiastischer Anhänger von Darwins Theorie und Prediger in Sachen naturwissenschaftlichem Materialismus. Seele und Geist waren für ihn nichts als Materie. Sein Werk *Kraft und Stoff*, aus dem ich Büchner beim Dinner zitieren lasse, war zu jener Zeit ein Bestseller. Er war tatsächlich anlässlich eines Freidenkerkongresses in London zu einem Lunch bei den Darwins eingeladen.

Lenchen Demuth (1820 – 1890) führte über Jahrzehnte den Haushalt der Familie Marx. Nach Marx' Tod 1883 zog sie zu Friedrich Engels und führte dessen Haushalt, bis sie starb. Sie wurde im Grab von Jenny und Karl Marx beigesetzt, was ihrem langen gemeinsamen, durch Krisen, Flucht, Exil und Treue geprägten Leben entspricht – und in gewisser Weise auch ihrer Ménage à trois. Denn Marx hatte mit Helene Demuth den gemeinsamen Sohn Frederick (1851 – 1929), den er verleugnete und der bei einer Pflegemutter groß wurde, finanziell ermöglicht durch Engels.

Friedrich Engels (1820 – 1895), Sohn eines Textilfabrikanten aus Barmen, leitete fast zwanzig Jahre lang eine vom Vater gegründete Spinnerei in Manchester. Er agierte erfolgreich als Kaufmann, lebte einerseits das Leben der Upperclass mit Fuchsjagden und Champagner und war andererseits Sozialist, der die irische Baumwollspinnerin Mary liebte und mit ihr und deren Schwester Lizzy zusammenlebte. Mit seiner vielbeachteten Untersuchung *Die Lage der arbeitenden Klasse in England* machte er sich bereits 1845 einen Namen, indem er schonungslos die Profitgier der Bourgeoisie und die Verelendung der Arbeiter beschrieb. Da Marx nie eine Fabrik betreten hatte, war Engels als Lieferant anschaulicher Fakten umso wichtiger, auch indem er Marx permanent mit aktuellen Berichten aus der Börse, an der er selbst geschickt agierte, versorgte. Engels formulierte schnell und mit spitzer Feder und war, obwohl er nach außen hin immer die zweite Geige spielte, für Marx und die Entwicklung der kommunistischen Lehre unverzichtbar. Unzählige Artikel, die unter dem Namen Marx veröffentlicht wurden, hat Engels verfasst oder umgeschrieben. Mit seinem Geld, das er zum Teil trickreich aus der väterlichen Firma abzweigte, unterstützte er großzügig die Familie Marx – und das über Jahrzehnte.

Doktor Beckett ist eine fiktive Person. Jedoch haben

Darwin und Marx in Briefen, Tage- und Notizbüchern jede Menge Gesundheitsbulletins hinterlassen, aus denen ich schöpfen konnte.

Thomas Goodwill ist ebenfalls fiktiv, auch wenn es leise Anklänge an einen Dorfpfarrer von Downe gibt. Ähnlich verhält es sich mit dem Gärtner, Butler Joseph oder dem Bischof in der Westminster Abbey.

Auch wenn meine Figuren von Quellen gespeist werden, agieren sie frei. Genau wie Polly, die bellte, wann immer sie wollte.

Down House zu besuchen ist für jeden Darwin-Interessierten ein Erlebnis. Sein Arbeitszimmer, das Wohnzimmer, der Billardtisch, die Gewächshäuser – alles kann besichtigt werden. Im Esszimmer der Darwins ist eine große Tafel mit Wedgwood-Geschirr eingedeckt. Man kann seine Runden auf dem berühmten Sandweg drehen, und auch der Wurmstein liegt noch immer im Garten und sinkt langsam wie eh und je ins Erdreich.

Was Marx betrifft ist die Suche nach seinen Spuren etwas schwieriger. In London ist von ihm selbst nicht mehr allzu viel zu sehen, obwohl es Touren gibt, die zu seinen diversen Wohnsitzen in der Stadt oder zum British Museum führen, in dessen Lesesaal er ungezählte Stunden las und Tausende Seiten Exzerpte anfertigte. Sein letzter Wohnsitz in der Maitland Park Road, über den ich schreibe, wurde 1958 abgerissen, da das Haus im Zweiten Weltkrieg von Bomben getroffen wurde. Man kann sein Grab auf dem Friedhof von Highgate besuchen, doch auch das ist nicht mehr das ursprüngliche. Die Marx-Familie (neben Jenny, Karl und Lenchen waren noch ein Enkel und Tochter Eleanor im Familiengrab beigesetzt worden) wurde in den 1950er Jahren umgebettet. An dieser neuen

Stelle, rund 100 Meter vom ursprünglichen Grab entfernt, steht nun ein monumentales Denkmal.

Ilona Jerger, im Juni 2017

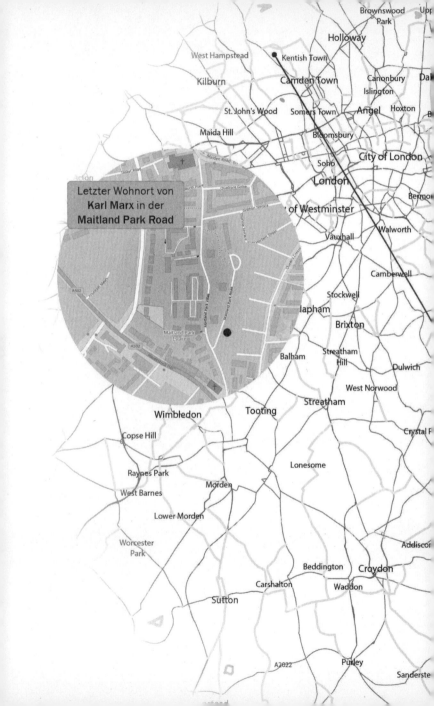

Letzter Wohnort von **Karl Marx** in der Maitland Park Road

Down House
Wohn- und Forschungsort
von **Charles Darwin**

Danke

Als ich darüber nachzudenken begann, wem ich danken möchte, wurde mir klar, wie viele Menschen dazu beigetragen haben, dass dieses Buch nun vorliegt. Es scheint mir fast nicht möglich, allen gerecht zu werden. Ich will es dennoch versuchen.

Ich möchte meinem Agenten Tilo Eckardt von Mohrbooks danken, der zur rechten Zeit erfrischende Fragen stellte; Wolfgang Müller, der mich zu ihm schickte; meiner Lektorin Wiebke Bolliger für die allzeit leichte und gelungene Zusammenarbeit; das gilt auch für Kristine Kress, die immer ein offenes Ohr hatte.

Irene Rumler, meiner ersten Leserin, die schon eine frühe Fassung mit ihrem zarten Bleistift kommentierte, den weiteren Fortgang freundschaftlich begleitete und auch noch in der letzten Fassung manches Wort verbesserte.

Ines Bruckschen, die in allen Schreibphasen an meiner Seite war. Als Freundin, Kollegin, Leserin. Sie ermutigte mich, wann immer ich besorgt war. Nie vergesse ich unsere Runden durch den Perlacher Forst.

Das Gleiche gilt für Gisela Mehren. Sie hat zudem Polly gezeichnet. Polly schaute aus der rechten oberen Bildschirmecke auf den Fortgang der Geschichte. Manchmal kam es mir so vor, als legte sie kurz den Kopf schief.

Leo Pröstler, in dessen Schwarzwälder Bauerngarten ich mir die ersten Gedanken zu diesem Roman gemacht habe, begleitet von seinen neugierigen Fragen. Er ist so etwas wie der Pate des Buchs.

Katharina Ritter und Claus Strigel. Unsere kreativen Küchengespräche spornten mich an.

Marion Kohler, die mich vor allem beim Exposé-Schreiben beriet, was Fragen zur Konstruktion des Romans aufwarf.

Willy Meyer, dessen besonders lebendige Mischung aus Begeisterung und Kritik mich weiterbrachte – sogar, wenn ich sein Feedback nur auf der Mailbox hörte.

Dem Verhaltensforscher Jürgen Tautz, der das Manuskript auf biologische Fehler hin gelesen hat. Es war eine Freude, mit ihm in Kontakt zu sein. Wie sich herausstellte, besitzt er eine der ersten Ausgaben von Darwins Regenwurmbuch, das er als Postdoc in Stanford antiquarisch erstanden hat.

Annie Kemkaran-Smith vom *english heritage*, die mir schon vor meiner Rechercherreise nach England Fragen beantwortete, zum Beispiel, wie der Brieföffner von Darwin aussieht. Oder ob es stimmt, dass *Das Kapital* wirklich unaufgeschnitten in Darwins Arbeitszimmer steht. Sie ließ auf der Stelle Fotos machen und schickte sie mir.

An Joel Rotenberg, der auf die Frage, ob und wie Anglikaner Tischgebete sprechen oder ob Juden an ein Paradies im Jenseits glauben, eine Antwort wusste und bei einigen kniffligen englischen Vokabeln behilflich war.

Ein großes Gesamtdankeschön geht an Doro Bitz-Volkmer, Irene Braunfels, Ingke Brodersen, Claudia Burg, Rüdiger Dammann, Horst Hamm, Annette Hoenes, Monika Goetsch, Rainer Grießhammer, Marcus Gruber, Karin Jung,

Andrea Kästle, Inge Pröll, Martin Rasper – sie alle waren am Gelingen des Buchs auf unterschiedliche Weise beteiligt.

Ein besonderer Dank geht an Josef, der mich mit Geduld und Liebe durch die Höhen und Tiefen des Schreibens begleitet hat und nie den Glauben an diese Geschichte verlor. Und an Benedikt und Vincent, die so oft die Sonne ins Haus brachten.

Inhalt